La maîtresse
de l'horloger

Du même auteur

Autobiographie

Ensemble pour toujours, 2015

Romans

Adèle et Amélie, 1990
Les bouquets de noces, 1995
The Bridal Bouquets (Les bouquets de noces), 1995
Un purgatoire, 1996
Marie Mousseau, 1937-1957, 1997
Et Mathilde chantait, 1999
La maison des regrets, 2003
Par un si beau matin, 2005
La paroissienne, 2007
M. et Mme Jean-Baptiste Rouet, 2008
Quatre jours de pluie, 2010
Le jardin du docteur Des Oeillets, 2011
Les Délaissées, 2012
La Veuve du boulanger, 2014
Les Fautifs, 2016
Les Enfants de Mathias, 2017

La Trilogie

L'ermite, 1998
Pauline Pinchaud, servante, 2000
Le rejeton, 2001

Récits

Un journaliste à Hollywood, 1987 (épuisé)
Les parapluies du diable, 1993

Recueils de billets

Au fil des sentiments, vol. 1, 1985
Pour un peu d'espoir, vol. 2, 1986
Les chemins de la vie, vol. 3, 1989
Le partage du cœur, vol. 4, 1992
Au gré des émotions, vol. 5, 1998
Les sentiers du bonheur, vol. 6, 2003

En format poche (collection « 10 sur 10 »)

La paroissienne, 2010
Un purgatoire, 2010
Et Mathilde chantait, 2011
Les parapluies du diable, 2011
Marie Mousseau, 1937-1957, 2012
Par un si beau matin, 2012
Quatre jours de pluie, 2012
La Maison des regrets, 2013
L'ermite, 2016
Pauline Pinchaud, servante, 2016
Le rejeton, 2016

DENIS MONETTE

La maîtresse de l'horloger

roman

Les Éditions
LOGIQUES

Catalogage avant publication de Bibliothèque et Archives nationales du Québec et Bibliothèque et Archives Canada

Titre : La maîtresse de l'horloger / Denis Monette.
Noms : Monette, Denis, auteur.
Identifiants : Canadiana 20190022590 | ISBN 9782896440344
Classification : LCC PS8576.O4546 M35 2019 | CDD C843/.54—dc23

Édition : François Godin
Révision et correction : Michèle Constantineau et Nicole Henri
Couverture et mise en pages : Gaston Dugas et Louise Durocher
Photo de l'auteur : Alain Lefort

Remerciements
Nous remercions le Conseil des Arts du Canada et la Société de développement des entreprises culturelles du Québec (SODEC) du soutien accordé à notre programme de publication.
Gouvernement du Québec – Programme de crédit d'impôt pour l'édition de livres – gestion SODEC.

SODEC Québec | Financé par le gouvernement du Canada | Canada | Conseil des Arts du Canada | Canada Council for the Arts

Les Éditions Logiques
Groupe Librex inc.
Une société de Québecor Média
4545, rue Frontenac
3e étage
Montréal (Québec) H2H 2R7
Tél. : 514 849-5259
www.edlogiques.com

Dépôt légal – Bibliothèque et Archives nationales du Québec et Bibliothèque et Archives Canada, 2019

ISBN : 978-2-89644-034-4

Distribution au Canada
Messageries ADP inc.
2315, rue de la Province
Longueuil (Québec) J4G 1G4
Tél. : 450 640-1234
Sans frais : 1 800 771-3022
www.messageries-adp.com

Diffusion hors Canada
Interforum
Immeuble Paryseine
3, allée de la Seine
F-94854 Ivry-sur-Seine Cedex
Tél. : 33 (0)1 49 59 10 10
www.interforum.fr

À mes deux enfants
que leur mère
aimait tant.

Prologue

Août 1989. Fernande, au comptoir du restaurant du coin, servait un déjeuner à un client tardif lorsque la porte s'ouvrit et que Muriel entra en coup de vent. Prenant place sur le dernier des tabourets étalés en rang d'oignons, elle lança à son amie pourtant affairée :

— Quand je pense qu'il m'a fait ça, le salaud ! Après dix-huit ans de vie à deux ! Me laisser tomber pour reprendre sa femme ! Penses-y, Fernande, dix-huit ans ensemble ! Il a pris les plus belles années de ma vie pour ensuite me mettre à la porte ! Comme un briquet jetable dans la poubelle ! Y a pas fini avec moi, lui ! Je…

Fernande, gentiment, l'interrompit pour lui murmurer :

— Attends que le client soit parti, Muriel, il te dévisage. T'as l'air d'une furie. Laisse-moi finir mon avant-midi pis on va aller ailleurs… Dans trente minutes, c'est au tour de la patronne et de sa fille de s'occuper des dîners. Je prendrais bien un café avec toi, mais avec les gens qui entrent et sortent avec leur commande pour emporter, je n'ai pas une minute à moi. Et comme le restaurant n'a pas de banquettes, juste le comptoir, tout le monde entend ce qu'on dit.

— Oui, pas mal démodé ton petit restaurant, tu devrais chercher ailleurs. Avec ton expérience…

— Ici, je n'ai pas à partager les *tips*, tu comprends ? On en reparlera si tu veux bien, on va aller manger une bouchée ailleurs tantôt.

— Je n'ai pas d'appétit… Avec ce qu'il m'a fait, lui. Quand j'y pense… Il m'a bien eue, pis moi, l'idiote, j'ai cru…

— Muriel, attends, pas un mot de plus. Garde ça pour tout à l'heure devant un spaghetti ou un *smoked meat*.

— Bon, ça va, mais j'avalerai jamais ça, j'ai l'estomac en compote depuis…

— Arrête, Muriel, moi j'ai faim ! Pis si c'est pas ton cas, tu me regarderas manger pendant qu'on jasera.

Puis, se tournant vers le client qui tentait de lui faire signe…

— Vous désirez un autre café, monsieur ?

— Non, ça va aller, madame. Juste ma facture, s'il vous plaît.

Quarante-cinq minutes plus tard, les deux femmes étaient attablées au restaurant préféré de Fernande où Gino, le serveur habituel, leur apportait les menus. Comme il y avait plusieurs clients à cette heure achalandée, Fernande avait choisi une petite table en retrait, bien loin de la vitrine où tout le monde désirait s'asseoir. Muriel parcourait son menu sans rien trouver alors que sa compagne avait déjà en tête le rigatoni au gratin avec saucissons, que le chef cuisinait si bien. Muriel, s'excusant de ne pas avoir faim, commanda une pointe de pizza *all dressed* et un litre de vin rouge maison, que lui reprocha Fernande :

— Je bois rarement le midi, moi. Un litre, c'est trop...

— Laisse faire, j'y ferai honneur, moi, j'ai des déboires à noyer.

— Muriel, voyons, ça fait déjà trois semaines que tu l'as quitté... Ça devrait déjà être moins pire, non ?

— Non, le dard est encore en plein cœur. Je ne l'ai pas quitté, Fernande, il m'a sacrée dehors ! Il m'a rejetée du jour au lendemain. Comme une vieille chaussette ! Tu penses qu'on oublie ça en trois semaines, toi ? Avec, en plus, mon petit Guillaume qui se demande encore ce qui se passe, le pauvre enfant. Il questionne sa grand-mère, gêné de m'approcher dans mon triste état.

Constatant qu'elle avait la larme à l'œil, prise de compassion, Fernande s'abstint dès lors de lui reprocher quoi que ce soit. Elle demanda plutôt :

— Et comment ça se passe avec ta mère ? L'harmonie règne entre vous deux ?

— Ah... si on veut ! Je sens qu'elle fait des efforts pour ne pas me faire de reproches, elle m'a répété durant toutes ces années que j'avais fait un mauvais choix et je refusais de l'entendre. Alors, là, devant le fait accompli et pour le petit qu'elle aime bien, elle ne dit rien et elle tente de m'être agréable en choyant Guillaume devant moi. Heureusement, le fiston adore sa grand-mère, il la cajole souvent sachant qu'elle est seule depuis la mort de papa.

— Il ne parle pas de son «père adoptif», si je peux m'exprimer ainsi?

— Non, à dix ans, on ne se questionne pas, on cherche plutôt des occasions d'aller jouer avec ses amis du quartier, et je m'efforce de ne pas être trop triste devant lui. Pour ce qui est du père adoptif, tu peux repasser, Jacques ne l'a jamais adopté et ne l'a guère aimé. Il le tolérait quand il le voyait, pas plus, c'est moi qui défrayais tout pour le petit. Guillaume n'a bénéficié de rien venant de lui, pas même d'un cadeau d'anniversaire.

Voyant que son amie buvait rapidement et que le litre en était à son agonie, Fernande se dépêcha de finir son assiette et ne commanda pas de dessert. Elle avait réalisé que Muriel, le vin aidant, parlait de plus en plus. Cette dernière lui avait même déclaré:

— Moi, si j'avais été mariée avec un homme comme le tien, Fernande, j'aurais été au paradis. Un bon diable, comme dit ma mère, un bon père pour tes deux enfants, une fille et un gars en plus. Tu as été choyée, toi, tu l'es encore, vous faites de beaux voyages…

— Oui, je sais que je suis comblée, mais ça aurait pu être ton cas si tu avais… Et puis, j'aime mieux ne pas tourner le fer dans la plaie, ça risquerait de te faire encore plus mal. Dis-moi, qu'est-ce que tu vas faire maintenant? Te trouver un travail?

— Je n'aurai pas le choix, j'ai des économies, mais pas assez pour subvenir à nos besoins sans travailler. Ma mère paye tout en ce moment, mais elle n'est pas aussi riche qu'elle l'était. Les taxes de la maison, le chauffage, l'électricité, le téléphone, tu comprends ? En plus de Guillaume maintenant… Elle n'a que ses pensions et un petit coussin que mon père lui a laissé. Mais, pour revenir à ta question, travailler où ? J'ai quarante-huit ans, Fernande, pas vingt-huit ou trente, je n'ai pas d'instruction pour les emplois de secrétaire, j'ai fini ma neuvième année de justesse. Dans les magasins, on cherche des plus jeunes…

— Bien non, voyons, je ne suis pas tellement plus instruite. J'ai même cinq ans de plus que toi et je peux trouver du travail facilement.

— Comme *waitress*, oui, mais ailleurs ? Je n'ai rien contre ton métier, mais moi, servir des déjeuners, faire cuire des œufs et du bacon… Tu comprends ? Pas mon genre du tout.

— Tu pourrais être réceptionniste dans une entreprise quelque part. Tu es jolie, tu t'habilles très bien, tu es mince, ce qui n'est pas mon cas, tu es blonde, tu as de jolies robes et des tailleurs… Cesse de te diminuer, tu as encore tout ce qu'il faut pour plaire. Et qui sait si…

— Non, je te vois venir, plus d'hommes dans ma vie. Je n'ai eu que lui, je l'aimais follement… Ah ! le scélérat ! Le pire, Fernande, c'est que je l'aime encore… Je le hais et je l'aime en même temps, mais c'est fini, je le sens.

— On ne sait jamais…

— Non, Jacques ne me reprendra pas. Il ne m'a pas quittée pour une autre, il me trompait régulièrement et je fermais les yeux. Non, il s'est débarrassé de moi en faisant revenir sa femme dont il n'a jamais divorcé. Il la gardait en *stand-by* au cas où, un jour… Et la niaiseuse est venue reprendre sa place. Avec ses bagages, maintenant que sa fille est mariée et bien casée avec un jeune médecin. Ce qui a plu à Jacques qui n'avait plus rien à verser pour elle, d'ailleurs il ne l'a jamais fait et comme son épouse ne réclamait jamais rien… Or, sachant que Rachel était maintenant seule, il l'a invitée à faire une croisière avec lui. Une croisière qu'il avait promis de faire avec moi depuis des années. Mais, à la dernière minute, il a voulu que je paye mon billet. J'ai protesté, j'étais en furie. Imagine ! Me demander de payer, moi qui me fendais en quatre pour lui au magasin depuis toutes ces années. Plus *cheap* que ça, cherche-le ! Il a toujours été gratteux, il ne m'a jamais comblée de quoi que ce soit qui vaille, mais là, c'était le comble. On s'est engueulés vertement et le lendemain, il me disait : « La croisière, je vais la faire avec Rachel. Elle paye son voyage, elle ! » J'aurais pu lui sauter au visage, Fernande ! Mais le pire était à venir. Attends la suite…

Levant le bras, Muriel fit venir le serveur et lui commanda un autre litre de vin. Fernande n'osa le lui reprocher, se rendant compte qu'elle en avait besoin, qu'elle voulait se défouler, se vider le cœur… Empathique au sort de son amie, elle commanda un autre café avec un petit moka au chocolat. Reprenant son souffle, versant un peu du nouveau litre dans son verre, elle allait se mettre en selle une fois de plus lorsque Fernande lui demanda :

— Elle a l'air de quoi, sa Rachel ?

— Elle ? Grosse et laide ! Comme elle l'était quand je l'ai connue… Écoute, je dis grosse, mais ne le prends pas pour toi, Fernande, elle en fait deux comme toi. Et avec ses lunettes à monture noire, ça lui donne un air sévère.

— Pourtant, avec une femme comme toi à côté d'elle…

— Ça, c'est quand je l'ai connu, quand j'avais trente ans, quand j'étais la star de cinéma comme il disait. Il a tout pris de moi, ma jeunesse, ma forme, mes plus belles années. Là, s'apercevant que je frisais la cinquantaine, il a préféré se séparer de moi et combler le vide, non avec sa femme, mais avec ses petites flammes dans la vingtaine qu'il observe de son banc d'horloger quand il répare une montre. À ces moments-là, il va tasser sa femme de ses comptoirs, comme il le faisait avec moi, souvent, pour servir lui-même cette très belle fille qu'il convoitait déjà.

— Je veux bien croire, Muriel, mais il a cinquante ans. Il a dû en perdre…

— Non, le pire c'est qu'il est encore aussi beau qu'il l'était à trente-deux ans lorsque je l'ai connu. Plus mature, ça va de soi, mais charmant et aimable en plus. Ce que ces filles ne savent pas, par contre, c'est qu'il casserait une cenne en deux s'il le pouvait. Or, pour revenir à nos moutons, deux semaines après son retour de voyage, pendant que sa femme bourrait sans doute ses valises pour revenir, il me disait un certain soir:

« — Muriel, je pense que toi et moi, ça n'ira pas plus loin. Nous ferions mieux de nous séparer, les désaccords sont devenus trop fréquents.

« Saisie de stupeur et de frayeur, je lui ai demandé en balbutiant :

« — Tu veux qu'on se quitte, que je retrouve mon petit Guillaume, que je sorte de ta vie ?

«— Heu... oui, c'est ce que je te demande. Tu n'auras pas de misère à te trouver quelqu'un d'autre, tu es jolie, bien tournée, intelligente...

«— Maudit écœurant ! Si j'avais encore tout ça, tu me garderais... Tu te défais de moi après avoir pris le meilleur ? Dix-huit ans, Jacques ! Les plus belles années de ma vie ! Ma jeunesse ! Et là, je n'ai plus ce qu'il te faut ? Je ne m'en irai pas comme ça, oh non ! Tu me dois trop, tu as tout pris...

«— Surveille ton vocabulaire ! Je ne te dois rien, Muriel, je t'ai toujours versé un salaire et nous ne sommes pas mariés, tu n'es qu'une concubine selon la loi, une maîtresse pour être plus précis... »

— J'ai failli lui mettre ma main sur la gueule, Fernande ! Lui enfoncer son *tweezer* dans les deux yeux !

— Son quoi ?

— Son *tweezer*, un instrument dont il se sert pour son travail d'horloger. Petit et très pointu. Mais je me suis retenue. J'ai tenté de garder ma dignité alors que je me sentais humiliée. Je l'ai regardé en pleine face et je lui ai dit qu'il n'était qu'un sans-cœur, un goujat de la pire espèce, un profiteur, un... J'ai tout sorti les synonymes et j'ai descendu tous les saints du Ciel, ce qui lui a fait me répondre :

«— Tu vois ? Tu n'as pas de classe, je n'ai jamais pu faire une femme du monde avec toi, sors juste de ma vie et je vais respirer d'aise.

«— Tu as déjà quelqu'un d'autre pour mon emploi ?

«— Non, tu te trompes, c'est Rachel qui va prendre ta place au travail. Elle va revenir vivre auprès de moi.

«— Et partager ton lit ? Tu vas être mal pris, toi qui les aimes jeunes, blondes et sexy… Vas-tu être capable de lui faire l'amour sans fermer les yeux ?

«Il s'est levé rouge de colère et me menaçait du doigt, bouche bée, lorsque j'ai conclu en lui disant :

«— La vérité choque, mais ne t'emporte pas pour autant, je serai partie avant la fin de semaine. Et t'auras le champ libre avec ta femme et tes garces de passage. »

— Je suis sortie, j'ai fermé la porte derrière moi et, jusqu'à la fin de la semaine, je ne suis pas descendue au magasin. Je l'ai laissé seul avec les clients, les réparations, tout le reste, et je faisais lentement mes valises. Autre chose que tu aimerais savoir, Fernande ?

— Non, sauf que je ne comprends pas sa femme, elle a pourtant de l'argent, elle a travaillé longtemps, elle avait une belle maison…

— Oui, elle a encore tout ça, mais si tu la voyais…

— Pas trop indulgente envers elle…

— C'est vrai, tant pis, mais que veux-tu ? Rachel est une épaisse ! Dans tous les sens du terme, Fernande.

Constatant que Muriel était quasiment ivre, Fernande demanda l'addition qu'elle régla malgré les protestations de Muriel et, se levant, elle lui offrit de la déposer chez elle, ce que l'autre accepta. Avant de partir, cependant, Muriel ajouta :

— Derniers détails que je ne t'ai pas encore révélés, Fernande. J'ai tellement honte d'avoir été dupée… Il avait dit que la maison était à nous deux, que tout était en règle. Alors, lui demandant ma part, il a souri et j'ai compris.

J'ai appelé le notaire qui, au départ, ne voulait rien me dévoiler, mais me sentant mal prise, constatant que j'avais été dupée, il consentit à me dire que Jacques Derais était le seul propriétaire de son immeuble, et ce, depuis toujours. Puis, que je n'étais pas sur son testament comme il le prétendait. Et pour mettre la cerise sur le sundae, il m'avoua que Jacques n'avait jamais, à sa connaissance, demandé le divorce, et que ce sujet relevait plutôt d'un avocat. Tout ça, Fernande ! D'un coup sec ! Le chien sale !

Fernande, de plus en plus mal à l'aise, n'osa rien répliquer. Fallait-il aimer aveuglément pour croire un tel amant capable de franchise ? Décontenancée, elle ne put que serrer Muriel dans ses bras pour la consoler. Une dernière bise, un au revoir, et Muriel s'engagea dans l'entrée de la modeste maison de sa mère. En titubant quelque peu, comme Fernande l'avait remarqué. Reprenant sa route, tentant de peser le pour et le contre des déboires de son amie, elle se contenta de penser : *Pauvre elle, pas drôle à son âge après lui avoir tout donné pendant dix-huit ans… Quelle ordure !*

Rentrée à la maison, évitant le regard de sa mère, Muriel se rendit à sa chambre, se jeta sur son lit et se mit à pleurer de toute son âme. Comme chaque soir ou presque depuis sa rupture. La femme forte de tantôt laissait place à la pauvre créature bafouée qu'elle était devenue. Avalant un comprimé pour contrer son angoisse, les mains derrière la nuque sur son oreiller, elle s'endormit, quelque peu ivre, sur son infortune.

Le lendemain matin, se rendant à la cuisine pour s'y faire couler un café, elle aperçut sa mère en train de boucler un sac de voyage. Avant qu'elle ne puisse la questionner, Adrienne lui annonça sèchement :

— Je m'en vais pour la fin de semaine avec Guillaume chez ma cousine à Saint-Sauveur.

L'enfant, ayant entendu prononcer son nom, fit irruption pour demander à sa mère :

— Tu aimerais venir avec nous, maman ?

— Non, va avec ta grand-mère, il y a plein d'enfants dans ce coin-là. Tu ne t'ennuieras pas.

Puis, se tournant vers sa mère, après que le petit eut regagné sa chambre, Muriel lui demanda :

— Tu as l'air bête ! Qu'est-ce que tu as encore ?

— Rien, sauf que si tu commences à rentrer saoule, ça va rien arranger, ma fille. J'ai eu assez de ton père !

— Maman ! J'ai juste pris un verre de vin de trop avec Fernande, hier ! Compare-moi pas au père, il buvait comme un trou, lui ! Et tu devrais savoir que je traverse un dur moment…

— Oui, je le sais, mais j'ai tellement peur… Tu sais, on a parfois ça dans le sang…

— T'en fais pas, c'est pas mon cas, j'ai passé l'âge. J'aurais dû manger davantage au restaurant, mais l'appétit…

— Bon n'en parlons plus, il faut que j'appelle un taxi, je laisse la voiture au garage au cas où elle pourrait servir. Fernande conduit et, qui sait… Guillaume et moi on va prendre l'autobus au terminus et on va revenir de la même façon. Le p'tit va adorer l'autobus, les grandes fenêtres, ce qu'il verra dans les champs, ce sera un beau dépaysement. Il en a sans doute besoin, lui aussi. C'est pas facile ce qui s'est produit, il en subit le contrecoup, tu sais...

— Oui, mais ça va vite passer avec lui, il n'était pas aimé de Jacques et il marchait souvent sur des œufs pour ne pas être réprimandé quand il venait me voir après l'école. Tu verras, il s'en remettra. Mais moi...

Sa mère ne répondit pas et se contenta de secouer Guillaume, un peu trop lent pour elle. Le taxi allait arriver.

Restée seule, Muriel se promit de passer la journée dans une certaine quiétude qu'elle feignait d'avoir. Sans sortir de la matinée et sans téléphoner à Fernande qui se remettait sans doute de son après-midi de la veille avec elle. Elle mangea un peu plus pour retrouver la forme, regarda la télévision en après-midi et, le soir venu, songeuse, elle enfila une veste de coton et se rendit au centre commercial afin d'effacer Jacques de ses pensées. En vain, peine perdue, il l'habitait sans cesse. Comment s'en délivrer... Elle revoyait son doux visage des premiers jours, sa bienveillance, puis, les yeux grands ouverts, elle revoyait aussi les moments où il devenait la bête qui l'avait tant fait souffrir. Crispée, elle s'empressa de rentrer avant de briser, dans un excès de rage, la première vitrine rencontrée.

De retour à la maison, calmée par le silence des lieux, pensant à son cher Guillaume qui devait s'amuser chez sa marraine, elle s'allongea sur le divan et posa sa tête sur un coussin alors que l'horloge grand-père sonnait les onze coups du soir. Puis, étirant le bras, elle s'empara de son sac à main laissé par terre et l'ouvrit pour en sortir un petit flacon qui lui permettrait d'avaler un léger somnifère, et ferma les yeux pour mieux revoir avec son cœur le cheminement de ses joies et de ses peines avec celui qui l'avait brusquement rejetée. Elle voulait revivre, ne serait-ce qu'une fois, le lot de toutes ces années à partir du moment où, blonde comme les blés, dans la splendeur de ses trente ans, le destin l'avait dirigée vers la vitrine de l'horloger. Et le passé refit surface…

Chapitre 1

Tout avait commencé en janvier 1971, le 12 plus précisément, alors que Muriel Augère rentrait à pied de son travail par un froid sibérien. Prenant un raccourci par la rue Sauvé, elle précipita le pas pour contrer le vent, mais ne put s'empêcher de s'arrêter quelques instants devant la vitrine d'un horloger où s'étalaient des boucles d'oreilles de toutes sortes, son péché mignon. Elle allait vite repartir lorsque la porte du commerce s'ouvrit et qu'un homme, aimablement, lui dise :

— Entrez, madame, venez voir les bijoux de plus près, il fait si froid, ça vous permettra de vous réchauffer quelques minutes.

Muriel hésita, sachant que sa mère l'attendait pour le souper, mais ne put résister à l'invitation d'entrer, non sans dire à l'homme plus que gentil :

— N'êtes-vous pas à la veille de fermer ? Je ne voudrais rien retarder…

Il insista avec un tel sourire que la jeune femme ne se fit pas prier plus longtemps avec les vents qui s'élevaient de plus en plus. Elle n'était pas loin de chez elle, à quelques rues seulement, mais encore peu familière avec ce quartier qu'elle et sa mère habitaient depuis la mort récente de son père, dans la propriété léguée par la grand-mère qui avait suivi de près son fils dans la tombe. Une maison d'un seul étage, sous-sol pas fini, payée au complet par la grand-mère et encore habitable avec les rénovations que madame Augère comptait y faire.

Au chaud dans le magasin, Muriel retira son foulard et descendit son capuchon duquel surgirent de magnifiques cheveux blonds. Les yeux vers la vitrine, mais de l'intérieur cette fois, elle désigna des boucles d'oreilles plaquées argent et montées de perles roses.

— C'est celles-là qui ont attiré mon regard. Du rose en hiver, c'est plutôt rare, mais ça réchauffe sans aucun doute le cœur. Elles valent combien ? Le prix est à l'envers, on ne le voit pas.

— Malhabilement déposé comme d'habitude, je n'ai pas la main adroite pour décorer une vitrine. Elles valent dix dollars, mais si elles vous intéressent, ce sera cinq dollars pour vous, madame, le prix du gros.

— Ben voyons donc, je ne viens pas marchander, vous me mettez mal à l'aise.

— Ne le soyez pas, je vous en prie, et, de plus, je remarque que votre bague a besoin d'être polie. J'ai tout ce qu'il faut pour la rendre à l'état neuf. Vous permettez que je la garde quelques jours ? Vous pourriez repasser la prendre quand le froid sera moins rigoureux.

— Bien, peut-être, pourquoi pas, enchaîna Muriel, qui regardait maintenant sa montre et la noirceur de l'entre chien et loup qui progressait à l'extérieur.

Le marchand prit une enveloppe pour y inscrire le nom de la cliente en lui demandant :

— Vous êtes madame...

— Non, inscrivez juste Muriel Augère, je ne suis pas mariée.

Puis, pressée de partir, elle lui donna son numéro de téléphone au cas où la bague ne serait pas prête à temps. Il voulut lui offrir un café, mais elle refusa et insista sur le fait que sa mère l'attendait. Elle paya les boucles d'oreilles, le remercia chaleureusement du rabais qu'il lui avait accordé, et allait repartir lorsqu'il lui dit :

— Au fait, je me présente, Jacques Derais. Je suis le propriétaire de cet endroit.

— Je n'en doutais pas, monsieur Derais. Même si votre enseigne n'affiche que *Le Pendule*, il y a certes un nom propre derrière tout commerce.

Jacques Derais afficha un large sourire qui permit à Muriel d'apercevoir de magnifiques dents blanches. Ravie, elle sortit enfin et s'empressa, à grands pas, d'atteindre la rue Laverdure où l'attendait sa mère qui s'inquiétait :

— D'où viens-tu, bondance ! Je commençais à être inquiète. Un froid de canard ! As-tu marché jusqu'ici ?

— Oui, mais j'ai fait un arrêt à l'horlogerie de la rue Sauvé. Le propriétaire m'a vue fureter un peu dans la vitrine et m'a invitée à entrer pour me réchauffer. J'en ai profité pour m'acheter des boucles d'oreilles, il me les a vendues à rabais.

— Muriel ! Tu en as au moins cinquante paires !

— Je sais, c'est ma petite folie, maman. Pas pire que toi avec tes quinze sacoches cordées dans ta garde-robe !

— Bon, tu t'assois pour manger ? Je vais faire réchauffer la soupe pis le pâté chinois. Tu veux du pain croûté avec ça ?

— Non, ça fait engraisser... Tu sais, le bijoutier ou l'horloger que j'ai rencontré, c'est un très bel homme. Très avenant. Je lui ai même laissé ma bague, il insistait pour la polir, j'irai la reprendre cette semaine.

— Tiens, tiens... je te vois venir, toi. Un homme de ton âge, je suppose ? Un bon parti comme tu les aimes ?

— Bien non, arrête, maman, je ne cherche personne. Je te dis juste qu'il paraît bien. Quant à son âge, je n'en sais rien, dans le début de la trentaine d'après moi.

— De toute façon, tu perdrais ton temps, Muriel, ils sont mariés à cet âge-là ! Il porte un jonc ?

— J'ai pas remarqué. Ce qui te prouve que je n'ai aucune intention...

Adrienne, brassant la soupe qui fumait sur le poêle, enchaîna :

— J'espère bien que non, tu en as fait languir deux autres en dix ans, faudrait pas recommencer avec un troisième...

— Maman ! C'est un pur étranger ! Je viens de faire sa connaissance et par affaires. Quant aux deux autres avec qui tu reviens souvent, je t'ai dit cent fois que j'étais trop jeune quand j'ai rencontré le premier, et le second, aussi bien te le dire pour que tu cesses de m'importuner avec lui, il avait mauvaise haleine.

— Ça t'a pas empêchée de le fréquenter deux ans, ton Philippe. Tu n'avais qu'à lui faire brosser les dents plus souvent.

— Non, ça venait de son estomac. Un problème qu'il ne parvenait pas à résoudre… Et puis, je ne l'aimais pas, Philippe, maman. Il était laid, il était trop empressé, il était collant, j'en pouvais plus de le sentir à deux pouces de moi, mais il n'y a jamais eu de rapports entre nous. Et puis, à vingt-huit ans, je savais ce que je faisais, non ?

— Je me le demande, Muriel, parce qu'à trente ans, tu ne sembles pas plus savoir ce que tu veux. C'était quand même un bon gars, ton Philippe, son père était notaire, il a eu bien de la peine… Viens pas me faire accroire que lui pis toi, une fois ou deux au moins…

— Comme tu es curieuse… Mais à mon âge, je peux bien te le dire maintenant, ma virginité, ce n'est pas avec lui que je l'ai perdue, mais avec le premier. Contente, là ?

— Quoi ? Celui que je voyais comme un jeune voyou ? Comment as-tu pu ? Ah ! si je l'avais su… Comment as-tu pu te donner à ce *bum* sans instruction, sans manières ? Il avait tutoyé ton père !

— Pas de sa faute, il était Anglais, maman. Eux autres, c'est *you* pour tout le monde, c'est moi qui lui ai appris à dire vous.

— Ça répond pas à ma question, Muriel.

— Au sujet de ma virginité ? C'est bien simple, il était beau, maman, il me plaisait, il sentait bon, Dickie. Je l'aurais jamais marié, mais disons qu'il était plus attirant que Philippe.

On peut-tu enterrer le passé maintenant ? Et toi, qu'est-ce que t'as fait de ta journée ?

— Tu changes de sujet vite, non ? T'aimes pas que je fouille dans ton passé ? Ça s'comprend avec ce que tu m'avoues ! Pas très reluisante ta jeunesse... À l'insu de ta mère, évidemment ! Et pour répondre à ta question, par un froid semblable, j'ai pas mis le nez dehors. J'ai lavé mes planchers, j'ai regardé un vieux film plate à la télévision, j'ai écouté le bulletin de nouvelles, pis j'ai fait de la soupe et un pâté chinois pour toi. Rien d'autre, ma fille !

Le froid intense persistait et, par-dessus cela, une tempête de neige empêcha Muriel d'arrêter chez le bijoutier en revenant de son travail, le soir. Une collègue de la lingerie où elle travaillait lui avait donné deux *lifts* en deux jours, ce qui lui avait fait oublier quelque peu sa bague, mais pas tout à fait le commerçant de la rue transversale. Elle avait encore en tête la physionomie de ce bel homme intéressé, du moins intéressant. Mais elle ne se faisait pas d'idées. Pas à trente ans. Et sa mère avait peut-être raison, l'horloger était sans doute marié. Faisant mine de ne pas s'en faire, elle avait tout de même hâte de retourner au magasin, de le revoir, de reprendre sa bague, de causer encore un peu. Ce n'est que le samedi que l'occasion se présenta, alors qu'elle était en congé l'après-midi et que sa mère était partie magasiner de son côté. Coiffée, savamment maquillée, manteau de mouton brun sur le dos, bottillons de la même teinte, Muriel se rendit au magasin où elle aperçut non seulement l'horloger, mais une jeune et forte dame qui garnissait un comptoir. L'apercevant, se levant précipitamment, Jacques Derais l'accueillit par ces mots :

— C'est sans doute le froid qui vous a empêchée de venir reprendre votre bague plus tôt, madame Augère. Elle est prête.

Puis, se tournant vers la dame qui nettoyait ses lunettes, il lui dit :

— Rachel, je te présente madame Augère, une nouvelle cliente arrivée depuis peu dans le quartier. Madame Augère, ma femme, ajouta-t-il en désignant cette dernière.

Muriel avait frémi, il était marié, sa mère avait raison. Faisant mine de rien, elle jeta un coup d'œil à son annulaire de la main gauche, sans y voir de jonc de mariage, pas même une bague avec son initiale. L'épouse en question, lors de la présentation, lui avait fait un signe de la tête avec un semblant de sourire et avait poursuivi sa tâche, sans même lui souhaiter la bienvenue dans les parages. Ce qui avait mis l'horloger mal à l'aise. Voulant sauver les apparences, il avait murmuré à Muriel :

— Donnez-moi deux dollars pour le polissage, ça va paraître mieux aux yeux de ma femme.

Surprise, Muriel lui remit un billet de cinq dollars et madame Derais lui rendit la monnaie, sans un merci ni un sourire. Rachel, sans doute habituée aux flirts de son mari, n'appréciait pas du tout l'allure de *vamp* qu'affichait Muriel ce jour-là. Jacques, néanmoins, n'avait pas manqué de la détailler de la tête aux pieds, au niveau de son corsage surtout, lorsque Muriel avait entrouvert son manteau de fourrure. Faisant fi de la présence de sa femme qui faisait pourtant le guet, il réussit à chuchoter à Muriel :

— Quand vous repasserez par ici, accordez-moi cinq minutes, j'ai quelque chose à vous proposer.

Elle ne répondit pas, s'exclamant plutôt sur sa bague qui avait l'air de sortir tout droit du manufacturier, mais elle avait saisi le message. Et, malgré ses bonnes intentions, elle était anxieuse de revenir et d'entendre ce que ce bel homme avait à lui dire. Parce que, ce jour-là, plus habile que la première fois, Muriel l'avait examiné du cuir chevelu jusqu'aux souliers ! Et esthète comme elle pouvait l'être, elle l'avait trouvé merveilleusement beau. Au point de se demander, en sortant, ce qu'il faisait avec la petite grosse à lunettes dans sa vie. Un réel désappointement, elle l'avait espéré... célibataire !

Muriel attendit que la semaine s'écoule avant de surgir chez l'horloger le lundi suivant, devinant que sa femme n'était sans doute pas sur les lieux juste avant la fermeture en ce premier jour de la semaine où la clientèle était moindre. Jacques, affairé dans les aiguilles d'une montre, leva les yeux sur elle et la pria poliment de s'asseoir alors qu'il remettait le bracelet de cuir sur la montre d'un jeune homme. Le garçon enfin parti, il s'empressa de fermer boutique et invita Muriel à prendre place dans la pièce à l'arrière du magasin pour discuter avec elle de choses sérieuses, précisa-t-il. Il lui offrit un café qu'elle accepta et, la regardant de tous côtés, il lui dit :

— Vous êtes fort en beauté aujourd'hui. Sortez-vous ce soir ?

— Non, c'était mon après-midi de congé et j'en ai profité pour aller chez le coiffeur et chez la manucure, d'où le résultat, répondit-elle en riant.

Elle arborait une coiffure gonflée de chaque côté, cheveux mi-longs impeccablement placés pour que les mèches remontent de l'intérieur. Le genre Catherine Deneuve, aurait-on pu dire du savant travail de son jeune coiffeur d'un salon du coin qu'elle avait adopté. Les lèvres rouges, le fard sur les paupières bien appliqué et drapée dans une robe rouge moulante, elle avait tout de la star du cinéma. Ce qui impressionna l'horloger qui, malgré tout, contint son admiration pour lui demander :

— Vous travaillez où, Muriel ? Est-ce indiscret ?

— Dans une lingerie pour dames, je suis vendeuse.

— Ce qui veut dire que vous êtes familière avec la caisse enregistreuse ?

— Oui, avec tous les rouages du commerce au détail.

— Bon, dans ce cas, me voici sans détour. Que diriez-vous de travailler pour moi ? Je cherche une vendeuse de votre genre, ce qui me permettrait de m'occuper de mes réparations sans avoir à intervenir pour chaque client qui entre.

— Mais je ne m'y connais pas en montres et en horloges… Je connais les bijoux, certes, mais pas ceux en or avec les différents carats. J'en aurais à apprendre…

— Je vous enseignerai tout, Muriel, vous n'auriez rien à craindre.

Il l'avait appelée deux fois par son prénom. Il espérait sans doute qu'elle emboîte le pas, mais elle persista avec le « monsieur Derais » trouvant que la familiarité n'avait pas encore sa place entre eux.

— Alors, la proposition vous plaît ? Je serais prêt à vous donner cinq dollars par semaine de plus que ce que vous gagnez à la lingerie, sauf qu'ici vous n'aurez pas de jour de congé, je suis ouvert six jours par semaine, et vous n'aurez pas de collègue pour prendre la relève.

— Mais il y a votre femme qui, le vendredi, le samedi… Je l'aperçois lorsque je passe ici les fins de semaine.

— Rachel vient m'aider parce que je n'ai pas trouvé d'employée fiable, à moins que vous… Ma femme s'occupe de Chantal, notre fille de neuf ans qui vit avec elle. Pour tout vous dire, ma femme et moi sommes séparés, mais nous maintenons un certain lien pour notre fille. Un lien amical, rien d'autre. Un jour, le divorce suivra. J'attends qu'elle le demande, je préfère que ça vienne d'elle.

Et voilà qu'il venait de lui avouer qu'il était père d'une fille de neuf ans prénommée Chantal. Ce qui dérouta Muriel qui eut soudainement envie de refuser son offre. Mais le regardant, réalisant que cet homme l'attirait, qu'il était beau comme un dieu, elle fit mine d'hésiter pour ensuite lui répondre :

— Je ne sais trop, monsieur Derais, je ne peux quitter mon emploi sans avertir ma patronne au moins trois semaines à l'avance, ce serait indélicat, elle a été bien bonne pour moi.

— Oui, mais elle a une autre vendeuse et elle en trouvera sûrement une autre, située dans un centre d'achats comme le sien. Moi, installé sur la rue, c'est plus difficile de trouver et, si vous acceptiez, vous pourriez lui donner deux semaines d'avis, c'est dans les normes.

— J'imagine, mais vous voulez bien m'accorder quelques jours pour y réfléchir ? Vous me prenez à brûle-pourpoint…

— Prenez le temps qu'il faudra, Muriel, mais le plus tôt serait le mieux et, pensez-y, vous seriez plus près de chez vous en travaillant ici. C'est à considérer.

— Oui, évidemment, donnez-moi juste quelques jours et je vous reviens avec ma décision. Est-ce que cela vous convient ?

— Absolument. Dites-moi, cependant, vous n'êtes pas mariée, mais avez-vous quelqu'un dans votre vie ? Un enfant, peut-être ? Et puis-je vous demander votre âge ?

— Je n'ai rien de tout ça, monsieur Derais, personne dans ma vie actuellement, à part ma mère, pas d'enfant et, pour ce qui est de mon âge, je viens de célébrer mes trente ans le 5 janvier dernier.

— Heureux hasard, je suis né un 3 janvier ! Mais moi, j'ai fêté mes trente-deux ans.

— Deux Capricorne alors. Ça peut s'entendre ces deux bêtes-là ? ajouta-t-elle, en éclatant de rire.

— Je ne connais rien à l'astrologie, mais je pense que ça ira bien entre nous, je ne suis pas un patron exigeant. Dernière question, quel est votre salaire à la lingerie ?

— Le salaire minimum avec un lundi sur quatre de congé, comme aujourd'hui.

— Alors, avec moi, vite en calcul mental, vous aurez cinq dollars de plus par semaine, un salaire fixe, pas de congé cependant. Ce qui peut nuire à votre décision, peut-être ? demanda-t-il mielleusement, sentant que son charme opérait.

— Non, pas du tout. Laissez-moi y penser et je vous reviens avec une réponse d'ici quelques jours. Bon, sur ces mots, je dois partir, je n'habite pas loin, mais avec la noirceur... Je reviens vous voir ou je vous téléphone ?

— Je préférerais que vous reveniez me voir, Muriel, le téléphone, c'est si impersonnel.

— Je reviendrai, alors. Merci de votre temps, monsieur Derais.

— Non, juste Jacques, s'il vous plaît.

Muriel était sortie ravie de son entretien. Bien sûr qu'elle avait envie de travailler à longueur de journée avec cet homme qui, d'un regard, la troublait. Sa décision était prise, mais elle ne voulait pas paraître trop empressée à ses yeux. Elle rentra vite chez elle où sa mère l'attendait avec un chaudron de choux farcis à la viande. Ses « choux roulés » comme elle les appelait. Adrienne, voyant sa fille de bonne humeur, lui demanda :

— Qu'est-ce que t'as, toi, toute souriante ? As-tu trouvé vingt piastres dans un banc de neige ?

— Je reviens de chez l'horloger, maman. Il m'offre de travailler pour lui, il a besoin d'une vendeuse.

— Ben voyons donc, t'as déjà un emploi à la lingerie où la patronne ne jure que par toi. Tu vas pas la laisser tomber...

— L'horloger m'offre cinq piastres de plus par semaine.

— Seulement ça ? Ben, ça vaut pas la peine de changer d'place, voyons !

— Ce que tu oublies, c'est qu'il est situé tout près de la maison et que je vais m'instruire sur les bijoux en or, les montres, les horloges... Un cours complet qui me servira peut-être ailleurs, après.

— Tu vas travailler combien de jours par semaine ?

— Six, il est ouvert le samedi, mais ça ne me dérange pas…

— Bon, voilà où il place son cinq piastres de plus, lui ! Pas même un lundi de congé par mois ! Je savais bien qu'il y avait anguille sous roche, mais à ce je vois, ta décision semble prise. Tu veux y aller, n'est-ce pas ? Qui te dit qu'il ne veut pas juste te faire la cour et…

— Je t'arrête, tu avais raison, il est marié, maman, ils ont même une fille de neuf ans… Non, j'irais pour avancer dans la vie, de l'instruction de plus, ça ne peut pas nuire, non ?

— Tant qu'à ça. Oui… mais mange, ça va refroidir cette assiette-là, pis j'ai fait cuire une tarte aux bleuets pour dessert.

— Non, merci, pas pour moi, faut que je surveille ma ligne si je veux faire bonne impression sur les clients. Beaucoup d'hommes viennent à l'horlogerie, c'est pas comme à la lingerie où je n'ai que des p'tites veilles à la semaine longue.

— Dénigre personne, Muriel, surtout pas les femmes âgées, ton tour va venir un jour… Tu lui donnes ta réponse quand, au bijoutier ?

— Dès que j'avertirai ma patronne de mon départ. Je dois lui donner deux semaines d'avis si elle l'exige. À moins qu'elle ait une autre vendeuse en attente dans ses demandes d'emploi. On verra bien…

Muriel se leva, s'étira d'aise, et sa mère, la fixant, lui demanda :

— Tu t'es fait coiffer et maquiller juste pour aller le voir, pas vrai ?

— Faut quand même pas arriver délabrée quand on est convoquée. La tenue, les bonnes manières, ça impressionne, tu sais. Et monsieur Derais est fort cultivé, j'ai vu des diplômes sur son mur. Un du collège classique et un autre de l'Institut de l'horlogerie.

— As-tu rencontré sa femme en même temps que lui ?

— Non, mais je l'ai vue l'autre jour en allant chercher ma bague.

— Pis, de quoi elle a l'air ?

— Difficile à dire, elle avait l'air bête, pas de façon, juste polie, le sourire absent. Pis grosse et frisée aux bigoudis à moins que ce soit une permanente... Bref, peu aimable, mais c'est avec lui que je vais travailler, pas avec elle.

— N'empêche qu'elle a pas dû priser ton allure de vedette, attriquée comme tu l'étais.

— Ça, c'est son problème, pas le mien !

— Bon, fais donc ce que tu voudras, à ton âge on peut pas penser pour toi. Avant que je l'oublie, je me suis inscrite à des cours de conduite. On va pas laisser la Chevrolet de ton père rouiller dans le garage. Tu pourrais en prendre, toi aussi.

— Non, une seule conductrice, ça va suffire. On magasine toujours ensemble, maman, pis les autos, moi, non, c'est juste bon pour salir tes vêtements et tes mains. Je te la laisse, maman. Mal prise, j'aime mieux appeler un taxi.

— Fais à ta tête, Muriel. De toute façon, avec tes cornes de Capricorne, tu fonces dans tout sans regarder plus loin que ton museau. J'suis pas sûre de ta décision, je te le répète. T'étais bien à la lingerie, ta patronne te gâtait, t'allais même avoir une augmentation. Mais comme j'te connais, tu vas faire juste à ta tête. Et t'as toujours raison, bien entendu ! T'astiner, c'est dépenser sa salive pour rien !

Chapitre 2

Muriel était peinée de voir sa patronne de la lingerie si désemparée à l'annonce de son départ. Elle avait cru qu'elle la remplacerait facilement, mais ce n'était pas le cas. Reconnaissante pour tout ce qu'elle avait fait pour elle, Muriel lui donna trois semaines d'avis au lieu de deux, ce qu'apprécia sa patronne sans toutefois omettre de lui dire :

— J'espère que tu ne le regretteras pas, Muriel. Je pense avoir toujours été correcte avec toi. Quand tu étais malade ou que tu avais un empêchement, je te payais quand même... Et les clientes t'aimaient tant...

Muriel l'avait interrompue pour lui répondre :

— N'ajoutez rien, ça va me mettre le cœur en boule. Moi aussi j'ai de la peine de vous quitter, mais faut bien que j'avance. Dans une bijouterie, j'ai beaucoup à apprendre tandis qu'ici avec juste du linge...

— Bon, ça va, t'as peut-être raison, mais j'ai bien peur de ne pas être capable d'en trouver une autre comme toi. Je pouvais partir deux semaines sans m'inquiéter du magasin… Toute bonne chose a une fin, n'est-ce pas ?

Elles s'étaient étreintes et sa patronne avait ajouté :

— Je vais au moins t'avoir encore pour trois semaines. C'est bien aimable de ta part et ça va me donner le temps de trouver au moins une personne fiable. C'est à souhaiter, car une vendeuse comme toi…

Évidemment, Jacques avait été contrarié, mais sans le manifester, il se montra bon joueur et attendit que celle qu'il convoitait se libère de son emploi antérieur. Plus contrariée encore était madame Augère qui ne cessait de hocher la tête en guise de désapprobation, lui répétant encore un certain soir :

— Tu fais une erreur, Muriel, tu étais bien à la lingerie. Mon petit doigt me dit que tu n'aimeras pas ça à la bijouterie. Travailler avec un homme en plus ! Tu connais rien de lui ! Plus naïve que toi, cherche-la !

Ce à quoi Muriel n'avait rien répliqué pour ne pas subir une contre-attaque de sa mère.

C'est finalement le 8 février que Muriel fit son entrée à la bijouterie où l'attendait, souriant, son patron Jacques Derais. Très joliment vêtue, la coiffure blonde jusqu'aux épaules, le rouge à lèvres bien appliqué, mademoiselle Augère en mit plein la vue à l'horloger qui, lui, la recevait vêtu d'un *jean* avec chemise sport ouverte jusqu'au second bouton. Une allure décontractée qui le rendait plus *sexy* qu'avec son complet noir. Tout avait été planifié, il savait comment s'y prendre pour conquérir une femme. À la fin la journée, il lui avait dit :

— Si vous n'êtes pas pressée, j'aimerais vous inviter au restaurant pour célébrer votre arrivée.

Ce qu'elle n'avait pas refusé, bien sûr, non sans aviser sa mère qu'elle ne rentrerait pas pour le souper, qu'elle avait été invitée par... Elle n'eut pas le temps de terminer que madame Augère lui avait lancé :

— Ça commence bien !

Pour ensuite raccrocher sans attendre que sa fille lui souhaite une bonne soirée.

Il ne l'avait pas invitée dans un endroit chic de la rue Saint-Denis, mais dans un restaurant de seconde zone de la rue Berri où l'on servait des repas complets, midi et soir. Les chaises étaient en bois, peu confortables, mais Muriel ne s'en plaignit pas, ayant devant elle l'homme au plus beau sourire qui soit. À leur entrée dans l'établissement, des têtes s'étaient tournées sur l'élégance de Muriel, et d'autres, celles de quelques femmes, sur le *sex-appeal* de son compagnon. Ayant choisi une table en retrait pour moins entendre les cris et les rires des enfants sur place, Jacques commanda un repas complet consistant d'une soupe aux légumes, de bœuf aux nouilles et d'un dessert au tapioca. Rien de recherché, d'ailleurs le restaurant n'offrait rien de tel. Muriel, quelque peu hésitante, finit par commander une salade au poulet précédée d'un jus de légumes. Jacques, retenant la serveuse, avait ajouté :

— Apportez-nous un carafon de vin maison. Le rouge, s'il vous plaît.

Sans avoir demandé à Muriel si elle préférait le rouge ou le blanc. D'autant plus que le rouge avec une salade au poulet… Mais Muriel s'y conforma. Elle n'avait d'yeux que pour lui, pour ses cheveux d'ébène mi-longs, pour ses yeux noirs et profonds, pour ses dents blanches, pour ses lèvres charnues, pour ses six pieds qu'il imposait quand il se levait… « Une belle pièce d'homme », comme auraient pu dire certaines femmes devant un tel spécimen. Lui, de son côté, la dévorait des yeux. Elle était si belle, si bien tournée, si attirante, il avait vu tous les mâles du restaurant, le proprio inclus, la dévorer des yeux, et ça l'avait flatté. Mettant de côté sa réserve, il lui avait demandé à la fin du repas :

— Accepteriez-vous qu'on se tutoie ? Tant qu'à travailler ensemble chaque jour… Je pense que ce serait plus sympathique.

— Heu, j'imagine, mais n'est-ce pas un peu tôt ? Que dira votre femme de cette familiarité ?

— Allons, Muriel, oublie ma femme, nous ne vivons plus ensemble, je suis libre comme l'air. Autant que tu peux l'être.

— D'accord alors, tu veux bien me commander un café pour terminer, Jacques ?

Ils éclatèrent tous deux de rire. La glace était rompue et l'horloger venait de faire un pas de plus en direction de sa conquête. Ils repartirent du restaurant et Jacques s'offrit de la déposer à la porte de sa demeure. Sur les lieux, le moteur encore en marche, il lui effleura la joue de sa main chaude retirée de son gant, et elle en frémit. Il lui replaça une mèche rebelle, mais il ne l'embrassa pas, ne voulant nullement brusquer la belle qui, pourtant, n'aurait pas résisté. Pour Jacques Derais, une chose à la fois, tout était calculé. Avec précision. Aussi bien dans ses conquêtes que dans le boîtier d'une montre.

Après deux semaines comme vendeuse à la bijouterie, Muriel était plus heureuse de son emploi qu'elle ne l'avait jamais été à la lingerie durant cinq ans. Avant la lingerie, elle avait été caissière dans un cinéma et, plus avant encore, après avoir quitté ses études, elle avait été téléphoniste dans une plomberie du centre-ville. Mais là, avec un bijoutier-horloger, elle était aux anges. Ne sachant trop si elle devait considérer Jacques comme un bijoutier ou un horloger, elle lui avait posé la question un après-midi et il lui avait répondu :

— Un bijoutier, c'est celui qui fabrique et qui vend des bijoux. Ce qui n'est pas mon cas. Je ne fabrique rien et je vends des bijoux qui me sont fournis par des manufacturiers, des bijoux sans importance. L'or, j'en tiens aussi, il est placé en consignation ici. Ce que je vends, je le paye et ce qui ne marche pas, je le retourne. Donc, je n'ai rien d'un réel bijoutier. Je suis d'abord et avant tout un horloger, Muriel. Un horloger doit démonter, réparer, nettoyer, régler et mettre au point les différents mécanismes d'appareils horaires. Des horloges, des montres, des réveille-matin, tu dois les réparer et aussi en vendre et conseiller la clientèle. J'ai fait mon cours d'horlogerie, j'ai mon diplôme sur le mur. Donc, pour te répondre, je suis un horloger doublé d'un bijoutier puisque je connais aussi les bijoux de toutes sortes. Ceux en dix, quatorze, dix-huit ou vingt-quatre carats plus précisément. Pour ce qu'on appelle le *costume jewellery*, je te laisse le soin de les vendre, on n'a pas besoin de cours pour ça.

— Tant mieux, car pour les autres bijoux en or, je préfère te laisser les clients qui se renseignent sur la valeur d'une gourmette, son poids et son nombre de carats...

— Oui, mais tu apprendras et d'ici six mois, tu pourras tout vendre ou presque ce que j'ai dans le magasin quand je ne serai pas là pour te tirer d'embarras.

Elle avait souri d'agrément, elle était si bien avec lui, il était si gentil, si aimable, poli et à sa place. Madame Augère n'avait pas manqué de venir mettre son nez pour saluer sa fille. Sans l'avoir avertie, bien entendu. L'apercevant au bout du comptoir, Muriel se dirigea vers elle et lui demanda :

— Qu'est-ce qui tu fais ici, maman ?

— Bien, un p'tit tour ! J'étais dans les parages et je suis arrêtée. C'est permis, non, quand on voit sa fille de la vitrine ?

— Bien sûr, viens que je te présente à mon patron.

— Jacques, voici ma mère, elle passait dans le coin...

L'horloger se leva de son banc et salua poliment madame Augère en l'assurant que sa fille s'était bien adaptée à son travail et qu'il était fier d'elle. Froide, distante, faisant mine d'être altière, elle avait juste répondu sans lui donner la main :

— C'était à espérer, monsieur, Muriel est très vaillante.

Sans lui sourire, sans trop le regarder, en retournant vite auprès de sa fille pour lui demander à quelle heure elle comptait rentrer pour souper.

Le soir venu, après son bol de soupe habituel, Muriel demanda à sa mère :

— Pourquoi t'as pas été plus gentille que ça avec mon patron ? J'étais mal à l'aise...

— Parce que je l'aime pas, Muriel. Il a quelque chose dans le regard qui ne me revient pas. Il a l'air sournois...

— Bon, tu lui cherches déjà des poux ? Il est pourtant charmant, il a été aimable avec toi. Et tu as vu comme il est beau, maman ?

— La beauté s'en va, la bête te reste, Muriel. Retiens bien ça !

— Ben voyons donc, c'est mon patron, pas mon chum, maman !

— Ça viendra, ma fille, j'ai vu ses yeux quand il te regardait, il y a quelque chose de malhonnête dans cet homme-là. Tu es tellement inconsciente... Il t'appelle par ton p'tit nom pis il te tutoie déjà ! Pis toi, tu fais pareil avec lui ! C'est des indices, tout ça ! Un homme marié à part ça !

— Non, séparé, maman. Il ne vit plus avec sa femme, il a son logement en haut du magasin.

— Manquait plus qu'ça !

La semaine suivante, alors que Jacques cassait la croûte avec Muriel dans le *back-store* du commerce, cette dernière lui demanda :

— Tu ne m'as pas encore parlé de ta famille. Tu as tes parents, des frères et sœurs ?

— Oui, j'ai toujours mes parents, mais tu ne risques pas de les voir souvent, ils habitent au Nouveau-Brunswick, à Edmundston plus précisément, où mon père avait été transféré avant de prendre sa retraite. Ils aiment beaucoup ce coin-là et je ne les vois qu'une fois par année quand je m'y rends pour les visiter. Ma mère voyage peu, elle a peur de l'avion et elle trouve que c'est trop loin pour le faire en auto. De plus, je n'ai pas de frère, je n'avais qu'une sœur, Diane, mais elle est décédée de la leucémie à l'âge de dix-sept ans. Ma mère ne s'en est jamais remise. Diane habitait avec eux et entrevoyait de devenir infirmière.

— Comme c'est triste... Je suis vraiment désolée... Elle était plus jeune ou plus vieille que toi ?

— Plus jeune de deux ans. Donc, je n'ai pas de famille proche de moi à part mes parents. J'ai des oncles et des tantes, bien sûr, des cousins et cousines, mais je ne fréquente personne. Ils n'ont rien à m'apporter, ils n'ont fait aucune étude spécialisée.

Sans le laisser paraître, Muriel prit cette remarque pour elle et ne le questionna pas davantage sur sa parenté immédiate. Elle bifurqua donc sur sa femme en demandant :

— Tu l'as connue où, Rachel ?

— Je croyais te l'avoir dit. Après nos études secondaires respectives, ses parents m'avaient hébergé durant mes cours spécialisés alors que Rachel étudiait en comptabilité. Comme ses parents étaient en moyens, ils me gâtaient beaucoup et je pourrais dire que ce sont eux qui, à la longue, ont orchestré notre mariage. Je n'ai vu rien venir et vlan ! J'étais fiancé puis marié à une fille que j'aimais plus ou moins. Aujourd'hui, Rachel habite dans une grande maison avec Chantal, à Westmount. C'est son père qui la lui a offerte.

Tellement fier de sa fille, comptable. Autre chose que tu aimerais savoir ?

— Non, je crois avoir fait le tour. Tu aimerais que je te parle un peu de moi, maintenant ?

— J'allais te le demander.

— Bon, tu connais ma mère, Adrienne ? On la rencontre une fois et on s'en rappelle ! Mon père est mort l'année dernière, mais ce ne fut pas une grande perte. Ce fut même une délivrance pour ma mère, il était alcoolique. Moi, il semblait bien m'aimer, mais ce n'était pas réciproque. Je voyais comment il traitait maman et ça me tuait de ne pouvoir la défendre. J'ai tenté d'intervenir souvent, mais chaque fois il claquait la porte et il était deux semaines sans me regarder. Tant mieux, parce qu'il sentait la bière à plein nez ! Dieu ait son âme, Adrienne a fini par en être délivrée. Or, je n'ai ni frère ni sœur, ma mère a fait chambre à part après que je sois née. Elle ne voulait plus d'enfants de cet ivrogne qui, parfois, levait la main sur elle. D'où le vilain caractère qu'elle a maintenant. Elle a été sur ses gardes toute sa vie, elle est devenue méfiante, parfois méchante, mais quand on connaît son histoire…

— Elle ne semble pas m'aimer si j'en juge par notre brève rencontre. Pas même un sourire…

— T'en fais pas, elle n'aime personne et même quand elle apprécie quelqu'un, elle a la façon courte.

— Bon, ça va, ce n'était pas un reproche… Trêve de parenté maintenant, ici, il n'y a que nous deux, Muriel.

Étonnée, elle détourna la tête de son côté et il s'empara de ce moment pour l'embrasser. Un baiser lancinant, tout en lui jouant de la main sur la hanche. Un baiser qu'elle lui rendit en frissonnant d'émoi dans ses bras. Puis, rassuré, il lui murmura :

— Je t'aime.

Prise d'une forte sensation dans cette première étreinte, elle répondit :

— Moi aussi, Jacques.

Pour ensuite s'emparer à nouveau de ses lèvres encore entrouvertes avec sa langue.

Quelques semaines s'écoulèrent et Muriel, heureuse de travailler chaque jour avec celui qu'elle aimait, ne s'était pas encore donnée à lui qui, de son côté, attendait impatiemment qu'elle fasse les premiers pas. Ce qui se produisit un certain soir, après la fermeture du magasin, alors que tous deux dans l'arrière-pièce faisaient le bilan de la journée. Debout derrière lui qui, assis, comptait les recettes ainsi que les ventes à crédit de la journée, elle mit ses bras autour de son cou et lui murmura :

— Il serait peut-être temps, tu ne trouves pas ?

Jacques, qui n'attendait que ce moment, releva la tête, lui sourit et elle l'embrassa langoureusement. Ils éteignirent les lumières du commerce, montèrent en haut par l'escalier intérieur qu'il avait fait installer quand il avait pris possession de l'immeuble, et rendus dans le logis, il la dirigea adroitement vers la chambre où, empressée, elle se libéra de ses vêtements, sauf de son soutien-gorge et de sa culotte de soie qu'il retira délicatement. Puis, la déposant sur le lit encore défait du matin, il fit en sorte de se délivrer de son pantalon et de son sous-vêtement, en ne gardant que sa camisole blanche qui lui donnait une allure de mâle viril. D'autres baisers, des mots d'amour, des « je t'aime » et des « toujours », et Muriel venait d'être possédée par, selon elle, le plus bel homme de l'univers. Lui, de son côté, était tombé sous le charme du plus beau corps qu'une femme de trente ans puisse exhiber. Plus que parfaite selon lui qui l'avait imaginée superbe, mais pas aussi sublime. Habile, expérimenté, il l'avait envoyée au septième ciel alors qu'elle se trémoussait de plaisir et de jouissance. Jamais elle n'avait eu de relation aussi intense, sûrement pas avec le jeune Dickie et pas même avec un ou deux partenaires lors d'escapades nocturnes alors qu'elle était caissière de cinéma ou réceptionniste à la plomberie. Après une heure ou un peu plus, à bout de souffle, elle se dégagea de l'emprise et lui murmura :

— Je savais que ce serait merveilleux. Je t'aime, Jacques, tu ne peux savoir à quel point… Je veux être à toi sans cesse.

— C'est aussi mon désir, Muriel. Je ne m'attendais pas à un corps aussi désirable, à des caresses aussi ardentes…

Sans qu'elle s'en rende compte, il ne lui avait pas redit « je t'aime » comme elle l'avait fait. Il était comblé physiquement, ce qu'il recherchait sans doute et qu'il venait de trouver. Il vantait son corps et son audace, mais ne parlait pas de ses tendres baisers. Comme si les gestes seulement avaient réussi à lui faire aimer follement celle qui allait, dès ce jour, devenir sa maîtresse. Rhabillés tous les deux, elle suggéra un petit souper au restaurant, mais il préféra un flétan au citron qu'elle préparerait, alors qu'il servirait le vin blanc de l'épicier. La soirée se prolongea dans des aveux amoureux de part et d'autre. La sentant subjuguée, il lui avoua qu'il n'avait jamais été aussi comblé par une femme avant elle. Ce qui mena Muriel à lui demander :

— Parce qu'il y en a eu beaucoup d'autres, Jacques ?

— Mais non, voyons, tu oublies que j'étais marié… Mais une ou deux en passant. J'ai trente-deux ans, Muriel, pas vingt-deux ! Serais-tu jalouse de mon passé ?

— On dirait bien, murmura-t-elle en rougissant un peu, mais à partir de maintenant je veux être la seule pour toi.

— Ce que tu seras, mon amour, la seule à vie si tu veux bien…

— Bien sûr que je veux que ce soit pour la vie.

— Alors, un pas de plus, Muriel, viens vivre ici.

Elle avait été saisie par l'invitation. Au point de ne pas trop savoir quoi lui répondre. Sur son insistance, cependant, elle lui promit d'y réfléchir et de voir comment elle pourrait quitter sa mère. Ce à quoi il lui avait répondu :

— Voyons, Muriel, à ton âge… Tu peux quand même prendre tes décisions sans elle, il y a longtemps que tu aurais pu être mariée et hors de la maison.

— Ce qui n'est pas pareil. Là, partir pour aller vivre avec un homme comme une concubine…

— C'est temporaire, Muriel. Dès que j'obtiendrai mon divorce, nous nous marierons, je te le promets.

— Tu voudrais de moi pour toute la vie ?

— N'en est-ce pas la preuve ? Je t'aime, Muriel.

Folle de joie à l'idée du mariage et de son aveu inhabituel, elle se jeta dans ses bras et l'embrassa longuement pour ensuite lui murmurer :

— Je vais voir ce que je peux faire dès ce soir, Jacques. Je vais en parler à ma mère et, malgré son désaccord, je vais venir vivre avec toi. Ne pourrions-nous pas attendre au printemps cependant ? L'hiver, c'est si froid…

— Dans mes bras, tu n'auras jamais froid, Muriel. Mais pour te rassurer, disons qu'à la fin de mars, ce serait idéal. Tu aurais le temps de faire tes valises, voir ce que tu emportes et ce que tu laisses, habituer ta mère à ton départ éventuel…

— Voilà qui est plus raisonnable, mais je lui parle dès ce soir. Il faut battre le fer pendant qu'il est chaud.

De retour chez elle, à table avec sa mère qui venait de lui servir une tasse de thé, Muriel la fixa longuement comme pour analyser son humeur du moment.

— Qu'est-ce que t'as à me regarder comme ça, toi ?

— Rien, maman, ou plutôt oui, j'ai quelque chose à t'annoncer.

— Quoi donc ?

— Je vais quitter la maison, maman, et aller habiter avec Jacques. Il m'a gentiment invitée à partager son logement.

Sidérée, puis retrouvant son souffle, Adrienne mit son poing sur la table et s'écria :

— Ah ça ! non, jamais ! L'animal ! Il veut t'enlever à ta mère ? Tu as un toit ici, tu n'as pas besoin de lui. Dis-lui d'aller au diable avec ses offres semblables ! Il y a bien assez que tu le fréquentes !

Droite et altière, Muriel s'était levée, s'était penchée vers elle et lui avait répondu froidement :

— J'ai trente ans, maman ! Je n'ai besoin de personne pour me dire quoi faire, pas même de ma mère ! J'aime Jacques, il m'aime et nous allons vivre ensemble. Est-ce assez clair ?

Stupéfaite, madame Augère fit mine de pleurer et opta pour une autre stratégie.

— C'est ça, laisse ta mère toute seule, sois sans-cœur, c'est le cadeau des enfants qu'on s'est fendu en quatre pour élever ! C'est ça, va avec lui si tu l'aimes plus que moi qui t'ai tout donné. Ah ! si ton père entendait ça…

— Il n'aurait rien eu à dire, lui, il était toujours saoul ! Ça lui aurait passé dix pieds par-dessus la tête, il t'aurait fait taire avec… Tu sais ce que je veux dire, non ?

— Ne me rappelle pas de mauvais souvenirs ! Tu es une ingrate ! Tu as le caractère de ton torchon de père ! Vas-y avec ton horloger, accote-toi avec lui, ça va juste faire parler les clients dans le quartier. Pis sa femme va…

— Ne parle pas d'elle, il est en instance de divorce et il va m'épouser dès qu'il l'obtiendra.

— Mon œil, Muriel ! T'as pas fini d'attendre, il n'est même pas séparé.

— Oui, il l'est !

— De corps seulement, pas officiellement. Pis comme ton idée est faite, vas-y, installe-toi avec lui, deviens sa maîtresse, torche-le, fais ce que tu veux, mais ne m'en parle plus, ma soupe va remonter pis finir sur le plancher !

Muriel n'avait rien ajouté, le pire était passé. Adrienne savait qu'elle allait la quitter, c'est tout ce qui comptait.

Néanmoins, elle avait sursauté quand sa mère lui avait lancé : « Deviens sa maîtresse. » C'était la première fois que ce terme se glissait dans un différend avec elle. Le lendemain, avisant Jacques du fait accompli de la veille, elle avait ajouté :

— Je sais que ça ne sera pas facile pour elle.

Pour toute réponse, il lui lança de son banc d'horloger :

— Elle va s'y faire.

Pour ensuite lever les yeux sur elle, la détailler dans son tailleur moulant et lui dire :

— Approche, mon amour, viens plus près.

S'exécutant, Muriel sentit une main baladeuse sous sa jupe alors qu'il lui disait :

— Comme tu sens bon…

— Jacques ! Pas ici ! Un client peut entrer à tout moment !

Il la retint quelques secondes de plus et ajouta en retirant sa main fiévreuse…

— On fermera à clé pendant l'heure du dîner.

En début d'après-midi, après l'excès d'oreiller terminé, il lui demanda :

— Dis-moi, ça te plairait d'aller au cinéma ce soir ? Ça te permettrait de laisser ta mère s'habituer à ton absence, et il y a un film en ville que j'aimerais voir et dont j'avais raté la sortie.

— Lequel ?

— *Les Choses de la vie,* avec Michel Piccoli et Romy Schneider. J'aime tout ce que fait cet acteur et, comme je suis friand de films français… Toi aussi, j'espère.

— Oui, si on veut, mais j'aime aussi les films américains. Ceux de Robert Redford, surtout. Tu as vu *Barefoot in the Park* avec lui et Jane Fonda ? Je l'ai vu avec ma compagne de travail à la lingerie.

— Non, je viens de te dire que je préfère les films français, et ce, depuis toujours.

— Bon, allons-y avec ton choix. De toute façon, Romy Schneider était si belle dans *Sissi*, j'imagine qu'elle n'a pas changé.

Le mois de février terminé, le couple, de plus en plus uni, travaillait sans relâche au profit de la bijouterie-horlogerie. Jacques vendait des montres de prix, réparait des horloges grand-père, et Muriel s'occupait des bijoux et des autres accessoires étalés sur les tablettes. Toutefois, dès que la clé était dans la porte pour une heure ou un peu plus, ils montaient à l'appartement pour un léger lunch qu'elle préparait, des sandwichs la plupart du temps, et Jacques l'entraînait dans la chambre où l'amour était maintenant au menu… quotidien ! Insatiable, fou d'elle et de ses courbes, il annulait un rendez-vous avec un fournisseur pour prolonger son plaisir. Muriel, amoureuse au plus haut point, se pliait à toutes ses exigences sans lui avouer, cependant, qu'un jour sur deux elle aurait pu sauter… la chose. Le jeudi 4 mars 1971, une terrible tempête de neige s'abattit sur le Québec et Muriel, malgré sa bonne volonté, ne put se rendre au commerce. De son côté, Jacques, avec sa vieille voiture prise dans un banc de neige, ne put aller la chercher. Et comment aurait-il pu faire avec les dix-huit pouces de neige qui allaient s'ajouter, selon la météo ? Au bout du fil, il lui avait dit :

— Ça va, repose-toi, on se reprendra demain. Je vais m'occuper seul des clients aujourd'hui.

Comme si un seul client allait venir avec ces rafales de vent et la poudrerie qui n'avaient de cesse.

Dimanche 21 mars, premier jour du printemps selon le calendrier, et Muriel remplissait une dernière boîte pour le déménagement du lendemain chez son bien-aimé. Sa mère l'avait regardée faire sans lever le petit doigt pour l'aider. Toutefois, quand elle se rendit compte que sa fille avait terminé et tout rangé dans le couloir pour le camionneur le lendemain, elle lui dit :

— D'après ce que je vois, t'as pas changé d'idée.

— Ben voyons donc, si ça avait été le cas, j'aurais pas passé l'après-midi pliée en quatre pour emballer mes bibelots. Ta question est insignifiante.

— Insignifiante tant que tu voudras, n'empêche que tu t'en vas vivre avec un homme marié. C'est une honte, ça ! On va te regarder de travers, ma fille !

— C'est le dernier de mes soucis, maman. Quand on aime…

— L'amour est aveugle, Muriel ! Parle avec ta tête ! Ton amant a une fille dont il s'occupe même pas ! Un père dénaturé, celui-là ! Pis l'amour qu'il a pour toi, c'est juste une histoire de fesses ! Pareil comme ton p'tit Anglais, ce cochon-là ! Encore pire à son âge !

— Arrête ! Un mot de plus et je passe la soirée au cinéma !

— Il a des yeux vicieux, ton horloger ! Je l'ai vu juste une fois et j'ai perçu toute la débauche qu'il avait au corps d'un seul regard ! Ah ! comme tu vas le regretter, Muriel ! Pis tu penses qu'y va te marier, l'homme de ta vie ? Foutaise, Muriel ! D'la m… tout ça ! Je m'retiens pour pas te dire tout c'que je pense de lui, ce puant-là !

Muriel se leva, enfila son manteau et ses bottes et déverrouilla la porte.

— Où est-ce que tu t'en vas comme ça ?

— Je t'avais prévenue. Aux vues !

Malgré sa querelle verbale avec sa mère la veille, Muriel se leva de bon pied et attendit que les déménageurs s'amènent. Piteuse, Adrienne lui demanda :

— T'as déjeuné ? Tu veux un autre café ?

Faisant contre mauvaise fortune bon cœur, sa fille lui répondit :

— Non, juste un ça suffit le matin. Mais j'y pense, tu peux garder mon courrier quand j'en recevrai ? Je passerai le chercher. De toute façon, je vais revenir te visiter souvent. On va encore souper ensemble quand ça adonnera.

— Bien… j'y compte bien, je suis ta mère… murmura madame Augère.

Sans s'emporter cette fois, sans verser la moindre larme et sans élever le ton qui déplaisait tellement à Muriel.

Le déménagement se fit sans encombre et, les valises et boîtes en route, Muriel attendit que Jacques passe la prendre avec sa bagnole aux pneus usés. Elle enfila ses bottes, déposa un baiser sur le front de sa mère et sortit en trombe pour éviter une dernière remarque désobligeante. À bord de la voiture, serrant la main de Jacques dans la sienne, elle lui dit :

— Emmène-moi loin d'ici avant qu'elle me jette un sort par la fenêtre.

— Ou à moi ! J'ai vu son regard haineux dans ma direction quand tu as ouvert la porte. Des flèches empoisonnées !

— Qu'importe, pense à tout ce qui nous attend, mon chéri. On dîne au restaurant ?

— Non, on va vite au magasin, j'ai fait des sandwichs avant de partir. Je suis certain qu'un ou une cliente nous attend !

Le dernier jour du troisième mois, alors que Jacques était à son banc, penché sur un réveille-matin défectueux, Muriel se mit en frais de décorer sa vitrine pour Pâques qui arrivait. Fouillant dans une boîte où c'était inscrit « printemps », elle découvrit des bracelets, des colliers et des boucles d'oreilles aux tons plus chatoyants que ceux de l'hiver. Elle fouilla jusqu'au fond et trouva plusieurs paires de boucles d'oreilles de l'année dernière. Et, ô surprise, une paire avec des perles roses, exactement les mêmes qu'elle avait achetées quand elle s'était arrêtée devant la vitrine le premier jour. Les dépoussiérant quelque peu, elle tourna la petite étiquette de bord et put y lire 5,00 $, écrit à la main comme sur toutes les autres. L'écriture de Jacques. Étonnée, elle voulut les lui montrer, mais s'en abstint. Par contre, le front plissé, elle se demandait si Jacques lui avait vendu ces boucles à rabais ou s'il lui avait menti en lui disant qu'elles valaient 10,00 $. Les sourcils froncés, elle ne pouvait croire qu'il l'avait jouée en lui disant qu'il les lui laissait au prix du gros. Premier accroc.

Chapitre 3

Six mois qu'ils étaient ensemble et tout semblait aller pour le mieux. Épris l'un de l'autre, amoureuse à outrance, Muriel était devenue sa maîtresse en titre, se foutant bien de ce qu'on allait penser. Pour apaiser les chuchotements de la part de certaines clientes, il avait dit à l'une d'entre elles que Muriel était sa fiancée, que lui et sa femme s'étaient quittés. Ce que la dame avait avalé de bonne foi pour ensuite le répandre dans le quartier. Néanmoins, la supposée fiancée besognait beaucoup dans cette boutique tout comme dans le logement. Au point de questionner Jacques un jour :

— Qu'est-il arrivé avec la femme de ménage ? Elle ne vient plus ?

— Non, je l'ai congédiée quand tu es arrivée. Un si petit magasin, Muriel, tu es certes capable de t'en occuper, tu n'as pas de clients à longueur de journée.

— Je sais, mais je ne me tourne pas les pouces pour autant. Les inventaires à maintenir, mes comptoirs, la vitrine, les fournisseurs de bijoux… Et puis, il y a l'arrière-boutique et le haut aussi ! Tu aurais pu la garder pour l'un ou pour l'autre, c'est beaucoup d'ouvrage pour moi, je n'ai pas une minute de libre.

S'approchant d'elle, l'embrassant dans le cou, il lui répondit :

— Tu es vaillante, une femme forte de l'Évangile, tu arrives à t'en sortir depuis des mois. Pense à l'argent que tu me fais sauver. Avec cette économie, je serai en mesure de changer la voiture qui tombe en ruines et, bientôt, je te réserverai une belle surprise.

— Ah oui ? Une croisière dans les Caraïbes comme on en annonce à la télévision ?

— Mieux que ça, mon amour, tu verras.

Folle à l'idée d'être choyée, adorant les surprises, Muriel se mit en frais de nettoyer le plancher du magasin ainsi que, le soir venu, ceux d'en haut en plus de s'occuper du repas et de la vaisselle. La voyant à l'œuvre, Jacques lui avait dit du bout de la table :

— Tu vois ? Tu es en forme, tu as la force de tout faire et comme tu disais ne pas avoir une minute de libre, viens, je vais t'en accorder plusieurs de ces minutes si précieuses.

Et ce disant, il l'entraîna dans la chambre où le repos consisterait en un assaut de quelques heures. Ce qui plaisait à Muriel, mais qui ne la reposait guère. Avec l'amour fou qu'elle lui portait cependant, elle ferma les yeux, absorba ses caresses, l'embrassa goulûment, et lui rendit par des gestes que sa mère aurait trouvés « déplacés » ce que son « fiancé » exigeait d'elle chaque nuit lorsque nue, elle était allongée sur lui.

Le reste de l'année s'écoula sans heurts, les arbres étaient dénudés, et Muriel et Jacques formaient un charmant couple que les clients respectaient. Quoique certains différends survenaient entre eux, surtout quand il s'agissait d'argent. Muriel s'était rendu compte que son horloger était très économe. Trop à son goût ! Ça frôlait la pingrerie... Mais elle l'aimait tellement qu'elle préférait se dire qu'il sauvait tout ce qu'il pouvait pour la choyer de ce qu'il lui avait promis, sans savoir encore... quoi ! La jeune femme se rendait parfois chez sa mère pour un souper avec elle et tout se passait sans incident réel. Jacques n'y était pas invité, sa « belle-mère » ne pouvait pas le « blairer » selon un verbe qui lui était familier. Toutefois, un certain samedi soir, voyant sa fille entrer pour se mettre à table avec elle, Adrienne lui demanda :

— Coudon, es-tu au régime, toi ?

— Bien non, pourquoi ?

— T'as l'air plus lousse dans ton costume que la dernière fois.

— J'ai peut-être perdu cinq livres, je travaille beaucoup...

— Manges-tu à ta faim, au moins ?

— Bien oui, maman, Jacques m'a fait couper sur le pain et les desserts pour ma santé, c'est peut-être pour ça... Mais cinq livres en moins, maman, c'est mieux que sa Rachel qui en a quarante de trop !

— Parle pas contre elle, Muriel. Elle a été mère, elle a eu une grossesse, elle ! Parfois, ça laisse des traces. En autant qu'elle soit en bonne santé…

— Pour ça, elle l'est ! Juste avec la pension qu'elle arrache à son mari pour sa fille, elle doit se payer de bons restaurants dans des hôtels de luxe. Avec un père en moyens, elle ne devrait rien recevoir de Jacques.

Un mensonge que sa mère avala pour ensuite répliquer :

— C'est pour sa fille, Muriel ! Ses études, son avenir… Elle l'a pas faite toute seule cette enfant-là ! Y a ben assez qu'il la voit pas, sa p'tite ! Quel sans-cœur !

— Commence pas avec lui, maman, ça va mal finir…

— Non, je te sers ta soupe pis la mienne, on va changer de sujet, mais une chose me tracasse…

— Laquelle ?

— T'es sûre que c'est pour ta santé qu'y t'a fait couper sur le pain pis l'dessert ?

Madame Augère avait pu déceler par les habitudes de vie de sa fille et son amant qu'ils ne sortaient pas beaucoup, qu'ils dépensaient peu, que rien ne venait les divertir à part un film français par-ci, par-là, au cinéma le plus près, en programme double bien souvent. Moins cher que lorsqu'il venait de sortir en salle au centre-ville. Les cadeaux de Jacques à Muriel étaient rares et peu coûteux. Pour leur première Saint-Valentin ensemble, un set de toilette, miroir, brosse et peigne, qui prenait la poussière sur une tablette de son magasin depuis cinq ans. Pour Pâques, il lui avait offert un coussin avec un lapin imprimé pour son sofa de chez

Miracle Mart. Rien de coûteux, évidemment ! Pour leurs vacances d'été, une semaine seulement. Il l'avait emmenée dans une petite auberge de Val-Morin où une dame affable leur avait servi les trois repas pour pas cher. Rien d'autre en vue que la nature, pas de lac, pas de restaurants ni de bars tout près, rien pour leur permettre de sortir de cet endroit à moins d'aller visiter l'église du village. Ce qu'ils firent le dimanche en allant à la messe. Durant le jour, des promenades aux alentours où ils découvraient des arbres fruitiers et des fleurs diverses prêtes à être cueillies. Ce que Muriel fit avec un panier tressé que Jacques avait sorti des boules à mites avant de partir. En plus d'eux comme pensionnaires à l'auberge, un vieux couple qui dormait aussi bien sur la véranda que devant le téléviseur le soir. Devant tous ces faits dont elle avait eu vent, madame Augère en vint à déduire que l'amant de sa fille était un gratteux, sans doute près de ses sous. Muriel, consciente, s'en rendait de plus en plus compte, mais comme elle l'aimait à n'en pas voir clair… Comme elle ne jurait que par ses nuits avec lui… *Maudite folle !* aurait pu lui crier sa mère.

Lorsque vint le temps des Fêtes, Muriel exprima le désir de passer la veille de Noël chez sa mère, car celle-ci devait aller chez une cousine le lendemain. Jacques accepta de bon cœur et en profita pour se rendre chez sa femme où la petite l'attendait sans trop d'impatience. Il l'embrassa sur la joue et lui offrit un petit colis enrubanné qu'elle ouvrit devant lui pour y découvrir une médaille en or de la Vierge, sur chaîne, que Chantal trouva jolie, sans plus. Il n'avait rien apporté à Rachel et, cette dernière, s'y attendant, l'avait également reçue les mains vides. Il conversa quelque peu avec sa fille, sans la questionner sur ses résultats scolaires et, à son insu, réprimanda sa femme pour lui avoir acheté un petit caniche blanc, ce qui ramènerait des puces à la maison. Le regardant de haut, Rachel lui avait répondu :

— Désolée, mais il est propre ce petit chien, il ne sort qu'avec nous. De plus, Chantal y est fort attachée. Moka remplace le père qu'elle n'a pas !

Muriel, de son côté, avait passé la journée chez sa mère et l'avait comblée de chocolats *Laura Secord* qu'elle aimait tant. En ajoutant comme présent un bibelot : un éléphant gris avec la trompe élevée, ce qui lui apporterait de la chance, selon elle. Sa mère avait fait cuire une dinde, la plus petite qui soit, et elles avaient mangé allègrement tout en buvant un ou deux verres de vin. Madame Augère, généreuse de cœur et de gestes, avait offert à sa fille un sac à main du soir en velours noir d'un grand magasin. Ravie, Muriel l'avait remerciée et avait ajouté :

— Il faudra que je me trouve de belles sorties pour un sac comme celui-ci !

Et sa mère de lui répondre :

— On sait bien, avec lui…

Mais ce fut la seule allusion concernant Jacques qu'elle détestait toujours autant.

1972 se leva sur un vent de fraîcheur et, après l'avoir embrassée, Jacques demanda à sa douce moitié :

— Tu as pris des résolutions pour la nouvelle année ?

— Non, pourquoi ?

— Parce que moi, j'en ai pris une pour nous deux. À partir de cette semaine, ton salaire va être déposé au complet dans notre compte conjoint. De cette façon, tu auras un beau petit montant à la fin de l'année et encore plus avec les ans.

— Et que fais-tu de mes dépenses personnelles ?

— Ne t'en fais pas, je te donnerai de l'argent au fur et à mesure.

— Au compte-gouttes, je suppose ?

— Muriel ! Est-ce que je te prive de quoi que ce soit ?

— C'est pas ce que je dis, mais j'aime bien avoir mon indépendance quand vient le temps de dépenser. Moi, dépendre de quelqu'un d'autre...

— Je vais combler tous tes besoins, ne sois pas inquiète. Et pour ce qui est des sorties, c'est toujours moi qui paye, pas vrai ?

— Heu... oui, mais rien dans ma sacoche, ça ne m'intéresse pas. Un salaire revient de droit à qui le gagne...

— Muriel, comprends donc, c'est pour ton bien que je fais cela. Avec la Caisse populaire, nous aurons des intérêts à la fin de l'année, tu seras plus à l'aise...

— Toi, pas moi. Et à l'aise de quoi si je ne peux rien retirer ?

— C'est un compte conjoint, donc tu peux retirer quand ça te plaît, sauf que je verrai tout ce qui en sortira. Je ne te reprocherai rien, mais il serait préférable que tu me demandes de l'argent au lieu d'aller en chercher. J'ai toujours ce qu'il faut dans le tiroir de ma commode.

— Bon, comme tu voudras, mais si ça ne marche pas, je reprends mon indépendance et je m'ouvre un compte à moi. Imagine ! Une femme sans rien d'autre qu'un mouchoir dans sa sacoche quand elle sort.

— Ce ne sera pas le cas, je te donnerai dix dollars par semaine pour tes petites dépenses. Ça va marcher, fais-moi confiance.

Et ce qui avait été dit fut fait. Dès la semaine suivante, Muriel ne recevait plus en argent le maigre salaire qu'il lui versait chaque semaine. Elle devait se contenter du billet mauve de dix dollars qu'il déposait sur sa table de nuit chaque vendredi. Sa mère, si elle l'avait appris, lui aurait certes dit dans son vocabulaire : « Tu vas pas aller ch... loin avec ça ! » Mais Muriel ne la renseigna pas pour ne pas attiser davantage sa hargne envers Jacques.

Quelques mois plus tard, un après-midi tranquille, Jacques avait quitté le commerce laissant à Muriel la tâche de se débrouiller avec la clientèle. « Un rendez-vous d'affaires », lui dit-il. « Une rencontre d'hommes », avait-il précisé pour ne pas qu'elle le questionne. Heureusement pour elle, à part une jeune femme qui vint porter sa montre pour une réparation, personne n'était venu la déranger, ce qui lui avait permis de faire le ménage de l'arrière-boutique. Vers quatre heures, elle entendit klaxonner à la porte du magasin, un klaxon qui persistait et qui la fit regarder par la vitrine. Il s'agissait d'une luxueuse voiture de couleur marine avec un demi-toit rigide noir. Elle se demandait bien pourquoi le chauffeur se manifestait ainsi, lorsqu'elle reconnut Jacques au volant qui lui souriait avant d'ouvrir la portière et d'en descendre. Intriguée, Muriel lui demanda :

— Qu'est-ce que c'est ? À qui appartient cette auto ?

— C'est notre nouvelle voiture, Muriel, j'en ai fait l'acquisition cet après-midi.

— Quoi ? C'est bien trop luxueux pour nous, on sort à peine et l'autre suffisait.

— Non, elle était finie, la Plymouth, elle rouillait de partout et on m'en a donné un bon prix malgré tout. Celle-ci vaut plus cher évidemment, mais elle date de quelques années seulement et j'ai obtenu un *deal* incroyable. Ne penses-tu pas qu'il est temps que l'horloger et sa compagne se promènent dans quelque chose de plus luxueux et de plus récent ?

— Bon, si tu le dis, mais pour où on va... De toute façon, c'est toi qui mènes ici à ce que je vois. Je dirais n'importe quoi que tu n'en ferais qu'à ta tête. Alors, mets-la vite dans le garage, ta voiture de riche et rentre, il y a une réparation à faire et la cliente vient reprendre sa montre demain.

Jacques s'engouffra dans l'entrée du garage au volant de sa superbe voiture et, restée seule, soucieuse, Muriel ne comprenait pas qu'il ait pu faire un tel achat. Lui, si économe, lui qui s'opposait à tout ce qui n'était pas nécessaire, lui qui avait saisi son salaire pour la laisser avec dix piastres par semaine pour ses dépenses. Soudain, un éclair ! Se pouvait-il qu'il l'ait forcée à déposer son salaire dans le but de payer cette voiture ? Elle allait certes surveiller le compte conjoint de près et, s'il fallait... Elle grinçait déjà des dents.

L'été s'annonçait bien, Jacques projetait des vacances avec Muriel, mais elle refusait ses auberges du nord. Elle avait été échaudée l'an dernier avec celle de Val-Morin. Le lui disant, il lui avait alors demandé :

— Mais où veux-tu aller ? Une semaine seulement, on n'est pas pour aller visiter Paris ?

— Non, bien sûr, mais je veux aller en *nowhere* aux États-Unis. Tu as une voiture de luxe, allons la montrer aux Américains. Traversons les lignes et rendons-nous le plus loin possible. Il y a de beaux hôtels partout dans ce coin-là !

— Ouais… ça risque de coûter cher un tel déplacement.

— Dépense un peu, Jacques ! Pense à moi, pas seulement à toi. Je travaille comme une folle six jours par semaine, je n'ai pas de salaire sauf ton petit dix piastres, je fais le ménage en haut et en bas, je cuisine…

— D'accord, ne va pas plus loin, j'ai compris, nous irons dans le Vermont et plus loin si on a le temps, mais c'est moi qui gère le budget de nos dépenses.

— Comment peut-il en être autrement avec ce que j'ai dans mon porte-monnaie ? Que du p'tit change la plupart du temps. Juste assez pour une barre de chocolat ou un sac de chips quand t'es pas là pour me regarder de travers.

— Je ne te reproche jamais tes petites dépenses, mon coup d'œil réprobateur, c'est que ça fait engraisser, ces choses-là, et que je te veux éternellement belle et bien faite, mon amour.

À ces mots qu'elle trouva flatteurs, elle s'approcha de lui et, devant son sourire de conquérant, elle ne put résister au léger assaut inattendu qu'il lui prodigua de sa main indiscrète. Puis, levant les yeux, elle lui demanda une fois de plus :

— Donc, ça ira pour les États, cette fois ?

— Absolument, ne t'inquiète pas, nous irons dans le Vermont.

Ce qui limitait de beaucoup le parcours qu'elle espérait. Mais ne sachant pas où se trouvait le Vermont sur la carte, ignorante des distances, elle qui n'avait jamais traversé les lignes, ça semblait être le bout du monde comparativement à Val-Morin.

La sentant rassurée, Jacques avait ajouté d'une voix tendre…

— Ça te dirait d'aller au cinéma ce soir ? On pourrait souper ici, aller prendre un beigne au miel pour dessert au centre d'achats et être au cinéma pour le premier programme. Et c'est moi qui paye tout !

— Évidemment, comment pourrais-je le faire ? Et quel film allons-nous voir, tu l'as choisi, bien entendu !

— Oui, mais tu vas l'aimer, c'est *La Veuve Couderc* avec Simone Signoret et Alain Delon. La critique est bonne.

— Bon, ça va. J'aimerais bien un film américain de temps en temps, mais comme Alain Delon n'est pas piqué des vers…

Il avait froncé les sourcils. Jacques ne pouvait tolérer qu'elle trouve un homme plus beau que lui. Pas même un acteur de cinéma !

Juillet s'amena et, après avoir avisé la clientèle, le couple prépara ses bagages et partit le lendemain pour les

États-Unis. Chaud, humide, mais le soleil était présent et, avec le toit ouvrant de la Thunderbird, le vent tourbillonnait dans la longue chevelure blonde de Muriel qui, côté passager, était admirée de plusieurs mâles dès qu'ils s'arrêtaient à un feu rouge ou lors d'un léger engorgement de la route. Ils traversèrent la frontière américaine sans problème et, dans le sillon du Vermont, ils atteignirent Burlington, ralentirent pour prendre un léger repas sur une table à pique-nique à côté d'un stand à *hot dogs*, sandwichs et frites. Puis, ils reprirent la route jusqu'à ce que Jacques aperçoive un petit motel en bordure d'un chemin secondaire.

— Regarde comme c'est beau ici, Muriel. Ils ont même une piscine. Bel endroit pour y passer la nuit !

— Mais tu as dévié de la route principale, nous ne sommes plus au cœur de Burlington…

— Qu'importe, nous y sommes quand même et ce sera plus reposant à cet endroit moins fréquenté.

Bon gré, mal gré, elle accepta et ils louèrent une chambre juste assez grande pour contenir leurs bagages dans un petit placard.

— Pourquoi rentrer tout ça, Jacques ? On repart demain !

— Je n'aime pas laisser nos vêtements dans le coffre de la voiture. De jeunes voyous peuvent s'en approcher avec plus d'un tour dans leur sac pour nous dévaliser.

Il lui avait fait peur avec cette histoire pour ne pas avoir à lui avouer que leur semaine entière se passerait à cet endroit-là, piscine et déjeuner inclus, payé comptant par l'horloger, pendant que Muriel trébuchait contre les valises pour se rendre jusqu'au lit avec un matelas trop mou et des oreillers trop fermes. Mais pour une nuit se disait-elle… Lorsqu'elle apprit, en soirée, que Jacques avait loué pour une semaine, elle faillit faire une crise, mais habile, la manipulant adroitement, il l'avait déposée sur le lit en lui disant :

— Ce qui importe, ma chérie, c'est que nous soyons dans ce lit le plus possible… À nous aimer, à recommencer souvent, à projeter notre vie à deux pour l'avenir…

Et elle s'était fait avoir une fois de plus, sans apprendre que son ténébreux compagnon avait tout orchestré de la maison avant de partir. Il voulait bien aller aux États-Unis, l'emmener plus loin que l'an dernier, en autant que ça ne lui coûte pas plus cher que… Val-Morin !

De retour après avoir profité au moins chaque jour de la piscine, elle s'était rendue chez sa mère pour la saluer et boire un café avec elle. Adrienne, toujours aussi méfiante, lui avait demandé :

— Pis, t'as fait un beau voyage aux États-Unis ? Ça n'a pas été long…

— Bien, une semaine tel que prévu. Nous avons un commerce, une clientèle…

— Ouais, vous n'êtes quand même pas allés loin…

— À Burlington, juste assez pour être dépaysés. Un bel hôtel avec une grande piscine, des repas cinq étoiles…, mentit-elle.

— Tu ne m'as pas rapporté un souvenir ?

— Heu, bien sûr…

Et Muriel ouvrit son sac à main pour en sortir un mouchoir sans emballage avec l'inscription Burlington que Jacques lui avait acheté, pour le tendre à sa mère.

— Lousse comme ça dans ta sacoche ?

— J'avais peur de le perdre, maman. Il est beau, n'est-ce pas ? Regarde dans le coin gauche, tu as la carte géographique du Vermont.

— Bon, merci, mais pourquoi vous n'avez pas poussé un peu plus loin et vous rendre jusqu'à Stowe ?

— Où ?

— À Stowe, là où habite la baronne… heu, son nom m'échappe, mais tu te rappelles le film *La Mélodie du bonheur*, avec Julie Andrews ? On l'a vu ensemble !

— Oui, mais d'où tiens-tu tout ça, toi ?

— De ma coiffeuse qui m'a tout appris et qui est allée visiter le coin pour revenir avec un livre autographié de la vraie baronne. Elle m'a raconté tout ça quand je lui ai dit que vous alliez dans le Vermont. Vous étiez presque là ! Ton cher horloger était sans doute au courant, lui. Mais ça lui aurait coûté une *tank* de gaz de plus !

— Maman ! Arrête de le dénigrer, c'est un bon gars, on s'aime…

— Ben oui, j'vois ça… C'est pour quand le mariage ?

— Attends ! Il est en instance de divorce !

— C'est long son affaire ! T'es certaine qu'il l'a demandé son divorce, au moins ? Informe-toi à sa femme. Moi, cet homme-là ! Ah ! Le chenapan !

Le soir venu, Muriel avait parlé à Jacques de sa conversation avec sa mère, de la baronne de *La Mélodie du bonheur* qui vit à Stowe, pas loin de Burlington, et il avait répondu :

— Bien sûr que je savais tout ça, mais nous avions besoin d'un repos, Muriel, pas d'une armée de touristes qui vont quêter un autographe. La baronne von Trapp, parce que c'est son nom, déteste signer des autographes. Et elle n'est pas commode à ce qu'on dit. Il y a une grande différence entre elle et Julie Andrews. Et puis, arrête de t'en faire avec ces insignifiances rapportées par ta mère pour se montrer importante. Elle cherche juste à me diminuer chaque fois que tu la visites. Vas-y moins souvent, laisse-la pâtir un peu, elle sera peut-être plus charmante à force de t'attendre…

— Non, je ne peux pas faire ça, c'est ma mère, Jacques, et elle n'a que moi dans sa vie. J'ai été élevée avec le culte de la famille, moi, ce qui ne semble pas être ton cas.

— La famille, la famille… Avec le père que tu avais… Il n'y a pas que ça… Et puis, je suis assez près de mes parents, je téléphone de temps en temps…

— Oublie mon père. On a de la parenté, nous, des cousines… Et puis, pourquoi ne pas aller les visiter, ton père et ta mère ? Tu pourrais me présenter à eux, leur annoncer qu'on va bientôt se marier. Bonne idée, non ? Un petit voyage improvisé…

— Oui, ça viendra, mais pour l'instant, on se remet au travail. J'ai encore l'horloge de la mère du docteur à mettre au point et il faut que les affaires reprennent. L'argent ne rentre pas beaucoup de ce temps-là. C'était plus fort l'an dernier.

— Il rentrerait un peu plus si tu mettais des articles en vente de temps en temps. Une montre ou deux, des bijoux…

— Et perdre une marge de profit qui nous fait vivre ?

— Oui, en se contentant de moins comme le font les bijoutiers des centres d'achats. N'oublie pas que les grands magasins vendent aussi des montres et souvent à rabais. Ne te demande pas pourquoi la clientèle t'est moins fidèle.

— Personne ne répare mieux que moi, Muriel.

— Oui, peut-être, mais les autres vendent plus que toi !

Les affaires avaient repris le dessus et, en octobre, alors que les feuilles tombaient, les clientes faisaient déjà mettre de côté les bijoux qu'elles comptaient acheter pour le temps des Fêtes, ainsi que les cadeaux pour les membres de leur famille. Toujours à son poste, Muriel recevait tout ce beau monde avec le sourire de la vendeuse experte qu'elle était devenue, et le titre en règle de « fiancée » de l'horloger, pour ne pas avouer qu'elle n'était que sa « maîtresse ». Un nom commun que même sa mère ne prononçait jamais, honteuse de celle qui le portait. Lorsque le médecin de la clinique du coin vint quérir l'horloge de sa mère, Jacques était absent et Muriel lui remit l'horloge réparée avec le prix inscrit sur le coupon. Le médecin d'environ son âge lui demanda timidement :

— Dites-moi, madame, excusez mon indiscrétion, mais seriez-vous l'épouse de monsieur Derais ?

— Non, absolument pas, je suis une employée ici.

— Alors, puis-je vous inviter à sortir un certain soir ? Il y a un restaurant italien sur la rue Lajeunesse qui m'attire, mais je ne veux pas y aller seul.

— Désolée, mais je ne peux accepter votre invitation, docteur, je suis la fiancée de monsieur Derais.

— Ah ! mon Dieu ! Excusez-moi, jamais je n'aurais osé si j'avais su ! Alors, tant pis ! J'ai raté ma chance, ajouta-t-il en riant.

— Aucune offense, docteur, j'aurais pu être plus précise dans ma réponse, mais Jacques ne jure que par la discrétion.

— Ce qui se comprend, voyons... Ravi tout de même de faire votre connaissance.

Il était fort heureux pour elle qu'elle n'ait pas raconté cette anecdote à sa mère. Adrienne serait montée sur ses grands chevaux pour lui crier : « Tu vois ? Épaisse ! Niaiseuse ! Tu aurais pu sortir avec un médecin et peut-être devenir sa femme. Mais non ! Tu préfères t'accrocher à ce bon à rien d'horloger ! Imagine ! Un docteur qui t'invite... »

Muriel s'était évité ce franc monologue en ne relatant pas à sa mère l'invitation du médecin, et encore moins à Jacques qui, sans le laisser paraître, en aurait été jaloux. Parce que le docteur en question n'avait rien à envier à l'horloger sur le plan physique. Ce que Muriel, toujours esthète, n'avait pas négligé de remarquer.

Début décembre, la neige, le froid, les vents, tout était présent et Muriel, plus déterminée que jamais à contrôler davantage son bel amant, lui dit un matin où la clientèle se faisait rare à cause du temps :

— J'aimerais qu'on aille chez tes parents à Noël. Quelques jours seulement, j'aimerais bien les connaître et tu me dois bien ce petit déplacement avec tout ce que j'accomplis ici.

— Tu reviens encore avec ça ? Tu veux vraiment les rencontrer ? C'est que c'est si loin avec la voiture...

— Non, allons-y en avion, Jacques, ce sera plus sûr qu'avec les routes et plus confortable.

— Si on veut, mais je n'ai pas acheté cette superbe Thunderbird pour la laisser au garage. Elle peut très bien nous conduire à Edmundston en une journée s'il n'y a pas de tempête. Je veux bien y aller, mais ne me demande pas d'acheter deux billets d'avion aller-retour, c'est trop cher et la baisse des affaires ne me le permet pas.

Constatant qu'elle risquait peut-être de tout perdre en insistant, Muriel opta donc pour l'auto, même si le long périple allait certes être déplaisant avec les arrêts ici et là pour manger dans des restaurants de troisième ordre sur le bord des routes.

Toutefois, avec une température quelque peu clémente, ils partirent très tôt le matin du 24 décembre afin d'arriver le soir même en dépit des arrêts en chemin. Madame Derais avait réservé pour eux un *bed and breakfast* à Edmundston où ils pourraient passer la nuit, son mari ne voulant pas d'une arrivée en pleine nuit pour troubler son sommeil. Fatiguée par le long voyage avec peu d'arrêts sauf pour acheter des sandwichs dans un dépanneur pour le dîner, Muriel dut descendre de la voiture et commander d'autres sandwichs dans un petit restaurant pour le souper. Sans même s'y attabler malgré le menu des repas complets affichés à l'entrée. Donc, avec le ventre un peu creux en dépit des petits *cupcakes* avalés en cours de route le soir, ils arrivèrent enfin à destination et découvrirent le gîte où la mère de Jacques avait réservé et réglé une chambre pour la nuit. Ils tombèrent d'épuisement dans ce grand lit confortable qui les attendait et, après une nuit plutôt courte, ils se réveillèrent, prirent une douche et descendirent pour déjeuner dans la salle à manger où un copieux buffet attendait les invités. Peu nombreux cependant, deux autres couples dont un avec un enfant seulement. Coquette, Muriel revêtit une jolie robe rouge qui allait de pair avec son rouge à lèvres et retoucha elle-même le chignon que sa coiffeuse lui avait fait pour l'occasion.

Ils se rendirent à la demeure des Derais où Émile, bien mis, les accueillit avec gentillesse, mais sans empressement. Son épouse Bella, pour sa part, tendit les bras à son fils, l'embrassa, et étreignit affectueusement Muriel après que Jacques l'eut présentée. La maison était attrayante, pas luxueuse mais de bon ton. Tous assis au salon avec un café et un petit buffet froid que madame Derais avait préparé, Muriel aperçut sur le bahut de la salle à manger adjacente deux portraits encadrés. L'un d'une jolie jeune fille, sans doute Diane quelque temps avant sa mort, et un autre de Jacques et Rachel le jour de leur mariage. Pour meubler la conversation, madame Derais s'empressa de questionner Muriel sur sa famille et le travail qu'elle effectuait auprès de son fils. Les propos allaient bon train entre elles, mais Muriel avait remarqué qu'Émile Derais, malgré sa grande politesse, était loin d'être chaleureux envers elle. C'est tout juste s'il lui adressait la parole de temps à autre, quand une réplique s'imposait. Jacques, ayant détecté cette froideur de la part de son père, lui demanda à un moment où ils se trouvaient seuls :

— Qu'est-ce que tu as ? Tu es donc bien distant avec elle ?

— Écoute, mon gars, tu es encore marié et, pour moi, ta femme, c'est encore Rachel. Ne me demande pas d'ouvrir grands les bras à celle qui la remplace temporairement.

— Voyons, papa, ce n'est pas temporaire, Rachel et moi allons divorcer. C'est déjà en cours de procédures…

— Je ne te crois pas, Jacques, à moins que ce soit Rachel qui l'ait demandé. Ça coûte cher un divorce et je te connais, tu sais. Tu es comme ta mère, peu dépensier, pour ne pas employer un autre terme. Alors, ne viens pas me dire que cette femme sera ton épouse et que tu verseras une pension à Rachel ensuite. Ça ne te ressemble pas.

— Rachel est plus riche que moi, elle ne veut pas d'une pension, on en a déjà discuté… Pour l'instant ce qui compte, papa, c'est qu'on a fait tout ce millage pour être bien reçus, Muriel et moi. C'est quand même Noël et elle était désireuse de vous connaître, maman et toi.

— Ne t'en fais pas, je vais être courtois, aimable même, mais j'aurais préféré que tu viennes avec Chantal, ma petite-fille que je n'ai pas vue depuis deux ans. Voilà ce qui m'aurait fait plaisir. Tu comptes rester ici quelques jours ?

— Non, nous allons repartir demain. On a beaucoup de travail à faire avant le début de la nouvelle année.

— Comme bon vous semblera, répondit le père, pendant que sa femme s'entretenait avec Muriel au salon.

Au souper, on déboucha une bouteille de vin blanc et Bella leur servit une cuisse de dinde en sauce ainsi que des petits pâtés à la viande hachée, achetés chez l'épicier. Ce qui était loin des repas de sa mère, pensait Muriel, en avalant une gorgée de son vin. Puis, poliment, Jacques leur remit un cadeau pour la circonstance. Un collier de perles avec boucles d'oreilles pour sa mère et un portefeuille en similicuir pour son père. Un article qu'il avait dans sa vitrine depuis un an et dont Émile n'avait certes pas besoin. En échange, madame Derais leur remit un cadeau emballé avec un chou d'ornement et, l'ouvrant, Muriel y découvrit une nappe plutôt jolie, mais d'un prix dérisoire que Bella n'avait pas remarqué à l'endos. Rien de cher, d'un magasin à rayons des environs, comme ceux qu'on trouvait à Montréal. Madame Derais avait certes ce point en commun avec son fils, elle n'était pas généreuse pour ne pas dire... Mais Muriel se retint de penser plus loin, se contentant plutôt de la remercier et d'ajouter :

— En passant, merci pour la chambre louée à la pension la nuit dernière. La dame nous a bien reçus...

Madame Derais l'interrompit pour lui répondre :

— Remerciez plutôt mon mari, Muriel, c'est lui qui a tout payé !

La nuit vint et comme ils devaient occuper la chambre d'invités, Jacques prétexta une fatigue de la longue route pour s'y réfugier, entraînant du même coup Muriel à en faire autant. Ils se souhaitèrent bonne nuit et madame Derais demanda à son fils :

— Vous êtes ici pour quelques jours au moins ?

— Non, maman, nous repartons demain, on a beaucoup à faire au magasin avant la réouverture le lendemain du jour de l'An.

— Ah bon ! se contenta-t-elle de répondre, sans insister pour autant.

Rendue dans leur chambre, Muriel demanda à son bien-aimé :

— Ai-je bien entendu, nous repartons demain ? On vient à peine d'arriver !

— Oui, demain, plus ma visite est courte, mieux je me sens. Mon père n'est pas accueillant, je le vois…

— Peut-être, mais ta mère semble m'aimer beaucoup…

— C'est de lui que je te parle, Muriel, pas d'elle ! C'est lui le maître ici et j'ai vite compris qu'il aurait préféré me voir arriver avec ma fille et non avec toi. Il me l'a laissé entendre. De plus, il aurait même souhaité que Rachel soit avec moi, il ne jure encore que par elle. Tu comprends ?

Déçue, mais convaincue que Jacques avait raison, elle répondit :

— Bon, si c'est comme ça, je refais les valises dès ce soir…

— Non, pas tout de suite, approche, tu es si belle, tu sens si bon…

— Jacques, pas ici, on pourrait nous entendre, la femme de ménage est encore là.

Mais, n'écoutant que ses pulsions, il l'entraîna jusqu'au lit et la déshabilla fougueusement pour ensuite se départir de ses vêtements qui tombèrent sur le plancher. Puis, sans penser que Muriel pourrait déranger ses parents par de petites exclamations, il l'assouvit telle une bête livrée en pâture. Après satisfaction, alors qu'il retrouvait son souffle sur la poitrine de sa proie, il leva les yeux sur elle, et Muriel lui murmura :

— Tu es si beau, si magnifique dans un lit... Je ne peux croire que tu ne sois qu'à moi. Je t'aime tellement...

Il se contenta de sourire et rassasié, peu enclin au romantisme, il lui dit :

— Dors maintenant, demain il faut partir de bonne heure, le trajet va être encore long et s'il se met à neiger...

— Non, ne sois pas pessimiste, on va rentrer sans encombre.

Et ce qui fut dit sur l'oreiller se concrétisa à bord de la voiture. La route était agréable, ils n'avaient même pas à arrêter en chemin pour manger, madame Derais leur avait remis dans un sac les restes de son petit buffet de la veille. Jacques avait rempli deux thermos du café de la maison et sa mère lui avait remis deux verres de carton pour deux boissons gazeuses sorties de son réfrigérateur. Les deux femmes s'embrassèrent, Jacques étreignit sa mère, échangea une poignée de main avec son père et ce dernier se contenta de tendre la main à la maîtresse de son fils qui, à ses yeux, n'avait pas l'instruction et l'allure distinguée de Rachel, la fille de l'avocat fortuné, la femme légitime de son fils.

Et c'est ainsi que prirent fin les vacances du temps des Fêtes de Muriel Augère. Un aller-retour à Edmundston au Nouveau-Brunswick, un « beau-père » qui ne semblait pas trop la priser, et de petits sandwichs au fromage et au jambon encerclés de bouts de céleri mous plein sa sacoche ! Avec, toutefois, à ses côtés, selon elle, aveuglément, le plus bel homme de l'univers.

Chapitre 4

Vendredi 4 janvier 1974, journée ensoleillée, mais plutôt froide. Ce qui se comprenait, en plein cœur de l'hiver. Une autre année s'était écoulée avec ses hauts et ses bas dans la vie du couple. Muriel se méfiait sans cesse des sautes d'humeur de son amant, car ce dernier, avec ses volte-face, rendait la vie parfois difficile à sa compagne. Au grand désespoir d'Adrienne qui se désâmait pour que sa fille sorte des griffes de ce vautour qui avait une emprise de plus en plus forte sur elle. Muriel avait terminé sa journée au magasin et elle avait cuisiné un bon petit repas pour Jacques qu'elle choyait toujours autant. Leur couple était maintenant au beau fixe, sauf que Muriel attendait encore le divorce de son « fiancé » pour l'épouser. Chaque fois, il trouvait une excuse. Les demandes étaient nombreuses et il y avait les vacances des gens de la Cour… Bref, c'était remis de mois en mois. Muriel soupirait d'impatience, bien sûr, mais que pouvait-elle faire contre les longs délais des causes civiles ? Sa mère lui disait : « Y s'moque de toi, ma fille.

Y t'mariera jamais, y a peut-être même pas demandé son divorce. Renseigne-toi, va voir, grouille-toi ! » Mais Muriel, crédule, préférait croire son amant plutôt que de le mettre en doute. Quelques mois de plus à attendre ? Un an peut-être ? La patience est une vertu quand on aime comme elle aimait. En ce soir du 3 janvier, après avoir regardé *Appelez-moi Lise* à la télévision, elle avait demandé à son bien-aimé :

— Où est-ce qu'on va aller pour nos vacances d'été ?

Impatient, il avait répondu :

— Est-ce que je sais, moi ? L'année commence à peine, on est dans la neige jusqu'au cou et tu me parles de l'été !

Pour ensuite ajouter en soupirant :

— Ton émission est terminée ? Alors, viens te coucher, on aura mieux à faire dans le lit que de rester écrasés devant un bulletin de nouvelles.

Muriel avait compris que le matelas était une obsession pour Jacques. Mais un détail avait surgi cependant, il lui faisait maintenant l'amour en toute précaution après qu'elle lui eut lancé tout bonnement un certain soir :

— Ça serait amusant d'avoir un enfant, tu trouves pas ?

Abasourdi, livide, il lui avait répondu sous l'effet de la surprise :

— Heu… non, pas vraiment, je ne suis pas intéressé…

— Tu veux dire que je n'aurai jamais d'enfant de toi ?

— Je ne dis pas jamais, mais pas pour le moment. Peut-être un jour… Et je vais cesser de ne me fier que sur toi, je vais me protéger de mon côté. On ne sait jamais…

Dès lors, dans la crainte de se faire jouer un tour par Muriel si elle désirait vraiment un enfant, il prit toutes les précautions possibles en commençant par celles de la pharmacie. Ce qui avait quelque peu choqué Muriel qui lui avait reproché de ne pas l'aimer assez pour lui faire confiance. Mais il persista et elle s'habitua à cette nouvelle formalité qui, fort souvent, était remplacée par de simples «jeux de mains, jeux de vilains».

L'hiver céda sa place au printemps et Muriel se mit en tête de rencontrer la fille de Jacques qui avait maintenant douze ans. Son amant s'y objecta, mais elle insista tellement qu'il finit par demander à Rachel au bout du fil si Chantal pouvait venir passer le week-end avec eux, que Muriel la sortirait le dimanche avant qu'on la ramène chez elle. Rachel commença par refuser et comme Jacques insistait, lui disant que ça ferait tellement plaisir à Muriel, sa femme lui demanda de lui passer sa compagne au téléphone. Toute contente, Muriel s'empara du récepteur pour s'entendre dire d'un trait:

— Écoute-moi bien, toi, tu ne verras jamais ma fille à moins qu'elle le désire plus tard. Tu m'as volé mon mari, tu ne me prendras pas ma fille ! De toute façon, tu crois que je laisserais Chantal passer une fin de semaine dans votre petit logement miteux en haut du magasin ? On ne vit pas dans de tels endroits, nous !

— Mais…

— Non, laisse-moi finir ! Mon mari n'en a rien à foutre de sa Chantal qu'il voit une fois par année. Il n'a pas la fibre paternelle, il n'aime pas les enfants, sa fille incluse. Alors, ne l'ennuie pas avec la petite, tu perds ton temps, et ne reviens plus à la charge. Contente-toi de lui !

Et elle lui raccrocha brusquement la ligne au nez.

— Ah ! la gueuse ! Si tu l'avais entendue, Jacques ! Une furie !

— Je t'avais prévenue, Muriel, ma femme ne t'aime pas, elle te déteste même. Alors, laisse ma famille en dehors de notre couple, tu n'as rien à y gagner.

— Elle pourrait au moins être polie. Je suis ta compagne de vie, pas une truie ! Si tu l'avais entendue ! Elle n'a pas assez d'être laide, il faut qu'elle soit bête comme ses pieds en plus ! T'as pas perdu grand-chose en la quittant. Dommage pour la petite, mais elle. Et tu ne m'écoutes même pas, Jacques ! C'est comme si je parlais au mur ! T'as rien à dire ?

— Oublie-la, Muriel, et monte faire le souper, je vais m'occuper seul de la fin de la journée, on est à la veille de fermer.

En fin de soirée, voyant que Muriel était encore déboussolée par l'attitude de Rachel au téléphone, il l'attira contre lui sur le divan pour lui caresser les cheveux. Puis, retirant sa chemise blanche, il appuya la tête de sa fiancée sur son épaule nue, sachant que ça lui mettrait la puce à l'oreille. Bien pensé de sa part puisque, comme de coutume, Muriel releva la tête pour l'embrasser pendant que la main de Jacques se baladait déjà sous sa jupe fendue des deux côtés. Désireuse de retrouver la paix, anxieuse de sentir son corps au chaud alors que son cœur était encore de glace par les injures de Rachel, elle s'allongea de tout son long sur le divan pour, qu'après l'avoir allumée, son amant l'éteigne dans un corps à corps assez bruyant. Il n'en fallait pas plus, il le savait, Muriel était folle de lui. Dans la quatrième année de leur vie à deux, il avait le même effet sur elle que le premier jour de leur rencontre. Amoureuse à outrance, Muriel Augère n'avait qu'à fermer les yeux pour que tout s'estompe autour d'elle, sauf lui. L'homme par lequel dépendait sa raison de vivre, jour… et nuit !

Mais tout n'était pas qu'un lit de roses et, dans le quotidien, Muriel savait défendre ses droits. Elle avait fini par lui redemander sa paye hebdomadaire, de cesser ces dépôts stupides et d'être libre de son argent durement gagné. Elle ne voulait plus avoir l'air d'une pauvresse dans les magasins ou les restaurants. Il s'objecta, insista même, s'emporta un peu et tenta de la convaincre du bien-fondé de la situation, mais devant son entêtement et son air menaçant, il finit par accepter de lui verser en main propre son salaire et de mettre un terme au compte conjoint, afin qu'elle puisse en ouvrir un que pour elle. Non sans la bouder jusqu'au soir et la priver de son « savoir-faire » la nuit venue. Bon point de gagné pour Muriel cependant, puisque dès lors, elle put aller magasiner, manger une pointe de tarte au centre commercial, sans avoir à vérifier s'il lui restait quelques billets de son « dix piastres ». Adrienne, qui n'avait rien su de cet arrangement, trouvait même que Muriel venait la visiter avec de nouveaux vêtements et du vernis à ongles rose perlé qu'elle n'avait pas l'habitude de porter. Puis, avec sa mère, comme naguère, elle allait maintenant découvrir des films américains. Ensemble, elles étaient allées au centre-ville voir le film *Papillon,* avec Steve McQueen et Dustin Hoffman, qu'elles avaient apprécié. De retour chez elle, elle avait dit à Jacques que le film lui avait plu et il lui avait répondu :

— Pourquoi ne pas m'en avoir parlé ? J'y serais allé avec toi.

— Voyons donc, tu n'aimes que les films français.

— Oui, mais *Papillon,* c'est l'histoire de Henri Charrière, l'ex-bagnard né en Ardèche et mort à Madrid, en Espagne. Il s'était évadé de prison... J'ai lu son histoire, tu sauras, il n'y a pas que le cinéma...

— Comment aurais-je pu savoir ? De toute façon, ce film n'était pas mon choix, mais celui de maman qui a un petit penchant pour Steve McQueen. On passe à autre chose ?

— Effectivement, puisque ce soir, j'ai un rendez-vous d'affaires qui risque de te réserver une belle surprise.

— Ah oui ? Quoi donc ?

— Ce ne sera plus une surprise si je te le dis...

— Ça va, mais ne reviens pas trop tard. J'ai peur, seule le soir, avec le magasin juste en dessous de nous.

— Ne crains rien, tout est bien barré et ce qu'on a dans la vitrine n'intéresse personne, encore moins les cambrioleurs.

— Oui, je sais bien, mais le coffre-fort, lui ?

— Bien caché comme tu sais...

— Des fous dans une poche, les voleurs ! Ils me demanderaient où il est, voyons ! Pars tout de suite si tu veux revenir vite, le temps est sombre, il va grêler. Et moi, sans toi...

Sans plus attendre, Jacques sortit, se rendit à sa voiture et démarra en trombe en direction du nord où il était déjà allé une fois sans que Muriel en sache rien. Rendu à destination, il sonna à la porte d'une maison où un homme âgé vint lui ouvrir pour lui tendre la main.

— Monsieur Derais ! Et puis ? Votre décision…

— Intéressé, mais à une petite condition…

— Écoutez, n'en demandez pas plus, j'ai déjà baissé de deux mille dollars.

— Juste un effort, monsieur Babin, cinq cents dollars de moins et je signe l'offre d'achat sur-le-champ.

Le vieux se caressa la barbe, songea une minute ou deux et répondit :

— Non, un autre trois cents dollars de rabais, pas une cenne de moins. C'est à prendre ou à laisser.

— Monsieur Babin ! Soyez plus raisonnable, allons-y pour quatre cents dollars et l'affaire est bâclée.

Le vieux se gratta la tête, maugréa quelque chose que l'horloger ne saisit pas, et finit par accepter le *deal* de peur de perdre sa vente. Et Jacques Derais, avec un soupir de soulagement, signa l'offre d'achat avec quatre cents dollars de moins que prévu !

De retour chez lui, souriant et heureux, il avait confié à Muriel qui s'était collée contre lui :

— Tu n'auras plus à t'en faire pour les vacances d'été. Fini les randonnées en voiture ici et là, je viens d'acheter un beau chalet meublé près de Saint-Jovite, dans les Laurentides.

Bouche bée, elle demanda :

— Où ? Tu as dit Saint-Jovite ? C'est où cet endroit-là ?

— En pleine campagne, à quelques milles de Mont-Tremblant. Tu verras, tu vas aimer ça, le chalet est meublé.

Il ne manque rien, pas même un ustensile ou un oreiller, tout est en place et très propre. Fini le bruit des foules pour nous, Muriel, on va avoir la paix.

Comme Muriel ne savait pas où se trouvaient Saint-Jovite ni l'autre endroit qu'il mentionnait, elle répliqua :

— Tu parles d'un chalet à la campagne, mais je ne suis pas une fervente de ces endroits-là, moi. J'aime les villes, le bruit, les passants… Je suis une citadine, Jacques, pas une fermière. Je comptais te demander de m'emmener à New York cette fois, afin d'aller voir un spectacle à Broadway… On n'est allés nulle part l'an dernier et tu m'avais promis de me laisser décider cette année.

— Ce que je t'offre, c'est de l'or en barre, Muriel ! Imagine ! Un chalet dont nous serons les propriétaires. Avec l'air pur du matin, les oiseaux, l'odeur des champs de blé…

Déçue, mais se retenant de trop le démontrer devant son enthousiasme exagéré, elle préféra poursuivre en demandant :

— Avec un lac pour nous baigner, au moins ?

— Pas tout à fait, mais la voisine de l'autre côté du chemin nous permet l'accès au lac derrière chez elle en tout temps. Et si l'idée te plaît moins, on peut toujours acheter une piscine ronde hors terre et la remplir pour l'été. J'en ai vu une en vente dans le catalogue qui traîne sur ta commode.

Ne voulant pas trop le contrarier, lui qui avait l'air si content de son achat, elle finit par céder et lui dire :

— Bon, on peut toujours essayer…

— Essayer ? Tu t'entends, Muriel ? Essayer ? Je ne l'ai pas loué ce chalet, je l'ai acheté ! Il va servir pour un bon nombre d'années ! Pense à moi un peu, l'air pur de la campagne et la vie sauvage chaque soir…

À ces mots, elle se pressa davantage sur lui et répondit :

— Bon, fais comme tu veux, je vais suivre, Jacques. Mais, pour l'instant…

Elle s'interrompit elle-même et déboutonna habilement la chemise de son amant.

Lorsque le mois de mai prit fin, Muriel insista pour aller visiter le chalet que son amant avait acheté près de Saint-Jovite. Par ce dimanche de pluie entremêlé de soleil, ils empruntèrent l'autoroute des Laurentides et Muriel lui demanda en chemin :

— Pourquoi ça s'appelle Saint-Jovite, cette place-là ?

— C'est en l'honneur de Jovite, un noble diacre qui subit le martyre avec son frère Faustin, un prêtre, au deuxième siècle. Tous deux ont eu la tête tranchée et tous deux ont été canonisés. Il y a d'ailleurs, pas loin d'où on va, un autre endroit qui s'appelle Saint-Faustin. Tu ne sembles pas connaître ton histoire sainte, Muriel. Tu devrais t'y mettre.

— Voyons, à mon âge ! Je t'ai dit que mes études avaient été plus que primaires. Comment veux-tu que je sache tout ça ?

— Si seulement tu ouvrais le dictionnaire Larousse que j'ai à la maison au lieu de ne penser qu'à tes acteurs américains, tu n'aurais pas autant de questions à me poser quand tu veux savoir quelque chose.

— Ça va plus vite avec toi, je voulais juste l'essentiel pour ne pas avoir l'air d'une ignorante rendue là si on m'en parle.

Ils finirent par arriver et, passant par le village, Muriel remarqua l'église qui était fort bien entretenue, ainsi que plusieurs magasins, des restaurants, bref, ça semblait fort évolué. Elle pourrait y faire au moins ses emplettes. Mais elle déchanta lorsqu'ils arrivèrent au chalet qui, après la route d'asphalte, leur commandait une petite route de terre pour l'atteindre. Sur les lieux, jetant un œil sur la cambuse, elle s'écria :

— Ç'a plutôt l'air d'un camp d'été que d'un chalet, ton achat !

— Attends de voir l'intérieur, c'est très bien entretenu.

Jacques ouvrit avec la clé qu'il avait maintenant en main et laissa Muriel le précéder. Faisant vite le tour, ouvrant une fenêtre pour y faire entrer l'air pur, elle ne disait rien, comme médusée par ce qu'elle voyait : un seul étage, deux chambres, mais très petites, une cuisine, un boudoir. Tout était extrêmement petit dans ce chalet, ce qu'elle s'empressa de souligner à Jacques qui répliqua :

— Écoute ! c'est pour l'été, ce n'est pas un habitat à longueur d'année. Pour nos vacances seulement…

— Juste un peu plus petit qu'en ville, à bien y penser, parce qu'en haut de ton commerce, pour un habitat à l'année longue, c'est petit en maudit là aussi !

— Bon, tu as fini de rouspéter ? Que penses-tu des meubles, du lit double, de tout ce qu'il m'a laissé, le vieux ?

— Bien, tu as le mot juste, c'est vieux ! Propre, mais vieux ! Va falloir changer bien des choses. Moi, coucher dans le lit d'étrangers, me servir de leurs ustensiles, leurs serviettes de bain, non !

— Tu es donc bien capricieuse, Muriel ? Tout est en excellente condition, j'ai tout examiné ! Et le lit, comme tu dis, vaut bien celui des petites auberges où nous allons de temps en temps. La dame a tout lavé et un lit, c'est fait pour dormir, rien de plus.

— Pas avec toi, Jacques ! s'exclama-t-elle en riant.

Après avoir tout visité et visiblement accepté l'endroit et les environs, ils se rendirent de l'autre côté de la route afin de voir où ils allaient se baigner, l'été venu. Muriel fit la moue une fois de plus :

— Pourquoi tu n'as pas acheté de ce côté avec un bout clôturé juste à nous ! On va avoir l'air de quêteux en venant ici demander la permission pour se baigner. On va encore me prendre pour une pauvresse, moi qui viens tout juste d'en sortir depuis que j'ai repris ma paye. Toi, tu t'en fous, tu n'aimes pas l'eau, tu te baignais à peine dans la piscine du motel au Vermont.

— Arrête de chialer, Muriel. J'ai tout fait ça pour toi, moi. Pour te prouver que je t'aime, pour te faire plaisir… Tu es de plus en plus difficile à contenter, tu te plains toujours de tout et pourtant, moi, je suis à genoux devant toi…

Muriel, se sentant quelque peu coupable après cette remontrance sur un ton contrarié de la part de son amant, s'approcha de lui, l'encercla de ses deux bras et lui dit :

— Excuse-moi, ça va aller, c'est vrai, c'est juste pour nos courtes vacances d'été et je ne veux pas te faire dépenser davantage.

— Tu vois ? Tu peux redevenir raisonnable quand tu le veux, mais Dieu que tu me fais perdre ma salive pour rien…

La sentant vulnérable et en appétit, il s'approcha d'elle et lui chuchota à l'oreille :

— Ça te dirait d'essayer le lit tant qu'à y être ? Le matelas semble ferme…

Comme elle l'aimait cet homme, Muriel Augère, pour tout accepter de lui ! Même l'amour en plein jour ! Un camp d'été sans apparat tout comme le même salaire depuis trois ans, sans la moindre augmentation avec le temps. Éperdument amoureuse, et pour cause, elle lui flatta le bras alors qu'il conduisait avec une main sur le volant, l'autre sur sa cuisse, et elle lui demanda :

— Une dernière requête, Jacques. Au chalet, je veux être considérée comme ta femme, pas ta maîtresse. Pour ça, il me faudrait une alliance, un jonc et une bague, et ce n'est pas ça qui manque dans ton magasin.

Il sourcilla quelque peu, mais elle ne s'en aperçut pas. De retour au commerce, il revint vers elle avec un petit écrin de cuir poussiéreux qui contenait une bague et un jonc qu'il avait choisis parmi les moins chers de son comptoir, et lui dit :

— Tiens, voilà, ce sera pour la campagne quand on ira, mais je te les prête seulement, j'ai encore des clients qui se marient jeunes et qui ne veulent pas mettre le gros prix. Tu saisis ?

Lorsque le temps des vacances arriva, Muriel et Jacques emballèrent leurs vêtements et se dirigèrent vers Saint-Jovite pour trois jours de congé pour lui, cinq pour elle. L'horloger ne voulait pas que la boutique soit fermée toute la semaine même si la clientèle était plus rare.

— C'est le temps de vendre des diamants, avait-il dit à Muriel. Des gens se marient en ces beaux mois d'été, tu le sais. L'an dernier, nous avons vendu deux bagues pour des fiancés et un jonc en or solide pour une femme qui se remariait avec un veuf. Les affaires de ce genre, je ne veux pas les laisser à d'autres, je suis ici pour réparer, mais pour vendre aussi. Alors pour les trois autres jours, tu feras venir ta mère au chalet, tu ne seras pas seule.

Car Muriel ne serait pas restée seule dans ce coin isolé, la nuit, elle craignait même de le faire quelques heures le soir, chez elle.

Or, ce qui fut planifié s'accomplit et le couple se retrouva dans les parages de Saint-Jovite par un beau temps ensoleillé. Jacques alla seul se présenter à la dame du bord du lac qui le reçut on ne peut plus gentiment. Une grande rousse, avec un mari plus petit qu'elle, et deux adolescents de quinze et dix-sept ans. Elle jasa beaucoup avec le nouveau proprio de l'autre côté de la route et l'invita à venir se baigner tant qu'il le voudrait. Avec sa dame, évidemment. Mais il était apparent que Jacques l'avait fascinée. Muriel n'était pas la seule à trouver l'horloger fort beau.

Toutefois, lorsque Muriel traversa le lendemain avec sa serviette de plage et son bikini bleu moulant, l'accueil ne fut pas le même. La rousse en question, la scrutant de la tête aux pieds, n'avait pas apprécié que sa nouvelle voisine soit aussi bien proportionnée. Elle avait aussi noté que son petit mari l'avait regardée avec les yeux sortis de la tête et, de surcroît, que l'aîné de ses garçons, qui s'était baigné avec Muriel, leur ait dit après le départ de celle-ci : « Wow ! Tout un pétard, la voisine ! T'as vu ça, l'père ? »

De retour au chalet, Muriel avait dit à Jacques :

— Compte plus sur moi pour aller me baigner de l'autre côté. La bonne femme m'a reçu avec un air bête, pas même un sourire. J'ai vite senti qu'elle ne m'aimerait pas, celle-là ! Son mari me regardait de la fenêtre, le p'tit gars aussi. Mais le plus vieux est venu se baigner avec moi. Il me mangeait des yeux, Jacques ! Avec ses dix-sept ans ! Il a été bien accueillant celui-là, un peu trop même, mais j'y retourne pas, j'ai déjà une ennemie et, pourtant, je lui avais offert mon plus chaleureux sourire.

— Que veux-tu, Muriel, les femmes ne t'aiment pas, tu es trop belle et trop bien faite pour elles. Surtout quand il s'agit de manches à balai comme celle d'en face ! Il va falloir t'y faire…

— Non, tu vas commander la piscine hors terre que tu as vue dans le catalogue. Je ne me baignerai plus jamais là. Si tu penses que je vais passer mes vacances avec cette face à claques chaque jour, tu te trompes. D'ici là, finies les baignades pour moi. Et je n'imposerai pas cette misère à ma mère. Moi, des femmes jalouses… Comme si j'allais lui voler son mari… L'as-tu vu ? Un p'tit bout d'cul, pis laid à faire peur ! Son grand garçon ne tient pas de lui ! Pas plus de sa mère. Y a juste pris le meilleur des deux. Tu appelles dès demain pour la piscine ? Il nous la faut rapidement, on va revenir chaque fin de semaine ici jusqu'en septembre...

Mais Jacques fit mieux que de retrouver le catalogue et d'appeler pour la piscine qui n'était sans doute plus en vente. Il se rendit sur la rue principale de Saint-Jovite et, à force de s'informer, il apprit que le quincaillier en avait une à vendre. Usagée certes, mais en bon état. Comme de coutume, Jacques marchanda et, si bien, qu'il l'obtint pour une bouchée de pain, le marchand était écœuré de la voir dans sa cour arrière recouverte de sa toile tout l'hiver. Il accepta même d'aller la livrer avec son fils et de l'installer pour un prix dérisoire. En tout, l'horloger venait de payer cent cinquante dollars de moins que la piscine en vente du grand magasin. Sans taxes en plus ! On ne peut pas dire que Muriel était ravie de son achat, elle aurait préféré quelque chose de neuf, mais lorsque le quincaillier vint la poser sur la terre aplatie la veille, il lui avait dit :

— Ne vous en faites pas, madame Derais, elle est en parfaite condition. Les enfants n'ont pas eu le temps de l'user, ils ont grandi trop vite.

Ce qui fit plaisir à Muriel, d'autant plus que l'homme l'avait poliment appelée *madame Derais*.

Jacques était retourné en ville afin de rouvrir son magasin pour la moitié de la semaine, alors que madame Augère prenait la route pour rejoindre Muriel au chalet. Sur les lieux, après avoir défait sa valise de voyage, elle avait dit à sa fille après avoir examiné les lieux :

— Y s'est pas fendu en quatre, ton amant ! C'est pas un chalet, c'est une mansarde ! La peinture s'écaille de chaque côté dehors, les vitres sont sales, pis tu as une marche de déclouée qui risque de nous faire tomber. Pis à l'intérieur, ça sent le vieux, je parle de l'odeur laissée par les gens qui l'habitaient. Moi, manger dans les assiettes des autres... Achète au moins du désodorisant à la menthe, ça va tuer la senteur !

— Tu as fini, maman ? Autre chose à part ça ? Jacques a fait ce qu'il a pu, on ne peut rien lui reprocher.

— Ce qu'il a pu ? Avec l'argent qu'il a ? Il y a plein de beaux chalets à Saint-Sauveur, Muriel ! Pourquoi échouer dans un endroit pareil ? Loin du cœur de Saint-Jovite en plus ! Pour gratter encore et encore ? Y s'promène en Thunderbird, pis y vient te caser ici comme si tu valais pas plus qu'un vieux trente sous ! Tu es loin d'être traitée en millionnaire, ma fille !

— Maman, un mot de plus et je te demande de retourner en ville. Je ne t'ai pas fait venir ici pour que tu descendes l'homme que j'aime.

— Je ne le descends pas, je te dis ce que j'en pense, Muriel.

— Alors, arrête de penser pour ensuite me garrocher ton fiel en pleine face ! Y a toujours une maudite limite !

Adrienne, devant la colère imminente de sa fille, changea de propos en lui disant :

— Regarde, y a un écureuil sur le bord de la fenêtre ! Y doit avoir faim ! T'as-tu une croûte de pain ?

Le lendemain matin, elles se rendirent toutes deux au village où un épicier-boucher les reçut aimablement, constatant que c'étaient de nouvelles résidentes d'été. Muriel en profita pour acheter des légumes, des fruits, du pain frais, du beurre, du lait et quelques cubes de bœuf pour cuisiner un pot-au-feu le soir même. De retour au chalet, après avoir tout déballé, Muriel se mit en frais de préparer un élégant petit souper pour deux. Elle ouvrit même un carafon de vin rouge en guise d'accueil pour Adrienne. Sa mère, qui partageait silencieusement son repas, n'osait dire quoi que ce soit. Muriel parla avec gentillesse de ce boucher qui l'avait si bien servie. Toujours pas de réponse de la part de sa mère.

— Tu ne dis rien ? Il n'a pas été aimable, ce boucher ?

— Ben oui, ben oui ! N'empêche, si j'en juge par ton souper, qu'y t'a vendu du bœuf à *spring* !

Après sa semaine écoulée, Muriel revint en ville avec sa mère qui la déposa chez elle avant de reprendre sa route. Ravie de retrouver son amant, elle se blottit dans ses bras et l'embrassa langoureusement.

— Tu m'as manqué. Je me suis ennuyée... Prise avec ma mère...

— Quoi, elle n'a pas été correcte avec toi ?

— Si on veut, mais tu la connais, elle s'est plainte du chalet, elle me parlait de Saint-Sauveur...

— Ne va pas plus loin, je sais ce qu'elle pense. Rien de flatteur pour moi. Ta mère va me haïr à en mourir, sauf qu'elle...

— Jacques, ne lui jette pas un sort ! C'est une bonne personne au fond, elle est mauvaise langue parfois, mais je suis sûre qu'elle s'en confesse chaque mois.

— Si seulement elle réfléchissait avant de parler, elle aurait à voir moins souvent le curé.

— D'accord, mais elle est commode. Sans elle, je ne serais pas restée seule au chalet. Il y a toutes sortes de bruits la nuit. Peut-être des bêtes puantes ou des chats sauvages… En autant que ce ne soit pas des coyotes ! J'en mourrais de peur !

— Ce n'est quand même pas à Saint-Jovite qu'on trouvera ça, Muriel. Des petits animaux sauvages, ça se peut, mais faudrait pas exagérer. Tu as apprécié la piscine, au moins ?

— Oui, une fois ou deux, mais j'ai croisé la voisine au village, la grande rousse ! Elle ne m'a pas regardée pis moi non plus ! Mais j'suis certaine qu'elle a remarqué mon *top* blanc décolleté, elle qui est plate comme une galette. Son plus vieux qui était avec elle m'a demandé : « Vous ne venez plus vous baigner ? » Le p'tit verrat ! À son âge ! Mais il n'a rien ajouté quand il a vu ma mère juste à côté.

— Il en a sans doute eu peur, Muriel.

— Jacques ! S'il te plaît !

Ils s'étaient aimés passionnément, elle plus que lui, et de retour du matelas à l'oreiller, elle lui demanda :

— Et toi, tu as bien travaillé, tu as vendu des bagues ?

— Juste une, mais c'était une pierre de naissance, celle du mois d'août qu'une femme est venue acheter pour sa fille. Des réparations sont entrées cependant, j'ai trois montres et deux horloges à remettre en ordre. Tu vois ? Pour ces choses-là, rien ne vaut leur horloger.

— En autant que les futurs mariés ne se rendent pas au centre d'achats pour leurs alliances… On baisse beaucoup les prix…

— Tant pis ! Moi, je ne baisse rien, je tiens à mon profit. De plus, je leur fais crédit et je leur offre la pleine garantie !

Deux jours plus tard, après avoir fait le ménage en haut comme en bas, Muriel s'empressa de faire la lessive, le panier à linge sale débordait des effets de son bien-aimé. Ses chemises, ses sous-vêtements, ses bas, ses jeans…

Après lui avoir concocté un bon pâté chinois, elle lui demanda avec un simili-sourire :

— Est-ce que tu me trompes, Jacques ?

— Voyons donc ! Quelle question ! Tu veux encore que je te redise que je n'aime que toi ?

— Non, pas nécessairement, mais c'est qu'en faisant le lavage, je suis tombée sur ta chemise bleue qui sentait un autre parfum que le mien. D'où est-ce que ça vient ?

Mal à l'aise sans le laisser paraître, mal pris cependant, il lui répondit que certaines clientes passaient la rampe et se tenaient juste derrière lui quand il ouvrait leur montre pour les examiner. Et puis, que certaines femmes cherchaient à l'approcher, tout comme certains hommes n'avaient d'yeux que pour elle. Puis, dans un sursaut, un éclair de génie :

— Je sais d'où ça peut venir, ça me revient. Une cliente est arrivée avec sa fille de seize ou dix-sept ans dont c'était l'anniversaire pour lui offrir un cadeau. Elle a choisi une chaînette en or avec un petit éléphant porte-bonheur. Tu sais laquelle, on en a plusieurs. Puis, alors que je lui passais la chaîne au cou pour l'ajuster, j'ai souhaité bonne fête à la jeune fille en déposant un léger baiser sur sa joue. Ce parfum vient sûrement d'elle… Un geste inoffensif, mais je me rappelle avoir gardé l'odeur de son eau de toilette toute la journée.

— Je m'y connais pourtant en parfum, Jacques, je les ai tous essayés. Il est impossible qu'une fille de cet âge porte du *Shalimar*. C'est pour les femmes plus mûres, plus âgées, la trentaine en montant…

— Dis donc, commencerais-tu à douter de moi, Muriel ?

— Non, je veux bien te croire, il y a de ces jeunes filles qui empruntent parfois le parfum de leur mère… Mais ma question est légitime, non ? Je t'aime tellement…

— Et tu crois que je pourrais t'être infidèle ?

Levant les yeux sur lui, sérieuse, elle rétorqua d'une voix ferme :

— Il ne faudrait pas !

Chapitre 5

Deux autres étés à Saint-Jovite depuis l'achat du chalet, et Muriel en avait marre. Elle détestait la campagne et ne pouvait plus tolérer se retrouver dans une piscine hors terre usagée qui perdait maintenant de l'eau, alors que les plus belles plages des États-Unis étaient à leur portée. Mais Jacques aimait la quiétude qu'il retrouvait chaque fin de semaine au chalet, allongé sur une chaise de toile avec, à la main, un livre, la biographie de Victor Hugo pour l'instant. À la ville, malgré l'étroitesse des pièces, il avait réussi à monter en coin une bibliothèque dans laquelle on retrouvait plusieurs œuvres historiques, quelques romans et des livres pratiques, dont un ou deux sur l'art culinaire. C'était là sa seule dépense. Il en achetait de temps à autre, à rabais le plus souvent, peu friand des bibliothèques municipales qui n'allouaient pas assez de temps pour lui qui ne lisait que périodiquement. Il lui était arrivé de dire à Muriel, alors qu'elle écoutait ses émissions de télévision:

— Pourquoi tu ne lis pas ? Ça cultive, Muriel. Tu pourrais apprendre à cuisiner davantage et il y a aussi des romans qui pourraient t'intéresser.

— Pour ce qui est de la cuisine, mon chéri, à quoi bon ? Tu n'aimes que les pâtés chinois, les ragoûts de boulettes, les spaghettis, les omelettes au jambon et les cuisses de poulet. Pis, pour ce qu'on nous suggère dans ces livres de recettes, ça coûterait deux fois plus cher que ce que j'achète. Tu comprends ? Côté romans, j'ai jeté un coup d'œil, mais ce ne sont que des romans policiers ou autres traduits de l'anglais, et un ou deux par des auteurs français que je ne connais pas.

— Ben voyons donc, qui ne connaît pas Gustave Flaubert, Muriel !

— Moi !

Ce qui avait mis un frein à la conversation, et Jacques, découragé sans trop le laisser paraître, l'avisa :

— Cet après-midi, j'ai un fournisseur à rencontrer. Tu vas être capable de t'arranger seule avec le magasin ?

— Ce ne sera pas la première fois, mais comment se fait-il que les grossistes ne se dérangent plus pour venir ici avec leurs échantillons ? C'est pas normal qu'on se déplace pour eux. Ils en ont pris l'habitude, ça fait deux fois en trois semaines que c'est toi qui vas les voir pour tes affaires et tu reviens sans avoir rien acheté.

— Parce que leurs montres sont trop chères. Parce que ça vient de la Suisse, ils demandent des prix fous. Je suis juste curieux de voir leurs récents modèles. Les montres importées du Japon sont à bien meilleur prix.

— Bon, comme ça te plaira. Je me débrouille très bien toute seule ici, c'est tout juste si je ne répare pas les montres et les horloges.

Il éclata de rire, la serra dans ses bras et l'embrassa furtivement sur le front avant de monter avaler un sandwich déjà préparé.

De retour au magasin, il enfila son imperméable gris, ajusta son foulard et, le regardant partir, Muriel ne put s'empêcher de songer qu'à trente-sept ans Jacques était encore fort bel homme. Très viril, barbe de deux jours, cheveux foncés, courts et bien coiffés, il portait parfois des lunettes à monture noire qui le rendait encore plus séduisant. Quoiqu'elle, avec deux ans de moins, n'avait rien perdu de ses charmes. Bien tournée, cheveux blonds entretenus, yeux verts et pétillants, jambes superbes et mains aux doigts effilés avec ongles sans cesse vernis, elle pouvait attirer tous les mâles du quartier, qu'ils aient vingt-cinq ou soixante-cinq ans, sauf les trop intellectuels. Femme à son meilleur en pleine trentaine, elle rehaussait sa beauté de l'odeur de son parfum du moment, *Chamade,* de Guerlain.

En octobre, par un soir plutôt frisquet, Muriel revint à la charge après le souper pour dire à son amant :

— Jacques, tu devrais vendre le chalet avant que l'hiver arrive, sinon tu ne pourras pas le faire avant le printemps prochain.

— Vendre ? Mais je ne tiens pas à le vendre, c'est mon exutoire chaque année, c'est notre endroit de paix où nous laissons tout de la ville de côté. Penses-y un peu !

— Comme tu dis, c'est ton exutoire, mais pas le mien, Jacques. Je déteste la campagne, je m'y ennuie profondément et je compte les jours, même les heures qui me séparent du retour en ville. Garde-le si tu veux, mais moi, je n'irai plus. Je veux profiter de cette belle semaine de juillet chaque année pour aller voir ce qui se passe aux États-Unis.

— Avec qui ? Dis-moi...

— Avec ma mère si je ne trouve personne d'autre, mais chose certaine, le chalet pis la piscine qui coule, c'est fini pour moi. C'était la dernière fois.

— Bon, si c'est comme ça, tu iras où tu voudras, mais moi, je continuerai à me rendre à Saint-Jovite. Seul avec un bon livre et de la musique classique.

— Parlons-en de ta musique, toujours les mêmes cassettes chaque année. *Les Quatre Saisons* de Vivaldi, le *Boléro* de Ravel et du Chopin. Tu vois, je me suis cultivée avec ta musique. À force de l'entendre, parce que tu n'achètes jamais rien de neuf...

— Tu as saisi ce que j'ai dit, Muriel ? J'irai seul si tu ne viens pas avec moi. Nous serons séparés l'un de l'autre pour près d'une semaine et, ensuite, chaque fin de semaine.

Comme pour exercer une certaine forme de chantage, connaissant sa vulnérabilité, il avait appuyé sur le mot « séparés » pour qu'elle comprenne mieux ce qu'elle allait perdre. Gardant une pseudo-fierté, hautaine malgré le vide qu'elle ressentait déjà face à son discours, elle insista :

— Peu m'importe, c'est toi qui en pâtiras !

Sans penser une seconde que son bel amant ne souffrirait pas d'être privé de quelques nuits sans elle. Que ce soit à la ville ou à la campagne. Jacques Derais, conscient de ses lascives possibilités, avait déjà en tête... d'autres chattes à fouetter !

En novembre, alors que Jacques était sur son banc d'horloger à la bijouterie, Muriel en profita pour aller faire quelques courses chez le dépanneur le plus près. Du lait, des œufs, du fromage tranché. Elle paya et, comme elle allait sortir, une dame maigrelette, dans la soixantaine, s'approcha d'elle pour lui jeter de sa petite bouche ridée : « Ton homme te trompe, ma belle ! Mon mari l'a vu sortir en plein jour d'un motel de la rue Lajeunesse avec une p'tite jeune ! » Puis, la dame quasi émaciée s'esquiva avant que Muriel puisse la questionner. Toutefois, elle eut le temps de lui crier : « Pourquoi vous me dites ça ? Qui êtes-vous ? Je ne vous connais pas ! » Mais la dame avait pressé le pas et tourné le coin du boulevard Saint-Laurent sans que Muriel puisse en apprendre davantage. Embarrassée, sidérée par l'aveu de la dame, elle se demandait bien qui elle pouvait être pour que son mari connaisse Jacques. Sans doute était-il un client de l'horloger ? Néanmoins, le doute ancré au cœur, elle revint à la bijouterie et fit mine de rien en rapport avec ce qui venait de se passer. Jacques, en grande conversation avec un client régulier, ne porta pas attention à Muriel qui, pourtant, avait les sourcils froncés. Elle se rappelait que Jacques était sorti deux fois en après-midi la semaine dernière pour rencontrer des fournisseurs et qu'il était revenu bredouille en lui disant qu'ils n'avaient rien de spécial à lui offrir. Deux fois en une semaine, et l'après-midi de surcroît. Se pouvait-il que la dame peu charitable ne lui ait pas menti pour autant ? Lui avait-elle révélé cette abomination parce qu'elle avait en horreur les ténébreux qui trompaient leur femme ? La prenait-elle pour madame Derais ? Mais non, elle l'avait tutoyée, appelée « ma belle » et l'avait avertie que « son homme » et non son mari la trompait. Ce qui ne laissait aucun doute, elle savait que Muriel était sa maîtresse et qu'elle était trompée par une autre garce de plus bas étage qu'elle. Passant outre à ses inquisitions cérébrales, elle attendit que le soir vienne pour s'asseoir avec lui sur le divan du salon et lui demander, alors qu'il tentait de la mettre en appétit par un doigté douteux :

— Tu me trompes, Jacques ? Avoue-le si c'est le cas ! Sois honnête !

— Moi, te tromper ? Voyons, comment le pourrais-je, je suis avec toi chaque jour. Encore cette idée qui revient ? Vraiment, avec toi, la confiance…

— Je ne présume rien, Jacques, c'est une femme qui me l'a lancé en plein visage en sortant du dépanneur. Une femme plutôt âgée que je ne connais pas, mais dont le mari te connaît, lui.

— Qui donc ?

— Je n'ai pas son nom, mais il t'a vu sortir d'un motel de la rue Lajeunesse avec une fille en plein après-midi. C'est vrai, Jacques ? Tu ne peux pas nier les faits cette fois…

— Des racontars, il y a tellement d'hommes qui se ressemblent et, l'après-midi, quand je ne suis pas ici, je suis chez un fournisseur. Tu le sais, pourtant ! Ça va se poursuivre longtemps ce questionnaire ?

— Tant que tu ne m'auras pas dit la vérité. J'accepte bien des choses, mais pas le mensonge. Elle n'a pas inventé cela, la bonne femme, elle s'est enfuie après me l'avoir dit, elle a sans doute honte pour toi.

— Bien, qu'elle vienne me le dire en pleine face, la vieille, et tu en seras témoin. Comment peux-tu croire une femme que tu ne connais pas et qui t'apostrophe en plein dépanneur ? Et c'est moi que tu traites de menteur ? Faut pas aimer trop son conjoint pour en douter de la sorte. Ça fait cinq ans qu'on est ensemble, Muriel. Si j'avais eu à être infidèle, je l'aurais fait depuis longtemps. Comment peux-tu me soupçonner après autant d'années ? J'imagine que c'était une grosse laide qui t'a invectivée de la sorte ?

— Non, elle était grande et maigre.

— Comme la rousse à Saint-Jovite ! Les grandes maigres, c'est ton malheur, Muriel. Elles te détestent dès qu'elles te rencontrent. Tu vois bien que c'est de l'envie. À moins qu'elles tentent de te séparer de moi… Ah ! ces laiderons ! Tu veux bien me croire, au moins ?

Se rapprochant de lui, voyant qu'il était malheureux et affligé par cet incident, elle se reprochait même d'avoir été trop directe et lui dit en lui prenant la main :

— Oui, je te crois, Jacques. Je suis très possessive, je le sais, je n'arrive pas à me corriger, mais je t'aime et ça me rend méfiante, je suis jalouse dès qu'une cliente te fait un compliment.

Puis, guidant la main de son amant vers sa généreuse poitrine, elle lui demanda, en murmurant :

— On pourrait peut-être passer à autre chose maintenant ?

L'hiver arriva tel que Muriel l'avait vu venir et Jacques n'avait pas mis en vente le chalet, quitte à s'y rendre seul l'année suivante. Noël amena peu de joies sous leur toit. Pas un seul cadeau de la part de l'horloger à sa douce moitié et vice versa. Du « donnant donnant » selon elle, donc rien, moins que rien de sa part à l'homme que, pourtant, elle aurait voulu choyer. Elle avait néanmoins fouillé dans le stock en réserve de la bijouterie, et déniché pour sa mère un étui orné de roses contenant un ensemble de manucures qu'Adrienne apprécia. Un petit cadeau pas cher que Jacques lui avait fait payer. Rien de gratuit avec lui. Surtout pour la « belle-mère ». Aucune festivité après la messe de minuit qui était un rituel pour lui. Le jour même, il avait téléphoné à Rachel pour lui offrir ses vœux et les transmettre à Chantal qui était partie chez une copine pour célébrer. Un simple appel. Pas même une carte de Noël, il trouvait cette tradition coûteuse et inutile, même s'il recevait du Nouveau-Brunswick les vœux annuels de ses parents avec un chèque signé de son père pour l'événement. Sans un mot gentil pour Muriel dans la carte, évidemment. Madame Derais l'avait bien accueillie pourtant, mais c'était Émile qui avait signé la carte sans texte avec des vœux écrits de sa main que pour son fils.

Janvier 1977 se leva et, avec lui, Jacques fêta ses trente-huit ans et Muriel ses trente-six ans, à peu de jours près. Une petite invitation à souper de sa part pour célébrer les deux anniversaires, mais encore au même restaurant, à la même table, où elle commanda un fettucine Alfredo alors qu'il y allait d'une demi-pizza, la plus petite sur le menu, avec un carafon de vin rouge maison pour lui et un seul verre de blanc pour elle. Elle eut cependant droit à un dessert, un pudding au riz qui n'était pas inclus au menu. Quelle générosité de la part de son amant ! Sans cadeau, bien entendu, il lui avait murmuré à l'oreille devant des clientes qui n'avaient d'yeux que pour lui :

— C'est ce soir, après ton bain, que tu seras comblée...

Une promesse qui fit son effet d'après le sourire qu'elle lui rendit. Comme si elle, Muriel Augère, ne le comblait pas au lit. « Quel mufle ! » aurait hurlé sa mère. Mais aveuglée par « l'amour » démesuré de son amant, Muriel ne lui reprochait plus rien ou presque. Pour l'instant, du moins. Sur un drap de satin ou de coton, sentir son corps chaud collé contre le sien la rendait hors de la réalité. Elle se sentait flotter au-dessus des nuages, au paradis même et plus haut encore. Si Adrienne avait vu la scène chaque fois que sa fille se donnait à Jacques Derais, elle aurait récité trois chapelets pour la sauver des feux de l'enfer. Sinon son corps, du moins son âme !

Quand le printemps prit sa place, Muriel revint à la charge une dernière fois au sujet des vacances d'été :

— Tu ne penses pas que, pour trois ou quatre jours au moins, on pourrait aller aux États-Unis, visiter Boston ou Détroit ?

— Il n'y a rien à voir dans ces endroits-là ! Ce serait de l'essence gaspillée en plus des chambres d'hôtel, des restaurants...

Elle avait même songé à lui suggérer Las Vegas en avion ! Sans imaginer le drame ! Lui qui n'achetait même pas un billet de loterie ! L'inviter à visiter la cité du jeu ! Mais face à son mépris pour les villes américaines, elle changea vite son fusil d'épaule pour ajouter :

— Alors, pourquoi ne pas nous rendre à Calgary et pousser une pointe jusqu'à Banff ? On dit que c'est superbe dans ce coin-là. Puis, il y a le lac Louise…

— Oui, je sais, j'ai vu les réclames, mais c'est trop loin en voiture, Muriel. Ça prendrait presque trois ou quatre jours avec les arrêts pour s'y rendre et nous sommes fermés que pour une semaine, parfois moins. Et ne me parle pas de l'avion, c'est trop cher ! Non, ce qui m'intéresse et je te le répète, c'est le chalet avec l'air ambiant et reposant de Saint-Jovite et ses environs. C'est là que je me détends, que je fais le vide pour mieux refaire le plein avec un bon livre comme *Le Mur,* de Jean-Paul Sartre, que je viens d'ouvrir. Tu verras…

— Je ne verrai rien, parce que j'y vais pas, Jacques. Tu iras seul te détendre dans ta chaise longue avec ton livre et tes repas en conserve. Fini pour moi ces vacances de vieilles personnes ! Je veux savourer la vie, moi ! J'irai sans toi visiter Banff et le lac Louise cet été.

— Tu vas y aller seule ?

— Non, avec maman qui en a exprimé le désir. Nous irons en avion, c'est elle qui m'invite, et nous passerons quatre beaux jours d'été devant ces merveilles de l'Ouest canadien. Garde-le ton chalet, mais ne me l'impose pas ! La campagne, moi…

— Je connais le refrain, Muriel, n'ajoute rien et va où tu voudras avec ta mère. Il sera même bon pour notre couple de ne pas être ensemble pendant ces vacances. Ça raffermit le lien au retour, dit-on. On verra bien…

Muriel crut bon de ne rien ajouter à cette remarque, sachant qu'il allait lui manquer durant cette absence. Sa mère n'était certes pas « son homme » lorsque venaient les soirs de pluie, mais elle se jura de tenir bon, de lui tenir tête, de ne pas lui permettre de se sentir trop sûr de lui, cette fois. Croyant que, de cette façon, elle allait le punir ou, du moins, le faire terriblement languir.

Comme planifié avec sa mère, Muriel s'envola pour Calgary avec elle, laissant Jacques profiter de son « camp d'été », seul avec sa bienveillante quiétude. Bien sûr que les deux femmes avaient profité de leur journée à Banff et au lac Louise où un autocar les y avait conduites, mais de retour à leur hôtel près de l'aéroport de Calgary, Muriel s'ennuyait déjà de l'homme de sa vie. Le lendemain, les deux femmes visitèrent la ville, ses monuments, le musée Glenbow, le Heritage Park, le zoo, sans s'informer du Stampede car Adrienne avait horreur des spectacles virils et violents des cow-boys et préféra se rendre dans de beaux centres d'achats où elle en profita pour choyer sa fille en lui payant une robe, des jupes, quelques blousons et des souliers dernier cri. Tout pour en mettre plein la vue à l'amant qu'elle détestait profondément. Il était évident que les têtes se tournaient sur le passage de la capiteuse blonde qu'elle était. Les hommes la dévoraient des yeux, mais Muriel ne voyait rien de ces attentions, elle n'avait que Jacques en tête, elle se demandait même si elle n'aurait pas mieux fait de le suivre à Saint-Jovite. Elle aussi devait lui manquer terriblement, pensait-elle, et elle s'en voulait de lui avoir sans doute causé du chagrin en le laissant esseulé en pleine campagne avec les écureuils et son livre à peine ouvert. Personne à qui parler, seul après avoir tant travaillé…

Muriel culpabilisait, mais n'en laissait rien voir à sa mère qui l'aurait semoncée après avoir tant dépensé pour elle. Le retour se fit sans encombre, sauf que la turbulence était vive à bord de l'avion et qu'Adrienne avait peur quand les sautes d'humeur de l'appareil se manifestaient. Enfin, saines et sauves à Montréal, elles retrouvèrent la voiture de madame Augère et, quarante minutes plus tard, Muriel rentrait chez elle où Jacques, de retour lui aussi, l'accueillit avec un sourire et de fortes étreintes. Comme si elle lui avait réellement manqué durant son court voyage. Le lundi suivant, la routine avait repris place à l'horlogerie et les clients affluaient déjà avec leurs montres qui avaient pris l'eau lors de baignades et deux horloges qui avaient souffert d'une brève canicule. Cherchant à savoir s'il avait trouvé difficile d'être seul dans un chalet désert, Jacques lui avait répondu :

— Je n'étais pas seul, j'avais Jean-Paul Sartre pour me tenir compagnie.

— Jean-Paul qui ?

— L'auteur du livre que je parcours ! répondit-il en riant.

— Tu te moques de moi, ou quoi ?

— Non, Muriel, mais je me rends compte que tu ne retiens rien de ce que je te dis quand il s'agit de littérature ou de musique. Tu n'as aucun intérêt pour les arts, mais ce n'est pas grave. Ce n'est pas un reproche, juste un constat. On est comme on est, non ?

Elle soupira, le regarda avec un tantinet de méfiance, et lui répondit :

— Oui, j'imagine, mais ne t'avise jamais à rire de moi. Je connais le cinéma par contre. Tous les films qui sortent sur les écrans…

— Oui, américains seulement.

La fin de semaine suivante, Jacques renonça à Saint-Jovite, prétextant une rencontre avec un fournisseur allemand de passage, à l'hôtel où il logerait. Muriel « avala la pilule » et ne le questionna pas davantage, mais comme sa mère avait exprimé le désir de retourner au chalet un de ces jours, sa fille l'invita à s'y rendre avec elle durant les « affaires » de Jacques. Les deux femmes partirent donc le vendredi en soirée pour atteindre le chalet une heure plus tard. Ouvrant la porte, rentrant leurs bagages, Adrienne s'écria après quelques minutes :

— C'est drôle, ça sent le parfum ici !

— Sans doute l'aérosol qu'on vaporise chaque fois et qui persiste longtemps.

— Non, j'ai le nez fin, ça sent le parfum fort, une marque connue.

— Voyons, maman, ça fait une semaine que le chalet est fermé, un parfum ne dure pas aussi longtemps.

— Ça dépend ! Quand il s'est imprégné... Pis votre aérosol, ça part en dix minutes. Mais, passons et rendons-nous chez le boucher avant qu'il ferme, on a besoin de viande hachée pour faire une sauce italienne. As-tu des oignons et de l'ail ?

Et les deux femmes remontèrent en voiture pour regagner le village avant que la noirceur se manifeste.

Au moment d'aller au lit, Adrienne dans la chambre d'invités et Muriel dans celle de leur lit double, cette dernière avait du mal à s'endormir. Elle imaginait Jacques, seul en ville, avec la journée du samedi à traverser et l'Allemand à rencontrer par la suite. Elle le plaignait de se dévouer ainsi pour le commerce alors qu'elle prenait ses aises à la campagne. Tournant de bord plusieurs fois, n'arrivant pas à fermer l'œil, elle tourna aussi son oreiller de l'autre côté pour recevoir, en plein visage, les séquelles d'un parfum qui n'était pas le sien. Ce que sa mère, avec son flair de chien, avait senti en arrivant. Muriel huma l'oreiller une fois de plus et s'aperçut qu'il s'agissait d'un parfum qu'elle avait peine à identifier cette fois, il n'en restait que des traces. Mais c'était un parfum tenace, sans doute de Caron ou de Nina Ricci. Elle devint subitement méfiante, choquée, quasi furieuse, mais elle camoufla sa hargne dans l'autre oreiller, celui de Jacques, qui dégageait la même fragrance que le sien. Pourpre de colère, pour ensuite devenir livide, assise sur le bord du lit, elle songeait : *Non ! Il ne peut pas m'avoir fait ça ! Pas une autre femme ! Pas dans notre lit ! Le salaud, si c'est ce que je pense. On retourne en ville demain, je veux en avoir le cœur net. Oh non! il ne va pas me faire ça et s'en tirer sans le payer! Au diable son Allemand et son rendez-vous manqué, il va rester à la maison! On a des choses à régler, moi pis lui!*

Adrienne n'en revenait pas de repartir le lendemain et, osant demander à sa fille quelle en était la raison, Muriel lui répondit:

— Pas de questions, m'man! Mets la viande dans le congélateur, les légumes aussi, pis viens-t'en! Je t'expliquerai ça un autre jour.

Le trajet du retour se fit presque silencieusement et, après avoir déposé sa fille devant la bijouterie, madame Augère continua chez elle, préoccupée, mais se doutant bien que la volte-face de Muriel avait quelque chose à voir avec son amant. Lorsque Jacques la vit surgir à la bijouterie, étonné, il lui demanda:

— Qu'est-ce qui se passe? De retour déjà? Une chicane avec ta mère?

— Non, tout va très bien entre nous, mais après la fermeture, on soupe pis on cause, toi et moi.

— On cause de quoi?

— Tu verras bien, mais oublie l'Allemand que tu devais aller voir. De toute façon, on n'achète rien directement des Allemands, ils ont des grossistes dans chaque pays.

— Tu ne vas tout de même pas me dire comment gérer mes affaires, Muriel. J'ai un rendez-vous…

— Annule-le, ce que j'ai à te dire est plus important. Puis, à bien y penser, je ne cuisine pas, on va aller au restaurant. Chez ton Italien si tu veux, mais on ne mange pas ici.

Jacques, se doutant bien que quelque chose le concernant s'était passé à Saint-Jovite, n'insista pas. Ils se rendirent rue Berri et, après un repas frugal pour lui, encore plus léger pour elle, il lui demanda au moment du café :

— Tu veux bien me parler de ce qui te tracasse ?

— Pas ici, il y a trop de monde ce soir, ça risquerait de déranger, attends qu'on soit chez nous.

Ils rentrèrent à la maison et, confortablement installé sur le divan du salon, Jacques attendit que Muriel revienne avec sa tasse de thé.

— Bon, tu peux parler maintenant ? Qu'est-ce qui t'arrive pour te mettre dans un tel état ? Ta mère est malade ?

— Non, pas elle, mais je risque de le devenir si tu ne me dis pas la vérité cette fois. Qui est la femme avec laquelle tu m'as trompée au chalet ?

— Ben voyons donc, ça recommence cette rengaine-là ? Tu as engouffré ça dans ta tête ? Ça ne partira jamais ?

— Non, plus maintenant. Tu as couché avec une autre femme au chalet, j'ai senti l'odeur de son parfum imprégné dans nos oreillers. Ne cherche plus à nier ou à mentir. Dis-moi la vérité ou je fais mes valises !

— À quoi bon être franc, tu les feras quand même tes valises, mais je vais l'être et courir le risque que tu comprennes. Oui, j'ai couché avec une femme, mais ce n'était pas pour te tromper, Muriel. Un simple écart de conduite orchestré par elle et non moi.

— N'empêche qu'elle était au chalet. Raconte un peu plus.

— Bien, étant seul, sans ta présence, je suis allé faire un tour dans un bar du village et je l'ai rencontrée par hasard. Une divorcée un peu éméchée…

— Tu as bu avec elle ?

— Non, je n'ai pris qu'une eau Perrier. Je ne bois pas ou rarement, tu le sais. Elle, par contre, avait bu, et lui parlant du chalet, elle m'a demandé de le visiter. Je l'ai ramenée dans le but de la dégriser un peu et là, elle m'a dit qu'elle était tombée en amour, que je lui plaisais…

— Pas tombée en amour, tombée dans ton lit, Jacques !

— Si tu veux, j'étais en manque…

— En manque de quoi ? On a fait l'amour trois fois cette semaine ! Et tu me dis que tu étais sobre ? Donc, une femme ne te suffit pas, il t'en faut d'autres ?

— Arrête, ne parle pas comme ça, je t'ai dit que c'était l'occasion qui avait fait le larron, une inconduite, une erreur de moins d'une heure. Je suis allé ensuite la reconduire au village et je ne la reverrai plus.

— Elle avait quel âge cette femme ? Et quel est son nom ?

— Dans la quarantaine et son nom, je ne le lui ai même pas demandé. Mais c'était juste un accroc, comprends, ça ne m'était jamais arrivé…

— À d'autres ! Bon, c'est fait on ne peut rien y changer, mais je te quitte, Jacques, je t'avais prévenu. Je retourne chez ma mère dès demain avec mon linge, rien de plus.

— Tu ne peux pas me faire ça, Muriel ! Je t'aime ! Ça fait si longtemps qu'on vit ensemble. On est un couple… Et cette mésaventure n'a aucune importance pour moi, ce n'est pas comme avec toi…

— Menteur ! Si tu m'aimais comme tu le dis, tu ne coucherais pas avec la première venue quand je suis partie. Tu n'as que le sexe en tête, tu es un cochon, tu as le vice au corps… Aucun avenir à envisager avec toi.

— C'est elle qui m'est tombée dans les bras, Muriel, j'étais allé à cette auberge que pour me distraire un peu…

— Te distraire ! Et où donc était ton livre que tu aimes tant ? Ta grande musique qui te détend ? Pas autant qu'une pure inconnue dans tes draps. Tu as le vice au corps, je te le répète, Jacques, et je n'irai pas plus loin avec toi. Je vais continuer de travailler ici, mais comme une simple employée. Pour ce qui est de notre vie à deux, fais-en ton deuil, j'en ferai autant de mon côté.

Puis, le regardant parce qu'il ne répondait rien, elle remarqua ses yeux embués, au bord des larmes…

— Pardonne-moi, Muriel, ne pars pas, je vais me sentir perdu sans toi. C'était la première fois que ça m'arrivait…

— Peut-être, mais sobre en plus, tu n'as aucune excuse. Je ne te suffis plus, ton coup de foudre pour moi s'est éteint… Il t'en faut d'autres, ça semble viscéral, et comme tu n'as pas à les chercher, qu'elles se ruent sur toi…

— Tu vois ? C'est là, le désastre ! Les femmes m'aiment, je n'y peux rien, mais je n'en cherche aucune, moi.

— Tiens ! Victime à présent ! Me prends-tu pour une idiote ?

— Non, Muriel, mais sois indulgente, on forme un duo merveilleux, toi et moi. Tout marche rondement ici à cause de toi… Je ne te veux pas comme vendeuse seulement, tu es ma compagne de vie…

— Non, ta maîtresse, Jacques ! Et une maîtresse trompée !

— Tu devrais comprendre, tu as toi-même éclipsé Rachel de ma vie pour prendre sa place.

— Pas vrai ! Comment oses-tu comparer ? Vous étiez séparés ! Jamais je ne me serais imposée si tu avais été bel et bien marié. Je ne suis pas une débauchée comme ta putain, moi !

— Oui, je le sais bien, tu as raison, j'étais déjà séparé, mais ne t'en va pas, Muriel, je suis démuni sans toi. Tu vois ? Je ne trouve même plus mes mots... Mais moi sans toi et toi sans moi, ce serait un trou béant, un vide épouvantable...

Baissant les yeux devant sa tristesse, son désarroi, Muriel se rappela le premier jour où elle l'avait aperçu en regardant sa vitrine. Elle l'avait trouvé tellement beau, elle le désirait sans savoir s'il pouvait être intéressé par elle. Elle en avait parlé à sa mère. L'horloger de la rue Sauvé, que lui dans ses pensées cette nuit-là et celles d'après... Lui prenant la main, ce qui le rassura, elle lui demanda :

— Tu me jures que c'était la première fois et que ça ne se reproduira pas ?

— Sur la tête de ma mère, Muriel !

Enivrée une fois de plus par le contact de sa main chaude sur son épaule nue, dépendante, insatiable de ses perversités, elle se rapprocha de lui et lui murmura dans un baiser prolongé :

— D'accord, n'en parlons plus, allons nous coucher.

Quelques larmes de crocodile sur la joue de Jacques et elle était prête à tout oublier. Croyant même qu'il l'aimait plus qu'elle ne l'avait imaginé. Elle qui, deux minutes plus tôt, menaçait de faire ses valises. Et, comme si de rien n'était...

— Mais juste avant, dis-moi, c'était sérieux la rencontre avec l'Allemand ?

— Sérieux plus ou moins. Il voulait me remettre son catalogue de nouvelles horloges bavaroises sorties récemment, mais on s'est entendus et il me le postera.

Puis, changeant brusquement de sujet :

— C'est beau la jupe et le haut sans manches que tu portes. Tu viens de l'acheter ?

— Non, un cadeau de ma mère quand nous étions à Calgary.

Par amour, encore éprise jusqu'à la moelle épinière, Muriel avait repris son poste dès le lundi au magasin tout en faisant le ménage du haut et du bas, les repas et la lessive. Ce que Jacques Derais avait failli perdre avec le départ de sa maîtresse. Mais son charme avait encore opéré, une fois de plus, il le savait et, dès le soir venu, il fit en sorte que « ce charme » qui agissait si bien s'enflamme en elle sans que le feu s'éteigne. Muriel avait passé l'éponge, elle avait même pardonné l'incartade non pas par indulgence, mais parce qu'elle ne voulait pas perdre ce qui lui était acquis et dont elle ne pouvait se passer. Et encore moins le partager avec une autre, c'est ce qui l'avait le plus choquée de cette histoire. Sans l'admettre toutefois. Mais était-ce nécessaire ? Jacques Derais connaissait si bien les femmes ! Et Muriel, dans son absolution, finit par croire qu'il n'avait peut-être pas tort et qu'une fois n'était pas coutume.

Les jours se multiplièrent et tout semblait être redevenu normal dans le couple Derais-Augère. Sauf que Muriel détestait le voir partir certains soirs pour rencontrer un fournisseur. Elle avait manifesté le désir de l'accompagner chez un grossiste de breloques en or, mais il lui avait répondu que ça ne se faisait pas, que les affaires n'avaient pas à être mêlées au ménage qu'ils formaient. Pourtant, ça ne faisait que quinze ou dix-huit mois que cette habitude d'aller chez les fournisseurs avait débuté. Et toujours le soir par-dessus le marché. Elle lui avait demandé pourquoi il ne s'y rendait pas de jour de temps à autre comme il l'avait déjà fait, et il lui avait répondu: «Non, mes clients avant les achats.» Et c'en était resté là. Quoique la plupart du temps, il n'achetait rien. Il revenait avec une ou deux stupides babioles d'un dépanneur dans ses poches. Une manie, quoi!

L'automne s'avérait bon pour les ventes. Plusieurs mises de côté déjà sur des bijoux en or et des montres de grande valeur. Il en était satisfait. Économe et cupide, il jouissait de voir l'argent remplir ses coffres quand venait le temps de se rendre à la Caisse pour ses dépôts. Leur couple se maintenait dans une belle harmonie et Muriel avait plus ou moins oublié «l'incident» de l'été dernier au chalet. Sa mère ne lui avait jamais posé de questions sur leur départ précipité et n'était plus retournée à Saint-Jovite avec Muriel depuis ce fameux jour... Jacques s'y rendit donc chaque fin de semaine avec sa douce moitié, jusqu'à ce que les premières feuilles se mettent à tomber. Muriel avait tenté en vain d'apercevoir la femme en question au village, mais elles étaient nombreuses de cette génération. Dans les restaurants ou épiceries, elle ne croisait que des mères de famille, la plupart avec des enfants en bas âge ou quasi-adolescents. Elle finit par oublier cette bonne à rien quadragénaire et se concentra strictement sur son homme qu'elle aimait encore éperdument.

Ce, jusqu'à un certain après-midi où, seule au magasin, le téléphone sonna. Elle répondit sans plus tarder pour entendre au bout du fil une voix féminine lui demander :

— Est-ce que Jacques est là ?

— Heu… non. Il est absent présentement.

— Est-ce que je parle à sa mère ?

— Oui, je suis madame Derais, répondit vivement Muriel, dans un pieux mensonge. Qui le demande ?

— Lison ! On sort ensemble lui et moi.

Se doutant d'une récidive de la part de la femme du village, Muriel lui demanda :

— Comme ça, vous avez sans doute visité son chalet à Saint-Jovite ?

— Non, pas encore, mais ça va venir, il me l'a promis ! Pour l'instant, ça se passe juste ici. Il va revenir quand ?

Estomaquée, Muriel raccrocha sans ajouter quoi que ce soit. Puis, brisant incidemment de sa main ferme le bracelet qu'elle polissait, elle s'écria de rage intérieurement : *Ah ! le scélérat, le serpent venimeux, pas seulement une, mais deux !*

Chapitre 6

Il va sans dire que Muriel était en furie après ce coup de fil et qu'elle attendait Jacques de pied ferme cette fois. Quand il réintégra le domicile à l'heure du souper, elle l'apostropha sans attendre une minute de plus :

— Qui est Lison, Jacques ?

— Qui ?

— Ne fais pas l'hypocrite ! Lison !

— Je ne connais pas de Lison, Muriel. Pourquoi cette question ?

— Parce qu'elle m'a téléphoné ici, à la bijouterie et, croyant que j'étais ta mère, elle m'a dit sortir avec toi et que tu l'emmènerais au chalet tel que promis.

— Et tu as cru tout ça, toi ! N'importe quelle fille peut inventer des histoires pour me faire du tort. Elle était au courant que j'avais un chalet ?

— Non, c'est moi qui le lui ai mentionné et c'est là qu'elle m'a dit qu'elle irait avec toi.

— Lui as-tu demandé son nom au complet, où elle m'avait rencontré et ce qu'elle faisait dans la vie ? Comme tu étais supposée être ma mère, toutes ces questions auraient été de mise.

— Non, dès qu'elle m'a dit qu'elle irait avec toi au chalet et que, pour l'instant, ça se passait juste ici, j'ai raccroché. Je sentais ma colère surgir…

— Tu vois ? Même pas assez brillante pour poursuivre une conversation et te renseigner davantage. Et là, tu m'arrives avec un seul prénom, Lison ! Je n'en connais aucune, Muriel. C'est un coup monté ou un tour de la part d'une fille qui vient sans doute ici.

— Elle avait ton numéro de téléphone, Jacques !

— Possible, il est public, c'est une horlogerie ici, pas une maison privée. D'ailleurs, même le nôtre n'est pas confidentiel, il est dans l'annuaire, elle aurait pu appeler en haut…

— De là à me prendre pour ta mère, elle n'est sans doute pas venue au magasin. Tu l'as rencontrée ailleurs… Comme la femme de Saint-Jovite, peut-être ?

— Bon, là, ça suffit, Muriel ! Si tu tentes de me mettre une fois de plus au pied du mur, je te libère de ton emploi, je te quitte et tu pourras retourner vivre avec ta mère. Je n'en peux plus de ces inquisitions qui se terminent par des crises de nerfs !

À ces mots, Muriel, saisie par le ton, répliqua :

— Je ne t'ai pas dit que je voulais retourner chez ma mère, on discute, rien de plus.

— Non, il n'y a pas de discussion possible avec toi, et je sens que tu seras méfiante envers moi chaque jour ou presque. Moi, avec un tel manque de confiance, je préfère tout arrêter, reprendre ma liberté et te redonner la tienne.

— Voyons ! Ne le prends pas comme ça, je me suis peut-être mal exprimée…

— Oui, comme d'habitude ! Avec des accusations humiliantes qui me mitraillent chaque fois ! Je te répète pour la dernière fois que je ne connais pas de Lison et si tu ne me crois pas, tu sais ce qu'il te reste à faire !

Jacques Derais avait pris une sacrée chance avec cette réprimande sur un ton autoritaire et menaçant. Muriel aurait pu le prendre au mot, mais il se doutait bien qu'elle n'avait pas envie de retourner chez sa mère ni de vivre sans lui. Au point de l'entendre poursuivre sur un ton mielleux en lui servant son repas :

— Bon, on n'en parle plus, mais avoue que c'est choquant d'avoir de tels appels te concernant. Une dévergondée, sans doute…

— Oui, tout ce que tu voudras, Muriel, mais ne me reviens plus avec ces histoires-là !

Et Muriel retourna à ses chaudrons pendant que Jacques, les yeux posés sur son journal, voyait prendre fin son aventure d'un soir avec la dénommée Lison.

Le samedi 28 janvier 1978, par un soir plutôt doux où la pluie prenait la relève de la neige, Jacques avait invité Muriel à souper et ensuite, au cinéma. Elle s'en montra ravie, même si le repas dans un restaurant quelconque du centre-ville était de troisième ordre, et que le film *Des journées entières dans les arbres,* de Marguerite Duras, l'avait profondément ennuyée. Lui avait adoré sa sortie peu coûteuse dans son ensemble. La semaine suivante, Muriel s'était reprise côté cinéma en allant voir avec sa mère le film *Annie Hall,* avec Diane Keaton qui avait remporté l'Oscar de la meilleure actrice pour ce rôle. Peu avant de s'y rendre, Adrienne l'avait invitée au chic restaurant Granada du boulevard Saint-Laurent, où la côte de bœuf était renommée. Une belle soirée pour Muriel qui se termina en beauté dans les draps de son bien-aimé. Tout semblait au beau fixe entre la mère et la fille de ce temps. Adrienne évitait de descendre Jacques devant elle, se contentant de le faire avec sa cousine. Il faut dire que madame Augère n'était au courant d'aucun différend entre les deux amants. Muriel ne lui révélait rien de leurs discordes et encore moins de ses soupçons face à la fidélité de Jacques. Ce qui aurait mis sa mère hors d'elle si elle avait su ce qui s'était passé à Saint-Jovite avec l'ivrognesse et apprit qu'une certaine Lison avait téléphoné à la bijouterie. Une bombe aurait éclaté et Adrienne aurait sans doute voulu tirer sa fille de force des bras de ce dépravé. Elle se doutait bien cependant que tout n'allait pas comme sur des roulettes dans leur couple, Muriel avait souvent le caquet bas, mais revenir à l'attaque contre lui sans cesse la rendait à bout de souffle. Sa fille était assez vieille pour faire sa vie à sa façon, mais son cœur de mère l'empêchait de lui donner sa bénédiction. Oh, non ! Pas avec cet homme qu'elle méprisait de tout son être et qu'elle aurait souhaité voir six pieds sous terre. Mais comme lui disait sa cousine :

— Y a pas grand-chose que tu peux faire, Adrienne. Pense à ton hypertension, rends-toi pas malade, ferme les yeux et laisse Muriel se débrouiller avec lui. T'as eu ton lot avec ton ivrogne de mari, ça devrait te suffire, côté couple.

Et madame Augère lui répondit :

— T'as sans doute raison, mais j'suis pas capable de lui voir la face, à ce truand-là, sans sentir mon sang bouillir dans mes veines !

— Tu vois ? C'est comme ça qu'on se retrouve avec une crise cardiaque. Arrête de penser à Muriel et pense à toi, Adrienne. Viens me voir plus souvent, mais pas pour me parler de lui. On ira magasiner, on ira manger, on ira aux vues. Y a d'autres choses de plus intéressantes que cet homme-là dans la vie.

— Ah, toi… Si je t'avais pas ! Bon, ça va, mais c'est à ton tour de te déplacer. Viens souper demain, j'vais faire un *chop suey* avec du riz pis j'ai acheté des *May West* comme dessert. Un peu de sucré, selon des conseils sur la santé, ça fait pas de tort, ça te redonne de l'énergie !

Lundi 13 février 1978, par une journée radieuse quoique froide, Jacques ne s'attendait pas à trop de clients, ce qui leur permettrait de fermer plus tôt en fin d'après-midi. Muriel était songeuse depuis quelque temps et souvent, dans ses pensées, elle recollait les étapes de sa vie depuis qu'elle était devenue la maîtresse de l'horloger. Du pareil au même d'une année à l'autre, rien d'enthousiasmant, rien qui la comblait, pas même un déplacement aux États-Unis ou en Europe dont Jacques parlait tant. Le déclin de la trentaine lui faisait terriblement peur. Elle avait maintenant trente-sept ans bien sonnés et sa fibre maternelle la tenaillait davantage. Elle se voyait avec un bébé dans les bras, un petit être à choyer qui remplirait une grande partie du vide de sa vie. Toujours amoureuse de son amant cependant, sur le plan charnel surtout, elle voulait s'épanouir dans sa vie de femme et entreprendre les années à venir avec un enfant à chérir. Il lui fallait donc revenir à la charge avec Jacques, et ce jour peu occupé côté affaires allait certes le lui permettre.

Vers quatre heures de l'après-midi, Jacques ferma boutique et monta au logis pour y boire un café et voir à ses comptes à payer. Muriel ne se fit pas prier pour le suivre et, le voyant affairé dans sa paperasse, elle s'avança vers la table sur laquelle il travaillait et lui dit, en poussant les comptes de son index :

— Pas maintenant si tu veux bien, on a un sujet plus important à débattre.

— C'est pourtant le moment idéal pour régler les comptes, on a fermé, personne ne viendra nous déranger.

— Plus tard, tu auras toute la soirée pour ça.

— Bon, de quoi s'agit-il, cette fois ? Pas d'une augmentation de salaire, au moins ? Les affaires sont plutôt minces de ce temps-ci...

— Non, ne t'en fais pas, je n'ai eu qu'une augmentation de huit dollars en huit ans, ce n'est quand même pas moi qui vas te ruiner.

— Non, d'autant plus que l'horlogerie est en quelque sorte notre commerce à tous les deux. Alors, de quoi veux-tu me parler ?

— Rien de difficile pour toi. Je veux un enfant, je veux être mère, Jacques.

Il faillit tomber à la renverse et, la regardant droit dans les yeux, il s'exclama :

— Tu es folle ou quoi ? Tu n'en as déjà plus l'âge ! Et moi, n'y compte pas, je ne veux plus être père, j'ai déjà une fille qui s'en va sur ses seize ans et tu voudrais m'imposer que je recommence à presque quarante ans ? Pas intéressé, Muriel, il en avait été convenu entre nous. Je n'ai pas la fibre, je n'aime pas les enfants, j'ai eu peine à en élever une…

— C'est ta femme qui l'a élevée, pas toi !

— Ce qui te prouve mon désintéressement. Je n'en avais même pas envie quand je me suis marié. Rachel m'a joué un tour et Chantal est arrivée. Je l'aime bien, ma fille, mais pour le peu que je la vois…

— C'est toi qui t'en es tenu éloigné, Jacques. Tu ne lui as jamais manifesté la moindre marque d'affection. Tu l'as ignorée… De toute façon, je ne te demande pas de faire plus pour l'enfant que j'aurai, je te demande juste de me le faire.

— Non, Muriel ! Si tu veux absolument un enfant, va le faire avec quelqu'un d'autre, un étranger s'il le faut, mais pas avec moi. Bonne idée, tu ne trouves pas ? Tu le fais avec un partenaire d'occasion que tu oublies par la suite et tu reviens ici pour ta grossesse et ton accouchement. Ensuite, on va l'élever toi et moi, mais je n'en aurai pas la paternité.

Indignée, mais sans trop le manifester, elle poursuivit :

— Ça ne te rendrait pas jaloux que je couche avec un autre homme pour obtenir ce que j'attends plutôt de toi ?

— Pas du tout, sachant que ce serait sans amour. Un rendez-vous d'affaires galant, quoi !

— C'est affreux ce que tu me dis là, tu n'as donc aucun respect pour moi ?

— J'ai ce respect dont tu parles, Muriel, mais c'est toi qui m'en fais dévier avec cette demande stupide de ta part. Tu savais très bien à quoi t'attendre, je ne veux plus être père, je te l'ai répété tant de fois. C'est ce qui a détruit notre union, à Rachel et moi.

— Et ce qui risque de détruire la nôtre si je t'arrive avec un bébé dans le ventre ?

— Mais non, ce n'est pas pareil, je ne serais pas le géniteur, ce serait ton enfant et non le mien. Alors, fais ce que tu veux, je suis prêt à te venir en aide par la suite pour l'élever, mais va le faire avec un autre.

— Quel autre ? Ici, à Montréal, en plus ?

— Non, sers-toi de ta tête, Muriel ! Va faire un bref séjour à Miami, prends une chance et reviens ni vu ni connu, sans avoir donné aucun renseignement sur toi.

— Je n'ai pas l'habitude de ce genre de manigances... Je suis une femme honnête. Je ne me vois pas aborder un inconnu et tenter de le séduire avec des mensonges. Je risquerais de me mêler...

— Tu apprendras sur le tas, Muriel, *trained on the job*, comme disent les Américains. Tu veux un enfant sans avoir le père à tes trousses, alors débrouille-toi, t'en es capable ! Tu as d'ailleurs les économies qu'il te faut et, si tu déguerpis le lendemain, le gars de la veille t'oubliera bien vite. L'avion, c'est peut-être un peu cher, mais il y a l'autobus...

— Tout de même !

Mais la suggestion de Jacques lui trottait dans la tête. Pas bête de le faire ailleurs avec un pur inconnu et ensuite l'élever avec l'homme qu'elle aimait comme il venait de le lui promettre. Mais comment lui pardonner d'avoir eu une telle idée ? Quelque chose ne tournait plus rond dans sa tête. C'est comme l'avoir menacée de la congédier alors qu'elle était avec lui depuis toutes ces années et supposément partenaire dans toutes ses affaires ! La congédier ? L'idiot ! Comme si elle était une simple employée qu'on vient à peine d'engager ! Elle ne s'était pas emportée sur le moment, elle sentait que ses neurones étaient parfois défaillants. Il ne s'était même pas arrêté sur le fait qu'il n'était pas dans la nature de sa maîtresse de coucher avec le premier venu qu'elle rencontrerait. Il s'en foutait ! C'est ce que lui faisait avec toutes celles qu'il croisait. Et en autant qu'il se sente dégagé de toute responsabilité… D'où son peu de considération pour sa compagne de vie. Mais pour une éventuelle maternité, sachant qu'elle n'aurait jamais d'enfant de son amant, Muriel allait fermer les yeux sur sa « bonne nature » et tenter de mettre ce plan à exécution. Une seule fois seulement en un moment propice et bien choisi. Si elle rencontrait en Floride un prétendant de calibre, et que son plan fonctionnait, elle serait des plus comblées. Et si ça ne marchait pas, si ça n'aboutissait à rien, elle ferait le deuil à tout jamais de cette grossesse tant souhaitée.

Au milieu de la nuit, les yeux grands ouverts à force de songer à la décision à prendre, elle regardait son amant qui dormait à ses côtés et se demandait s'il ne serait pas plus sage d'oublier tout cela et de vivre simplement sa vie de femme. Le fait est qu'elle aurait tant voulu que le bébé soit de lui et non d'un inconnu, qu'il ou elle ressemble à Jacques qui était si beau, mais d'un autre côté, elle ne souhaitait pas que l'enfant hérite des travers de son père, de son arrogance, de sa cupidité mêlée à sa pingrerie fort évidente. Le seul fait d'être beau n'était pas un critère quand il s'agissait des gènes d'un enfant. Surtout si ce dernier était un fils, ce qui redoublerait ses chances d'être à l'image de son père. Quoiqu'il pourrait retenir d'elle... Mais esthète, Muriel s'arrêtait encore au corps et au faciès de Jacques qui, selon elle, étaient incomparables. Sa mère lui avait pourtant souvent répété : « La beauté s'en va, la bête te reste ! » Mais avec le temps, elle ne voyait rien disparaître de la beauté chez l'homme qu'elle aimait aveuglément. Néanmoins, son désir d'avoir un enfant était plus fort que sa raison. Elle se voyait devenir vieille avec un fils ou une fille pour prendre soin d'elle si le cas se présentait. Égoïstement ? Peut-être ! Elle était fille unique et n'avait que sa mère sur qui elle avait constamment les yeux malgré leurs prises de bec. Elle avait grandi sans père et ne s'en était pas plus mal portée, l'alcoolique ne lui avait jamais manqué quand il était parti dans ses beuveries. Mais elle voulait un enfant avant tout pour l'aimer et lui donner tout ce qu'elle n'avait pas reçu. Avec Jacques qui lui avait promis de l'élever avec elle. Elle s'endormit très tard, presque aux petites heures du matin, non sans avoir parlé à Dieu dans ses prières et lui dire comme pour s'absoudre elle-même de ce qu'elle comptait faire : *Que ta volonté soit faite !*

Il lui fallait toutefois trouver un stratagème pour sa mère, lui dire qu'elle s'en allait pour quelques jours, mais quoi donc inventer? Adrienne savait fort bien que son amant ne lui paierait pas un voyage seule ou en groupe quelque part, et que sa fille n'en avait pas les moyens. Alors quoi? Un scénario traversa son esprit et, le lendemain, lorsqu'elle alla souper chez sa mère, elle lui annonça tout bonnement:

— La semaine prochaine, je dois aller deux ou trois jours dans le Vermont afin de livrer deux montres de prix à un industriel de la région. Jacques ne peut y aller, les clients ont besoin de lui ici...

— Ah bon! Il a des clients jusque-là, l'horloger?

— Oui, un couple que nous avions rencontré lors de nos vacances à Burlington. Tu te souviens?

— Ben oui, c'est le seul endroit où il t'a emmenée. Non, j'oubliais, Saint-Jovite aussi!

— Maman, ne deviens pas amère avec lui ce soir, nous formons un bon couple, je n'ai pas à me plaindre...

— C'est vrai que c'est mieux que ton ivrogne de père que j'ai enduré, mais je me demande si un péché n'en vaut pas un autre! Ivrogne ou pingre, ce n'est guère invitant pour une femme, quoique le tien n'est pas violent.

— Oui, c'est ce qui compte dans un ménage.

— Vous ne formez pas un ménage, Muriel, vous êtes des amants! Un couple dans l'illégalité! Tu es sa maîtresse, pas sa femme!

— Oui, je sais, mais qu'est-ce qui te prend ce soir? Tu avais cessé de me marteler avec ces propos? Une rechute?

— Non, une trop longue retenue, mais passons. Comme ça, tu pars pour trois jours ?

— Peut-être juste deux, je ne compte pas m'éterniser au Vermont. Mais le jour où je partirai, je te téléphonerai de la gare d'autobus avant de monter à bord.

— Bon, ça va, tâche de profiter de cet éloignement pour remettre ton couple en question, Muriel. Il n'est pas normal...

— Maman ! Ça recommence ?

Bonne chose de réglée, sa mère était avisée de son petit déplacement. Tout était maintenant conforme à son plan et, après avoir téléphoné à Air Canada pour une réservation, elle avait dit à Jacques :

— Je pars vendredi, je reviens samedi ou dimanche par le vol le plus matinal possible.

— Donc, tu n'as pas changé d'idée...

— Non, je prends cette chance, même si une telle audace ne me ressemble pas, et si le Ciel le veut...

— Ne mêle pas le Bon Dieu à tes plans sordides, Muriel. Vas-y, amuse-toi bien et reviens un peu bronzée si possible.

— Tes plans, Jacques, pas les miens ! Et le soleil, non, c'est justement ce que je veux éviter... Et en deux jours, bronzée, voyons ! On dirait que le projet ne te plaît plus, c'était pourtant ta suggestion. Aurais-tu envie de me faire ce qu'un autre va faire ?

— Pas du tout, vas-y et bonne chance dans ton idée fixe.

— Un peu jaloux, peut-être ?

— Ne sois pas stupide, je te fais confiance pour la suite, tu es à moi, nous sommes l'un à l'autre...

Sans l'avouer, Jacques était un tantinet ennuyé et peu enchanté de l'imaginer dans les bras d'un autre avec son corps superbe, ne serait-ce qu'une nuit. C'était pour lui une trahison qu'il avait du mal à admettre. Lui qui, pourtant, de son côté… Un réflexe d'homme infidèle, aurait pu crier Adrienne si elle avait tout appris de lui. « Ne fais pas ce qu'il fait ! » aurait-elle ajouté, en parlant de ce mufle de faux gendre. Jacques Derais, dans cette histoire, ne souhaitait qu'une chose. C'était que Muriel revienne sans avoir été fécondée et que, mettant sa folle envie de côté, la vie routinière à deux reprenne entre eux. Tout en lui reprochant de l'avoir elle aussi trompé lorsque ses infidélités surgiraient dans leurs discordes.

C'est le vendredi 24 février, par le premier vol du matin, que Muriel s'envolait pour Miami. Chanceuse, elle put obtenir un siège avec un vieux monsieur anglais à côté d'elle. Ce qui lui évitait d'avoir à causer avec une femme ou un couple curieux et enthousiaste de leur départ pour le soleil. Très prudente, craintive à l'idée de croiser une cliente, ce qui ne s'était pas produit dans l'avion, elle avait réservé une chambre d'hôtel du côté anglophone de Miami et non où la plupart des Québécois résidaient. Comme elle payait comptant, on ne se formalisa pas de savoir qui elle était et, dans le registre, elle avait signé Maggie Auge, ce qui n'était pas loin de sa véritable identité. Un bel hôtel aux multiples étages où elle passerait incognito sauf que, déjà, les touristes la regardaient tellement elle était aguichante. Un léger lunch au buffet et, ensuite, le bikini rouge flamboyant qu'elle avait apporté, ses verres fumés, et un petit trempage d'orteils dans l'eau salée pour se mêler aux touristes. Avec une chaise longue et un magazine américain emprunté dans le hall de l'hôtel. Elle regardait à gauche, à droite, plusieurs mâles, les latinos surtout la dévoraient des yeux, mais elle resta altière derrière son magazine peu intéressant. Elle observait, regardait partout, des jeunes gens jouaient au soccer dans le sable, des gars trop jeunes pour elle. Un *lifeguard* la reluquait du haut de sa chaise, mais elle vit sa copine le rejoindre.

Quelque peu découragée, elle avait songé à toutes les possibilités sauf au fait qu'aucun homme n'allait l'approcher. Confuse, mais un peu soulagée dans sa nervosité, elle allait remonter à sa chambre lorsque trois gars dans la vingtaine plus avancée, plus mûrs ceux-là, vinrent s'installer non loin d'elle. Elle attira leurs regards, bien sûr, mais deux d'entre eux se levèrent pour aller nager pendant que le troisième restait assis sur sa serviette. Puis, se retournant au moment où leurs regards se croisèrent, il lui fit un grand sourire qu'elle lui rendit gentiment. Lui demandant d'un geste de la main s'il pouvait s'approcher, elle acquiesça et le beau blond, presque six pieds, les jambes musclées, le corps parfait dans un Speedo vert et bleu, les dents blanches et les yeux bleus venait d'être tout désigné… si le plan de la belle allait fonctionner.

Il avait vingt-sept ans, il était Sagittaire et, lui demandant en retour son âge, elle mentit en avouant avoir trente-deux ans, ce qui ne le fit pas broncher, elle était si belle, si attirante. Et une femme de cet âge était plus excitante pour un jeune homme à l'affût… d'une conquête. Ils parlèrent du beau soleil qui brillait à travers quelques nuages, du sable chaud, il apprit qu'elle s'appelait Maggie, qu'elle était *single*, donc libre, car tout se passait en anglais. Lui, de son côté, lui avoua venir du Tennessee, qu'il terminait ses études en comptabilité, qu'il habitait encore avec ses parents et qu'il se prénommait Scott. Sans lui révéler son nom de famille, ce qu'elle n'avait pas fait de son côté. Ses amis revinrent de leur baignade et, le voyant avec la jolie femme en tête-à-tête, décidèrent de partir après un simple salut de la main vers leur copain.

Maintenant seul avec elle, Scott l'invita à se baigner avec lui, mais prétextant qu'elle ne savait pas nager, il lui promit de ne pas l'éloigner de la rive. Et c'est dans cette mer verte et agitée qu'elle fit mine de trébucher à deux reprises et de tomber dans ses bras. Sentant son corps musclé sur elle, et lui, allumé par sa poitrine et ses lèvres rosées, ils n'osaient se détacher l'un de l'autre.

Apprenant qu'elle était seule à l'hôtel, il l'invita à souper dans un restaurant plus discret de l'autre côté de la rue. Ce qu'elle accepta avec joie et à sept heures précises, elle descendit le retrouver dans le hall d'entrée. Il remarqua qu'elle était fort bien vêtue et en resta estomaqué. Les cheveux dégagés tombant jusqu'aux épaules, elle avait enfilé une robe verte très décolletée qui mettait en valeur sa généreuse poitrine. Longues boucles d'oreilles, les lèvres orangées cette fois, le mascara, le fond de teint, les talons aiguilles, on aurait dit une vedette de cinéma. Et elle le savait ! Lui, dans un jean avec espadrilles aux pieds avait toutefois enfilé une chemise à carreaux dans deux tons de bleu et tenait sur son bras un veston léger marine au cas où on l'exigerait, lui dit-il. Il s'excusa de sa tenue peu mondaine, lui expliquant qu'à Miami il n'avait sans doute pas besoin de complet. Mais elle le rassura en lui répondant qu'elle aurait pu porter une robe soleil ou un pantalon de lin beige à mi-jambe, mais qu'elle avait oublié ses vêtements plus légers chez elle. Ils soupèrent et vidèrent une bouteille de vin blanc. Lui plus qu'elle, évidemment. Puis après une longue conversation durant laquelle elle évitait les renseignements la concernant en lui posant plutôt des questions sur ses cours, sur ses parents dont le père était un sportif, adepte du tennis et de la natation, et sa mère, ex-mannequin, une dessinatrice de mode. Il lui parla d'eux, des sports qu'ils pratiquaient ensemble : le badminton, le golf, leur fitness et leur amour... Un couple pour lequel elle s'exclamait, et pour cause ! Avec de tels parents, ce garçon était sûrement en excellente santé. À savoir s'il avait une amie, il avoua en avoir eu une ou deux, mais rien de sérieux. Il préférait rester libre pour le moment. Tout ça sans même se demander ni l'un ni l'autre leur nom de famille. Quand il tenta à son tour d'en apprendre sur elle, elle lui avoua que son père était mort, que sa mère était malade et qu'elle s'en occupait présentement. Sans lui dire ce qu'elle faisait dans la vie, il ne s'en était pas informé. Il ajouta avoir une sœur plus jeune que lui et elle ferma l'album familial de part et d'autre en lui suggérant dans un très bon anglais, de venir prendre le digestif à sa chambre d'hôtel, que c'était la moindre chose à lui offrir après tout ce qu'il avait payé pour elle. Il accepta sans se faire prier et, trente minutes plus tard, Maggie et

Scott se retrouvaient sur le divan de la jolie chambre que Muriel avait réservée, regardant la télévision, un verre de Cointreau à la main. Muriel avait avalé une petite gorgée et déposé son verre sur la table de coin, alors qu'il acceptait un second verre qu'elle lui versa jusqu'à la moitié. Puis, redoutant de le saouler, ce qu'elle ne voulait pas, elle se rapprocha de lui et sentit sa main se glisser derrière sa nuque pour lui encercler l'épaule. Le regardant de plus près, elle le trouva subitement aussi beau que… Non, elle ne devait plus penser à Jacques en cet instant, et offrit ses lèvres à Scott qui l'embrassa avec une fougue inattendue et retenue jusque-là. Elle, plus habile que lui dans l'art de la séduction sensuelle, posa une main sur son genou en appuyant fermement, ce qui trahissait son désir. Scott, enflammé, descendit de sa main droite une bretelle de sa robe verte, et le reste du préambule se devait de suivre. Cinq minutes plus tard, ils étaient sous les draps blancs, nus tous les deux, dans une étreinte que le jeune homme n'était pas près d'oublier.

Muriel se fit convaincante dans sa gestuelle, ce qui rendit son partenaire à l'aise. Somme toute, elle le comblait de ce qu'elle avait appris de son amant, mais sans exagération. Elle ne voulait pas passer à ses yeux pour une « bonne à rien », terme courant de sa mère. Il l'embrassait amoureusement avec un *I love you* échappé de ses lèvres humectées des siennes, et il la serrait contre lui, ce qu'elle ne dédaignait pas finalement. Pour « un moment d'éternité », Jacques n'était plus dans ses pensées. Scott avait un corps superbe ! Un corps d'athlète et une odeur de sel de mer. Pourtant fidèle à Jacques, Muriel frémissait lors de ses touchers inattendus et ses baisers enflammés dont il était passé maître. Courtois, peu bestial, Scott lui avait même demandé avant de l'assouvir : *No protection ?* en fouillant dans la poche intérieure de son veston, mais elle lui fit savoir que ce n'était pas nécessaire, qu'elle avait été ligaturée, ce qui avait redoublé ses ardeurs. Une heure plus tard, encore sous l'effet du corps splendide de sa partenaire, Scott lui avait suggéré de se revoir le lendemain. Elle avait accepté en lui demandant de partir maintenant, qu'elle était épuisée par le vol du matin et le peu de sommeil de la nuit précédente à cause de l'anxiété du voyage en avion, ce qu'elle n'aimait pas particulièrement. Il se rhabilla après s'être douché et, au moment de la quitter, il l'embrassa passionnément, sûr et certain que cette magnifique femme de quelques années son aînée allait être, de ses vacances, son plus grand enchantement. Et sa plus grande désillusion puisque, tôt le lendemain, Muriel alias Maggie reprenait l'avion qui la ramènerait à Montréal.

En début de soirée, alors que Muriel était de retour dans son petit logis en haut de l'horlogerie, Scott était dans le hall de l'hôtel où elle lui avait donné rendez-vous. Ne la voyant pas apparaître, il s'informa au comptoir de l'hôtel pour apprendre, après vérification, que la cliente qu'il cherchait avait quitté sa chambre tôt le matin après avoir remis sa clé et sauté dans un taxi. Sur la plage, décontenancé et déçu, il comprit que sa flamme de la veille, peut-être une femme mariée, ne l'avait désiré que pour un *one night stand*. Déboussolé, il avait dit à ses copains : « *Too bad ! I was almost in love...* » Toutefois, contrarié, il était retourné au comptoir pour tenter d'en apprendre plus sur cette Maggie Auge, d'où elle venait vraiment, une adresse si possible, un numéro de téléphone, mais la dame, compatissante devant son désarroi, avait fini par lui dire, en anglais, évidemment : « Je suis désolée monsieur, mais cette femme a payé comptant ce matin ce qu'elle avait commandé hier du *room service*, je parle d'achats de la journée, de la boisson, d'un digestif le soir. Aurait-elle payé avec une carte de crédit que je ne pourrais rien vous divulguer, la confidentialité est de rigueur dans un tel cas. Nous savions qu'elle serait ici que pour un jour ou deux et nous ne savons rien d'elle sauf l'identité qu'elle nous a donnée. Peut-être a-t-elle parlé plus longuement au chauffeur de taxi si vous le retracez, ou en allant à l'aéroport vous informer des embarquements ? » Scott n'avait pas insisté davantage. Il n'allait pas faire toutes ces démarches, voire enquêter sur une femme rencontrée un seul soir, aussi belle était-elle. Se sentant trahi, lui en voulant d'être partie sans même lui laisser un mot, il trouva malhonnête et cruel de sa part de lui avoir fait un tel coup bas après l'ardente nuit passée ensemble. Dans un semblant de fierté, il avait répondu à ses amis qui le questionnaient le surlendemain sur sa conquête et ce qu'il avait vécu avec elle : « Elle cherchait peut-être juste un mâle... Et si c'était le cas, ça en avait valu la peine ! »

À la fermeture du magasin, Jacques était monté et, la retrouvant à la cuisine où elle préparait une quiche lorraine, il lui demanda :

— Et puis ? Ça s'est bien passé ? Tu as rencontré un prince charmant ? C'est fait ? En si peu de temps ? À moins que tu aies changé d'idée rendue là...

— Non, Jacques, c'est fait et je préfère ne pas en parler. Attendons la suite maintenant.

— Il était beau au moins ? Pas trop minable ?

— Non, très beau et d'allure sportive. Un beau blond, fin vingtaine. Et ça s'arrête là.

— Tu as pris ses coordonnées ?

— Mais non, pour quoi faire ? Je n'ai pas l'intention de revoir cet homme. C'est ce qui avait été convenu, Jacques, tel que tu l'avais conçu. Tout ce que je sais, c'est qu'il s'appelle Scott. Je ne connais même pas son nom de famille...

— Discrète à ce que je vois. Il sait qui tu es, lui ?

— Non, une fille de Vancouver, rien de plus.

— Donc, plus jeune que toi, ton beau mâle !

— Oui, mais qu'importe, il était en santé et c'est ce que je recherchais. Et puis, mange et attendons la suite. Peut-être n'y en aura-t-il pas ?

— Tu l'as aimé durant l'acte ?

— Non, je n'étais pas amoureuse, mais ce n'était pas un dévoyé, il a été subtil, bien élevé...

— Voyons donc ! Un homme au lit avec une superbe femme comme toi !

— Ils sont plus gênés et plus raffinés dans la vingtaine qu'à ton âge, Jacques. Tu comprends ce que je veux dire ?

— Tu as pris une photo de vous deux, au moins ?

— Ben voyons donc ! Je n'ai été là qu'un seul après-midi sur la plage. Tu crois que j'aurais osé lui demander une photo comme une adolescente ? De plus, il n'avait pas de caméra et moi non plus. Quelle question !

— Vous avez dû manger ensemble, non ?

— Oui, on a soupé en face de l'hôtel. Pis après ?

— Ben, c'est là que tu aurais dû faire prendre une photo, demander au propriétaire s'il avait un Polaroid. Peut-être que ton *score* en avait un dans sa voiture.

— Non, pas de photos, Jacques. Peut-être aurais-je dû lui demander d'en prendre une au lit, un coup parti ? Et puis, ne l'appelle pas mon *score*. C'était un jeune homme bien.

— À d'autres ! Un gars qui couche avec une femme le premier soir, tu appelles ça bien, toi ? C'est un salaud comme bien d'autres !

— D'autres comme toi, Jacques ?

— Ne recommence pas avec tes suppositions et ne m'implique pas dans ton gars d'une fois et ce que vous avez fait ensemble.

— D'accord, mais arrête de me questionner !

— Quand je parle de photo, c'est que je pense à l'enfant si jamais tu es enceinte. Il aurait pu savoir plus tard à quoi ressemblait son père.

— Ce ne sera pas nécessaire, c'est toi qui vas l'élever avec moi. Alors…

— Tu ne penses qu'à toi, Muriel. Jamais aux autres ! J'imagine que tu as laissé le gars en plan, sans l'avertir de ton départ ?

— Bien sûr, c'est ce que nous avions convenu.

— Tu vois ? Seulement toi ! Comme d'habitude !

Maîtresse de la situation, plus en verve que lui cette fois, elle lui rétorqua d'un ton ironique :

— Tu aurais aimé que je le ramène dans mes bagages ?

Et Jacques Derais avala son repas sans ne plus insister sur sa courte relation avec l'inconnu, quoique dans ses pensées il se rendait compte que Muriel, à son âge avancé, avait autant de pouvoir qu'il fallait pour faire tomber un jeune à la renverse. Comme lui, de son côté, finalement ! Mais ce qu'il n'avouait pas à sa maîtresse, c'est qu'il aurait aimé qu'elle revienne avec une photo, pas pour l'enfant plus tard, mais pour voir si cet inconnu d'un soir était plus beau que lui. Ce qui l'aurait certes rendu vert de jalousie, s'il avait vu le jeune et bel athlète, sourire aux lèvres, collé contre Muriel. Oh, que oui !

Dans les jours suivants, Jacques avait tenté à maintes reprises de la faire parler du « géniteur » de son bébé, si bébé il y avait, mais Muriel refusait de lui dire quoi que ce soit sur lui, de peur que son amant se mette à la recherche de l'inconnu, si jamais ça s'avérait nécessaire. De plus, comment savoir si ces ébats au lit avaient réussi à produire ce qu'elle attendait ? Mieux valait patienter. De toute façon, sa rencontre et ses quelques heures au lit avec l'Américain n'avaient été qu'une aventure d'un soir pour elle. Loin d'elle maintenant l'image de ce jeune homme, elle n'avait d'yeux que pour Jacques, toujours aussi séduisant, et le seul à la mener au bout d'elle dans des ébats charnels. Elle ne lui refusait rien et lui répétait si souvent qu'elle l'aimait qu'il pouvait se permettre des écarts de conduite, étant sûr qu'elle resterait avec lui si jamais elle les apprenait. Son emprise sur elle était si forte que même Adrienne trouvait sa fille stupide de l'aimer autant et de répandre cet aveu à qui voulait l'entendre.

Néanmoins, elle n'avait rien su de l'aventure et encore moins de son court voyage à Miami. Muriel lui avait raconté à son retour qu'elle avait livré les montres à l'homme d'affaires et qu'elle était revenue avec un chèque certifié, comme Jacques le lui avait demandé.

La routine reprit son cours et Muriel songeait déjà à ses vitrines du printemps qu'elle décorerait avec les nouveaux bijoux qui entraient. Le rose serait à nouveau à l'honneur, suivi du bleu poudre, du vert lime et du jaune. Le blanc ne viendrait qu'en été. Mais elle avait déjà acheté d'un grossiste, sans en parler à Jacques, de gros anneaux dorés et argentés qu'elle disposa sans tarder dans un présentoir juste en entrant. C'était la mode et les jeunes filles qui adoptaient cet air de gitane n'avaient pas toutes les moyens de se les procurer en or de dix carats, ce pour quoi Muriel en avait acheté plaqués or et argent, à moins de dix dollars la paire. Elle-même les portait dans le but de mieux les promouvoir. Et Jacques l'avait laissée dépenser sans rechigner, sachant qu'elle les vendrait avec profit en peu de temps.

Vendredi 31 mars 1978 et le mois se termina. Le plus beau mois de mars depuis plusieurs années. Peu de neige, pas de froids secs ni de tempêtes, et déjà le printemps.

Muriel avait changé sa vitrine la veille pour y déposer des bijoux aux tons pastel, les roses et les jaunes de préférence. Elle était de bonne humeur et inquiète à la fois ce matin-là. Jacques était à son banc, fort occupé avec le curé de la paroisse qui voulait deux montres de qualité pour ses nièces. Une belle vente en perspective qu'il voulait réussir, ce qui se produisit avec ce curé qui n'achetait pas, comme tant d'autres, à crédit. Ce qui préoccupait Muriel cependant, c'est qu'elle retardait de quelques jours dans ses menstruations, elle si régulière chaque mois. Aucun symptôme cependant, aucune nausée ou manque d'appétit, elle était en pleine forme. Malgré tout elle espérait, elle avait couché avec Scott dans la période la plus féconde de son cycle. Mais elle craignait maintenant la réaction de son amant s'il fallait… Car il s'était détaché de cette idée préconçue par elle, dont elle ne parlait plus. Jacques crut qu'elle avait abandonné le projet, qu'elle avait retrouvé la raison et qu'elle serait à lui avec ses bonnes intentions, dévouée et fort nécessaire à son bien-être. Indécise, Muriel attendit encore une semaine et quelques jours de plus avant de se décider à consulter un médecin qui avait son bureau à l'hôpital non loin du commerce. Elle passa presque deux heures à cet endroit, attendant le résultat des tests et, revenant chez elle avec un air penaud, comme une petite fille prise en faute, elle annonça à son amant avant qu'il ne s'en informe :

— Je suis enceinte, Jacques ! Nous allons avoir un enfant !

Chapitre 7

Jacques avait certes été contrarié par la nouvelle de la grossesse de Muriel, quoique sceptique. Gardant son calme, il lui avait dit :

— Rien n'est encore certain, ce n'est qu'une supposition. Un médecin ne peut savoir en quelques minutes l'état d'une femme. Il se peut que tu retardes seulement.

— Ce n'est pas que quelques minutes, j'ai passé deux heures à l'hôpital où on m'a fait subir un test qui s'est avéré positif, et je sens qu'il y a quelque chose en moi qui…

— C'est lié à ton anxiété, Muriel. Tu ferais mieux d'avaler un calmant et attendre que le prochain mois t'apporte la certitude de ton état. Et puis, si tel était le cas, faut-il seulement être capable de le garder. Des fausses couches arrivent souvent au premier enfant, surtout à ton âge.

— C'est exact, mais je me sens pas mal forte pour mon âge, comme tu dis.

— Tu tiens vraiment à le garder si c'est le cas ?

— Bien… que veux-tu dire ?

— Il existe un moyen pour pallier cet inconvénient, si tu saisis exactement ce que je veux dire…

— Ah ! mon Dieu ! Comment peux-tu penser à une telle chose ? Je n'ose prononcer le mot ! J'ai tout fait pour avoir un enfant, et ce n'est pas un inconvénient comme tu le qualifies. Je me suis même prostituée avec un inconnu, façon de parler, et tu voudrais que… Non, si ça t'effleure seulement l'idée, n'y pense pas ! On a convenu de l'élever ensemble, cet enfant, si le Ciel me le donnait. As-tu déjà oublié tes promesses ?

— Non, non, ce n'était qu'une suggestion… Quand on regrette parfois son geste, il y a des solutions.

— Sache que je ne regrette rien et, qu'au contraire, je suis très enthousiasmée à l'idée d'être maman. C'était le rêve de ma vie et voilà qu'il s'accomplit.

— Ne t'emballe pas trop vite, Muriel, tu viens d'apprendre que tu es enceinte, mais il y a neuf mois à une grossesse. Je ne dis pas cela pour te décourager, mais s'il fallait qu'un incident se produise en chemin…

— Alors, ce sera une fois de plus la volonté de Dieu et je n'insisterai plus auprès de Lui pour avoir un enfant. Mais je crois plutôt qu'il a exaucé mes prières.

— Et comment vas-tu annoncer cela à ta mère, Muriel ?

— En temps et lieu !

Le soir, seule dans la chambre pendant que Jacques était à la cuisine, elle flattait doucement son ventre plat en se disant : *On va y arriver, mon bébé !* Puis, remerciant le Seigneur une fois encore, elle se mit à penser à Scott et murmura dans sa tête : *Tu as travaillé fort, mon grand ! Merci, c'est réussi !* Lorsque Jacques la rejoignit au lit, il se tourna de dos sans l'approcher. Elle était tellement dans sa bulle avec la main sur son bas-ventre qu'il n'avait osé la déranger, même si l'envie de faire l'amour avait surgi dans ses pensées.

Le mois suivant, elle retourna chez son médecin qui, cette fois, lui certifia qu'elle était bel et bien enceinte. À ce moment, elle avait senti son cœur battre très fort. Le rêve de sa vie allait se concrétiser, elle allait être mère. Elle eut préféré que cet enfant soit de Jacques, mais elle avait profité d'un géniteur qui n'était pas à dédaigner. Or, l'enfant qui viendrait serait beau et en bonne santé. Très physique avant tout, c'était là ce qui l'intéressait pour la fille ou le garçon qu'elle portait. Elle n'avait aucune préférence quant au sexe. Ce dont elle avait hâte, c'était de tenir un adorable bébé dans ses bras.

De retour à la maison, elle descendit au commerce et, voyant Jacques affairé à son banc d'horloger avec un réveille-matin entre les mains, elle s'en approcha pour lui dire :

— J'espère que tu ne seras pas contrarié, mais c'est officiel, je suis bel et bien enceinte. Le docteur vient de me le confirmer.

Faisant mine de garder son calme tout en ayant l'œil sur le mouvement du réveille-matin, il lui répondit :

— Non, je ne suis pas contrarié, c'est toi qui le désirais, cet enfant, et non moi. Je ne m'y suis pas opposé, et à partir d'aujourd'hui, c'est ton problème et non le mien.

— Je veux bien croire, mais lorsque le bébé naîtra, tu vas au moins l'adopter non ? Il lui faut un nom à ce petit…

— Désolé, Muriel, mais il portera le tien car je ne t'ai pas promis d'adopter ton enfant. Aucune paternité pour moi, même pas sur un papier d'adoption.

— Tu m'avais pourtant juré…

— De t'aider à l'élever, oui. Je parlais financièrement si tu étais mal prise, mais c'est avant tout ton enfant, pas le mien.

— Ce qui veut dire qu'il ne portera que mon nom ?

— Bien sûr, ça se fait, ce n'est pas un drame… D'ailleurs, tu ne connais même pas le nom du père pour tenter de le lui donner.

— Non, et je ne veux pas le connaître. Ce gars-là n'a été qu'un instrument dans cette conception. Je lui ai même dit que j'avais été ligaturée pour ne pas qu'il se protège comme il voulait le faire. Et tu crois qu'après avoir menti de la sorte je tenterais de le retracer ? Non ! Tu ne veux pas l'adopter et lui donner ton nom ? Alors, il portera le mien.

— Tu ne croyais tout de même pas que j'allais l'adopter, Muriel ? C'est une lourde responsabilité que de faire ça, je deviendrais son père en quelque sorte. Si j'avais été tenté par l'idée d'avoir un enfant, je te l'aurais fait, je n'aurais pas laissé un pur étranger s'en charger. On dirait que tu n'as encore rien compris…

— C'est vrai, j'ai l'oreille dure à certains moments, mais je viens de tout comprendre. Tu vas m'aider avec l'enfant si le besoin s'en fait sentir, mais aucun engagement de ta part.

— C'est exactement cela, Muriel, et je n'ai rien à ajouter.

— On va au moins le garder ici, n'est-ce pas ?

— Commence par accoucher et ensuite, on verra. Ce n'est pas très grand en haut, mais si tu peux arranger l'appartement pour qu'il le partage avec nous, je n'ai aucune objection.

— J'espère ! Car je ne voudrais pas être séparée du bébé en aucun temps !

— Tu ne le seras pas, Muriel. Et en cas de nécessité, il y a ta mère !

Oui, effectivement, il y avait sa mère. Et c'était maintenant que Muriel devait songer à la renseigner sur son état avant que ça devienne trop évident. Elle en avait parlé à Jacques le surlendemain en lui disant :

— Tu me permets de lui dire que l'enfant est de toi ?

— Évidemment ! Elle apprendra plus tard la vérité, mais si ça peut te sortir d'embarras face à elle et ses cousines, sers-toi de moi pour l'instant.

— Bon, merci, ça va me faciliter la tâche. En passant, j'ai inspecté le haut pour l'installation de l'enfant et je pense qu'on peut très bien le garder avec nous si tu consens à un sacrifice.

— Lequel ?

— Ton coin de lecture dans le petit appartement adjacent à ton bureau. Dans cette petite pièce, il n'y a que deux bibliothèques, une lampe sur pied et un fauteuil. J'ai calculé et tout ça pourrait entrer dans ton bureau si on changeait ton pupitre pour un plus petit.

— Changer mon pupitre ? Voyons ! Je l'ai depuis dix ans ! Je n'ai guère envie de dépenser pour un autre…

— Écoute, je me charge de vendre celui-ci, d'en acheter un plus convenable avec l'argent de la transaction, et de payer la différence si ça dépasse ce que nous obtiendrons de la vente. Qu'en dis-tu ? De cette façon, ça ne te coûterait rien.

— S'il en est ainsi, je te donne le feu vert, mais je veux choisir le prochain pupitre avec toi. Il doit avoir deux ou trois tiroirs de rangement pour mes dossiers…

— Oui, je sais, nous irons ensemble et, de cette façon, le bébé aura sa petite chambre à lui lorsqu'il arrivera.

— Commence par le rendre à terme, Muriel ! Les fausses couches sont encore possibles, tu sais…

— Pas très gentil, si c'est ce que tu souhaites.

— Je ne te le souhaite pas, mais tu parles de l'enfant comme si tu allais accoucher demain. Laisse au moins passer le temps avant de faire tous ces projets.

— Il faut tout de même que j'en parle à maman…

— À elle, oui, à personne d'autre pour le moment. Attends d'être certaine pour divulguer ton état. À propos, je dois sortir ce soir, j'ai un rendez-vous avec un fournisseur.

— Au centre-ville encore une fois ?

— Oui, c'est là que se brassent les affaires. Pas sur le boulevard Gouin !

Muriel n'ajouta rien. Elle se doutait de plus en plus que Jacques la trompait, mais elle avait décidé de fermer les yeux sur ce sujet épineux, de peur qu'il la retourne chez sa mère comme il avait menacé de le faire. Comme elle attendait un enfant, ce qu'il y avait de plus important dans sa vie, elle devenait de plus en plus indifférente à la vie intime de son cher amant qu'elle aimait toujours autant, mais qui prenait un peu moins de place depuis qu'un don du Ciel allait combler sa vie.

Deux jours plus tard, le samedi, en fin de journée, elle se rendit souper chez sa mère comme elle le faisait souvent. Adrienne, la voyant entrer pimpante, lui avait dit :

— J'aurais pu aller te chercher, pourquoi tu ne m'as pas appelée ?

— La marche, ça fait du bien, maman. L'air pur pour les poumons…

— C'est encore froid, il faut se méfier des grippes et des bronchites.

— Oui, oui, je sais… Qu'as-tu préparé de bon pour le souper ?

— Des escalopes de poulet que j'ai panées et que je ferai frire dans l'huile. Avec du riz qu'on arrosera de sauce soya dans nos assiettes. On versera de la sauce aux cerises sur le poulet. Tu verras, c'est délicieux ! Salé, sucré, comme m'a dit ma cousine qui m'a donné sa recette.

— Bon, ça semble très appétissant, mais après le souper, quand nous serons rendues au dessert, j'ai une nouvelle à t'annoncer.

— Pourquoi pas maintenant ?

— Non, tantôt. Commençons par faire honneur à ton repas.

Elles jasèrent de tout et de rien et, pour dessert, Adrienne lui servit un bol de pouding chômeur que sa fille aimait tant. La tasse de thé au salon et, bien installées l'une en face de l'autre, madame Augère s'empressa de lui demander :

— Alors, c'est quoi la nouvelle ? Tu m'as fait assez languir...

Muriel lui fit un large sourire et inspirant, elle laissa retomber son souffle en lui disant :

— Tiens-toi bien, maman, je suis enceinte.

Adrienne était restée bouche bée. Incrédule, elle lui lança :

— Niaise-moi pas, toi ! C'est pas le moment pour les blagues de mauvais goût !

Et Muriel d'insister :

— Ce n'est pas une blague, maman, je suis enceinte et j'accoucherai en novembre prochain.

Décontenancée, les yeux sortis des orbites, sa mère rétorqua :

— Ben, voyons donc ! À ton âge ! Tu t'es fait prendre par ce mufle ? Il veut faire de toi son esclave ? Est-il content, au moins ? Il n'aime pas les enfants !

— C'est ce qu'il dit, mais il est maintenant plus en âge de comprendre. De toute façon, c'est moi qui vas avoir la tâche de m'en occuper, pas lui.

— On sait bien ! Assis sur son banc d'horloger à longueur de journée, on n'en a rien à foutre d'un bébé ! Mais je croyais que vous preniez vos précautions ?

— Oui, mais j'ai toujours rêvé en silence d'être mère, d'avoir un enfant, d'être comme toi, de ne pas vieillir seule... C'est la plus grande joie de ma vie !

— Sûrement pas la sienne ! C'est toi qui l'as déjoué dans ton calendrier ? Vous faisiez tellement attention...

— Qu'importe comment c'est arrivé, je vais être mère et toi, par conséquent, grand-mère !

À ces mots, Muriel discerna de la douceur dans les yeux de sa mère.

— C'est vrai, je n'y avais pas pensé. Grand-mère... Jamais je n'aurais cru que ça pouvait m'arriver. Il y aura au moins ça de bon dans cette maternité. Mais il te faudra être prudente pour te rendre jusqu'au bout. Avez-vous choisi un prénom, Jacques et toi ?

— Pas encore, nous attendrons de connaître le sexe de l'enfant. Je ne veux pas le savoir avant d'accoucher, je veux la surprise comme toi, dans l'temps !

— Je doute encore que Jacques soit un bon père. Il n'a aucun sentiment, cet homme-là, je ne l'imagine pas penché sur le berceau d'un enfant... Il n'a même pas été présent pour sa fille quand elle était petite ! Tu l'as assez dénigré sur ce plan... D'un autre côté, une bonne chose, ça va le presser à divorcer et à t'épouser, maintenant que vous allez fonder une famille.

— Heu... sans doute, mais on n'en est pas là dans nos intentions, maman. Je suis déjà en train de planifier la chambre du bébé. Le petit coin de lecture de Jacques va devenir sa chambrette quand j'aurai fini de l'organiser.

— Il a accepté de te la céder ? Surprenant !

— Arrête, il a quand même ses bons côtés.

— Oui, avec une idée derrière la tête tout le temps ! Tu vas la repeindre, au moins, la rafraîchir ? Elle doit être démodée cette pièce... Surtout pour un bébé...

— Bien sûr, les murs sont gris actuellement. Je vais la peindre en jaune, ne sachant pas si ce sera une fille ou un garçon, je vais enlever le tapis à franges et changer les tentures quand le moment sera venu. Fie-toi sur moi, maman, ce petit être va être dans quelque chose de neuf. Tu me connais, non ?

— Oui, oui, je te fais confiance… Mais j'en reviens pas ! L'horloger, futur père à presque quarante ans ! Il est tombé sur la tête, lui aussi ?

— Pourquoi dis-tu cela, maman ?

— Parce que, de ton côté, il faut être tombée sur la tête pour avoir pensé faire un p'tit avec lui !

Deux mois plus tard, c'était maintenant apparent, Muriel avait pris du poids et elle marchait déjà plus lourdement. Jacques lui avait prêté un tabouret pour qu'elle s'assoie quand une cliente partait et avant qu'une autre arrive à son comptoir. Certaines dames, au courant du fait qu'elle n'était pas mariée, la félicitaient du bout des lèvres. D'autres, plus discrètes, n'osaient pas encore lui en parler, même si Muriel portait chaque jour un haut de maternité différent ayant appartenu à sa mère, et que cette dernière avait retrouvé dans un coffre. Toujours belle, plus enrobée cependant, Jacques lui disait parfois :

— Fais attention, ne mange pas trop pour autant, tu vas perdre tes courbes et ça ne reviendra pas. Tu es trop ronde pour n'être qu'à quatre mois. Marche un peu, coupe le pain et les pâtes, demande à ton médecin s'il existe des diètes pour les femmes enceintes.

— Écoute, je mange pour deux, je me porte très bien et l'enfant aussi ! Je ne commencerai pas à faire ce que tu me dis pour être encore désirable. Si je ne te plais pas avec mon ventre, oublie-moi pour l'instant, on se reprendra plus tard. De toute façon, qu'est-ce que cette grossesse va changer dans notre vie à deux ? Toi, tout ce qui t'intéresse, c'est la couchette !

— Ne serait-ce que cela ! lança-t-il en sortant de table.

Mais Muriel ne s'en faisait plus avec ce qui lui plaisait ou pas. Elle savait fort bien qu'il en trouverait d'autres, par-ci, par-là, avec des courbes comme il les aimait. Des plus jeunes sans doute. Elle n'était plus jalouse pour le moment et encore moins envieuse. Pendant qu'il bambochait avec ses proies de quelques heures, il lui laissait la paix. Rentrant très tard le soir, épuisé, fatigué par le banc d'horloger et les bars fréquentés à l'occasion, Jacques Derais n'avait plus le souffle requis pour assouvir toutes ses pulsions. Muriel pouvait dormir paisiblement sur ses deux oreilles. Il avait beaucoup plus besoin d'elle pour son commerce que de ses partenaires occasionnelles pour ses mains baladeuses. Tout ce qu'elle espérait, c'était qu'il change d'idée et, qu'avec une soudaine « fibre » ressentie, il en vienne à adopter le bébé et lui donner son nom. Elle portait en elle l'enfant qu'elle chérissait tant, elle voulait maintenant donner à cet enfant, si c'était possible, une famille et le nom de Jacques Derais sur un certificat d'adoption, et non signer dans un registre quelconque « Né(e) de père inconnu. »

Enceinte, les passe-temps de Muriel étaient le cinéma et le magasinage, surtout pour l'enfant à venir. Avec sa mère, pour lui faire plaisir, elle était allée voir le cher Steve

McQueen d'Adrienne dans *An Enemy of the People* qu'elle trouva quelconque. Mais sa mère en avait été ravie. Puis, un peu plus tard, avec Jacques, cette fois, elle avait vu le film *Violette Nozière* avec Isabelle Huppert, qu'elle avait apprécié. Pour une fois, la France l'avait emporté sur les États-Unis dans ses choix de productions. Elle aimait aussi se détendre le soir en écoutant des disques de Julio Iglesias et Barbra Streisand, alors que son amant, retiré dans son bureau, écoutait discrètement des œuvres de Mozart et de Schubert entre autres.

Muriel prenait de plus en plus de poids, ce qui déplaisait à Jacques qui lui reprochait chaque fois de manger trop, alors qu'elle mangeait peu pour contrer les nausées. Le drame pour lui, c'est qu'elle avait perdu sa ligne. Son corps de déesse avait fait place à celui d'une future mère et ça le décourageait. Ce qui ne l'avait pourtant pas dérangé lors de la grossesse de Rachel alors qu'elle portait Chantal. Mais il aimait Muriel plus qu'il n'avait aimé l'autre, c'est ce qui l'importunait.

La femme au lit à ses côtés n'était pas celle qu'il avait invitée à vivre avec lui ni celle dont il était si fier quand les hommes se tournaient pour l'admirer. Pourtant, ce n'étaient pas les palliatifs qui manquaient. Jacques s'absentait de plus en plus souvent le soir pour… ses affaires ! L'été s'écoula donc ainsi et, le dimanche, Jacques se rendait à Saint-Jovite, ce que Muriel évitait maintenant à cause des mouches noires de juin et autres moustiques de l'été. Elle s'évadait plutôt dans les parcs publics du quartier et se remettait de sa dure semaine à la bijouterie, assise sur un banc vert à regarder des enfants courir, entourée de leurs parents. Un papa se roulait dans l'herbe avec son petit pendant que la maman lisait, ce qui ne risquait pas de lui arriver avec son Jacques taciturne ni avec le réel géniteur évaporé dans les nuages. Elle savait qu'elle allait être seule à faire le bonheur et la joie de ce petit être qui grandirait à ses côtés. Elle soupirait, se demandant si son amant n'allait pas s'attacher à l'enfant et se substituer au véritable paternel qu'il ne connaîtrait pas, elle inspirait et expirait en vain, devinant que Jacques ne serait jamais pour son enfant ce que ce père à quelques pas d'elle était pour le sien.

La fin de l'été se fit sentir et l'automne apporta son lot de clients à la bijouterie où Jacques réparait des montres et vendait parfois une horloge. Muriel le secondait du mieux qu'elle le pouvait, mais elle devait rester souvent assise à cause de son ventre qui grossissait de plus en plus et du peu de force qu'elle avait dans les jambes pour le soutenir. Elle avait pris au moins trente-cinq livres depuis le début de sa grossesse, ce qui déplaisait à Jacques qui ne reconnaissait plus en cette femme qui se laissait aller, la blonde tigresse qu'il avait domptée dans son lit.

Elle, de son côté, acceptait encore les faveurs de son amant, mais avec une impuissance à lui rendre ce qu'il attendait d'elle. Ce qui poussa davantage l'horloger à aller chercher ailleurs ce qu'il n'avait plus chez lui. La chambrette de l'enfant était prête, décorée à souhait avec des tentures à rayures verticales bleu et rose et garnies d'oiseaux ici et là dans les mêmes tons. Tout avait été pensé, que ce soit une fille ou un garçon. Avec, en plus, une jolie bassinette blanche pour l'accueillir. Elle avait tout choisi elle-même et payé pour le tout, évidemment. Les poches de Jacques semblaient cousues, il n'y glissait jamais un doigt pour en retirer un peu d'argent qui l'aurait certes aidée. Adrienne lui offrait quelques billets quand elle magasinait avec elle, elle avait défrayé en grande partie ce qu'il fallait, côté layette, pour accueillir le nouveau-né.

Les affaires avaient été moins bonnes en ce début d'automne. Un autre bijoutier avait fait surface au centre d'achats le plus près et le magasin *Sears* avait agrandi son rayon de montres et de bijoux pour mieux servir sa clientèle. Quand Muriel s'y rendait, elle voyait bien que les magasins à rayons avaient à peu près tout ce que *Le Pendule* avait, sauf les horloges grand-père que Jacques étalait encore et qui se vendaient de moins en moins. La grossesse de Muriel se passait bien, elle n'avait plus aucun malaise, elle portait son enfant en bonne santé et dans la joie de le voir bientôt arriver. Sur les derniers milles, elle avait demandé à Jacques :

— Comment vais-je m'inscrire à l'hôpital ? Sous ton nom ?

— Bien non, sous le tien, Muriel. Entre nous, et tu le sais, je ne suis pas mêlé à ta maternité.

Elle ne riposta pas, mais se sentit fort peinée de le voir aussi peu engagé, alors que c'était lui qui l'avait envoyée à Miami… Mais elle ferma les yeux. À quoi bon ? Elle allait assumer sa grossesse jusqu'au bout et être mère, seule, comme l'avaient été à une époque pas très lointaine les « filles-mères » qu'on ne désignait plus ainsi, Dieu merci !

C'est finalement le 16 novembre en soirée que Muriel fut admise à l'hôpital près de chez elle. Les contractions avaient débuté et Jacques la conduisit tout en lui demandant d'appeler sa mère pour qu'elle vienne à son chevet. Il ne comptait pas rester, il avait l'horlogerie à ouvrir tôt le lendemain matin. Adrienne s'y rendit donc et lorsqu'elle fut avec sa fille, qui déjà avait de fortes douleurs, elle s'informa de son amant, pour apprendre qu'il était reparti après l'avoir déposée à l'urgence où les infirmières l'avaient prise en charge. Adrienne, en furie, s'était écriée : « Quel goujat ! Pas même capable de rester là pour voir son bébé naître ! Quel maudit sans-cœur ! » Et Muriel la fit taire pour ne pas déranger les préposés et les médecins qui allaient et venaient et pouvaient tout entendre. Et c'est dans la nuit du 17 novembre, après de multiples douleurs et sueurs, que Muriel donna le jour à un garçon de huit livres. Folle de joie, elle voulait déjà le caresser sur son sein, le prendre, l'embrasser, mais on lui suggéra d'attendre après que sa toilette soit faite et qu'on lui trouve une chambre. Madame Augère, toutefois, ne quittait pas le petit des yeux à la pouponnière. Elle était ravie que ce soit un garçon, elle qui n'avait eu qu'une fille.

Le lendemain, alors qu'elle était encore auprès de sa fille, dans une chambre cette fois, elle lui demanda :

— Il ne vient pas, lui ? Il attend que je sois partie ? Dis-le-moi, Muriel, je ne tiens pas à le croiser moi non plus.

— Non, maman, ça le rassure que tu sois avec moi, je lui ai parlé tantôt, il s'occupe du commerce. Il est content que ce soit un garçon…

Aucun visiteur ni visiteuse, à part sa mère. Ce qui intriguait les infirmières de l'étage et les autres mères qui partageaient les chambres voisines. Muriel évitait d'engager des conversations pour ne pas avoir à leur expliquer sa drôle de situation. En après-midi, toutefois, on lui livra une gerbe de fleurs avec une étiquette signée : *Félicitations, Jacques.* Elle s'empressa de la montrer aux infirmières en leur disant que son mari viendrait en début de soirée la visiter. Jacques fit un effort et, pour sauver la face, se présenta à l'hôpital après s'être assuré que la « belle-mère » n'y serait pas. Il embrassa Muriel sur le front, elle le remercia pour ses fleurs, même si le bouquet n'était guère garni, et elle lui demanda s'il désirait aller à la pouponnière jeter un coup d'œil sur l'enfant. Ce qu'il fit sans qu'elle l'accompagne et, devant le petit être aux cheveux blonds, il recula de stupeur : Dieu qu'il était magnifique, ce bébé ! *Il n'aurait pu lui en faire un plus beau !* se disait-il intérieurement, jaloux soudainement du géniteur. Puis après être resté cinq minutes, revenu auprès de Muriel, il partit avant que les autres femmes commencent à lui parler. Surtout l'une d'entre elles, dans la vingtaine, qui, apparemment, l'avait trouvé bel homme. Ce dont Muriel s'accommodait maintenant. Selon le cliché, elle était pour les autres mères, sa femme. Donc, comblée d'être ainsi enviée par l'une ou deux d'entre elles.

De retour chez elle avec son petit dans les bras, elle s'empressa de le déposer dans son berceau et passa au moins une heure à le regarder. Comme il allait être beau ! Un blond aux yeux pers ou bleus. Un enfant qui ne ressemblerait en rien à Jacques, un bébé qui avait tout retenu d'elle. Sans oublier que le jeune Américain y était pour quelque chose. Madame Augère devait s'abstenir de venir le voir à la maison, à moins d'accepter de rencontrer « son gendre » qu'elle détestait. Elle avait dit à Muriel : « Il y a bien assez que je devrai le rencontrer le jour du baptême ! Mais je ne le regarderai pas, compte sur moi ! » Ce à quoi Muriel, mal à l'aise, n'avait rien répliqué.

Jacques lui avait demandé tout bonnement quel prénom elle allait lui donner, sans lui en suggérer un pour autant.

— Je ne sais pas, j'hésite entre Guillaume et Luc, je suis indécise. Qu'en penses-tu ?

— Je n'ai pas à m'impliquer, Muriel, c'est ton fils, pas le mien. Mais si tu veux vraiment mon avis...

— Oui, s'il te plaît.

— Bien, entre les deux, je préfère Guillaume parce que c'est le nom de deux ou trois rois d'Angleterre et de France. Tu connais Guillaume le Conquérant ?...

— Non, c'est qui ?

— Le dictionnaire, Muriel ! Le dictionnaire !

Et le petit allait s'appeler Guillaume. Sa mère, en lui donnant ce prénom, avait misé sur le fait que Jacques se rapprocherait de l'enfant. Il lui avait presque suggéré le prénom, ce qui serait un lien de plus entre l'enfant et lui. Le jour du baptême arriva et Adrienne avait revêtu son plus joli tailleur pour se rendre à l'église avec sa cousine et son mari qui allaient être marraine et parrain de l'enfant. Qui d'autre ? Muriel ne connaissait personne et ce n'étaient pas les parents de Jacques qui seraient venus... D'ailleurs, à quel titre ? Ils n'avaient aucun lien de parenté avec le petit. Muriel avait endossé, sous son imperméable vert, une jolie robe à motifs beiges, la seule robe dans laquelle elle avait pu entrer de justesse. Bien coiffée, le petit dans les bras, elle était arrivée souriante et le vicaire l'avait accueillie avec courtoisie, connaissant tout de son histoire que Muriel lui avait dévoilée lors des préparatifs. Au moment de baptiser l'enfant, Adrienne demanda à Muriel :

— Il est où, lui ? Pas même capable d'être là pour le baptême de son petit ?

Puis écoutant ce que le prêtre lisait, elle se rendit compte que l'enfant allait porter le nom de Guillaume Augère et non celui du père.

Interloquée, elle regarda sa fille et lui demanda devant sa cousine et son mari :

— C'est quoi, ça ? Il ne veut pas le reconnaître et lui donner son nom parce que vous n'êtes pas mariés ?

— Non, maman, ce n'est pas pour ça.

— Alors, pourquoi qu'il n'est pas avec nous le jour du baptême de son enfant ?

— Parce que ce n'est pas lui qui est le père, maman !

Chapitre 8

Après le baptême de l'enfant, Adrienne avait prévu inviter sa cousine et son mari au restaurant pour manifester sa gratitude, mais devant l'aveu de sa fille, qui l'avait chavirée, elle préféra les remercier tout simplement en leur disant qu'elle se sentait indisposée. Elle avait bien sûr un chat dans la gorge, sa voix était devenue rauque et elle avait peine à respirer après ce qu'elle venait d'entendre.

Muriel, plus calme, plus détendue maintenant que son fils était baptisé, se foutait éperdument que la cousine ait entendu son aveu. De toute façon, sa mère aurait fini par le lui colporter. Or, le parrain et la marraine évaporés, madame Augère était repartie en voiture avec Muriel et son bébé, sans avoir pris une seule photo à la sacristie de l'église.

L'oubli du geste s'était ajouté à sa stupéfaction. Le long du parcours du retour, aucun mot de l'une ou de l'autre, d'autant plus que le petit, qui avait sans doute faim, pleurnichait. Adrienne ne déposa pas la mère et l'enfant à la porte de la bijouterie, elle avait fini par dire à Muriel en empruntant sa propre avenue :

— Pas tout de suite la rue Sauvé, on a un compte à régler, toi pis moi !

De retour à la maison familiale de madame Augère, Muriel s'empressa de donner le biberon à son petit Guillaume. Et, alors qu'elle était assise avec son trésor dans les bras, sa mère lui demanda :

— Bon, c'est quoi cette affaire-là que Jacques n'est pas le père ? J'ai failli perdre connaissance ! Me lancer ça devant ma cousine et sa grande langue !

— Tu lui aurais dit de toute façon, et je me fous qu'elle le sache, tôt ou tard, elle l'aurait appris. Alors, je te l'annonce officiellement, Jacques n'est pas le père de l'enfant.

— Oui, tu te répètes, mais c'est qui d'abord ?

— Un Américain, maman.

— Je ne te suis pas... Ça voudrait dire que tu as trompé ton amant ?

— Non, c'est plus compliqué que ça, alors prends une chaise et écoute-moi bien, je vais tout te raconter.

Adrienne soupira, tira un fauteuil du boudoir et y prit place alors que Muriel racontait à un détail près son séjour à Miami sur la suggestion de son amant. Son aventure d'un soir avec Scott sans mentionner son nom, et le résultat qu'elle avait maintenant dans les bras. Consternée, n'en croyant pas ses oreilles, sa mère s'écria :

— Mais c'est un scandale, Muriel ! Un déshonneur ! Ça ne se fait pas, ces choses-là !

— Bien, quand on veut un enfant à tout prix, tout se fait maman. Et c'était la seule façon pour moi d'en avoir un. Ça aurait pu ne pas fonctionner, mais j'étais enceinte le mois suivant. J'avais tout planifié tel que ça s'est produit.

— Et ce salaud t'a laissée faire ça ? Il n'a même pas voulu t'en faire un, lui ? Le lâche ! Je t'ai toujours dit que c'était un mauvais pas que de te mettre en couple avec lui. Vois où ça t'a menée ! Enceinte d'un étranger ! Et ton pauvre petit ne connaîtra jamais son père. Tu vas le regretter un jour, Muriel, quand il te demandera qui est son père. Tu vas être mal prise en maudit !

— On verra bien dans le temps…

— Ce sera ta punition, ma fille. On ne fait pas ça à un enfant. C'est lui qui va en porter l'humiliation.

— N'exagère pas, maman, je lui raconterai tout quand il sera assez grand et il comprendra à quel point je le désirais. Regarde comme il dort bien maintenant. As-tu jamais vu un si bel enfant ?

— Pour être beau, il l'est, Muriel, mais n'empêche que tu devras porter le fardeau d'avoir à t'expliquer avec bien du monde au fur et à mesure qu'il va grandir.

— Ce sera mon problème, maman. Je le voulais ce petit et j'assumerai les conséquences de mon geste.

— Mais tu t'es donnée à un pur inconnu, c'est honteux quand on imagine la scène.

— Il n'y avait rien d'indécent dans cette aventure d'un soir. Le jeune homme a été courtois et délicat pour un amant de passage.

— Il ne t'a pas demandé de prendre des précautions comme le font de plus en plus les jeunes de nos jours ? J'entends tout ça à la télévision, je suis renseignée, tu sais.

— Oui, il me l'a demandé, mais je lui ai dit que j'avais été ligaturée.

— Ça parle au diable ! Menteuse en plus ! Ah ! toi, si ton père était là…

— Il ferait la sourde oreille avec une bière dans le nez !

— Pour ça, oui… Mais peut-être que le type en question serait content d'être père, lui. Tu ne sais même pas où le rejoindre ?

— Non et lui non plus. Une affaire d'un soir seulement et la discrétion la plus totale de ma part.

— Était-il d'une bonne famille, au moins ?

— Oui, de bons parents, une sœur, il étudiait en comptabilité. Il était beau et il semblait avoir un bon caractère.

— Bon, c'est ça de gagné au moins, en comparaison de Jacques et de sa face de carême ! Mais qui sait si tu avais pris la chose plus sérieusement. Peut-être auriez-vous pu former un couple, lui et toi, et être heureuse avec lui ?

— Non, il était plus jeune que moi, il était encore aux études, et j'ai menti sur mon âge pour le conquérir, il avait vingt-sept ans seulement.

— Ça parle au diable ! Pauvre gars ! Il a été dupé de A à Z, il ne méritait pas ça. Et si tu y retournais, peut-être que…

— Mais non, je n'éprouve rien pour lui, et vois le résultat, il m'a fait un enfant superbe.

— Un enfant qui ne connaîtra jamais son véritable père. C'est un péché, Muriel ! On ne fait pas ça à un enfant qui, un jour, te le reprochera peut-être. Un bébé sur commande ! Comme s'il s'agissait d'un jouet ! J'espère que tu t'en confesseras ! Et tu es partie de Miami sans lui laisser un mot, je suppose ?

— Évidemment ! Mais pourquoi cet intérêt soutenu pour lui ?

— Parce que j'aurais aimé qu'il te sorte des griffes de cet écœurant qui a encore profité de ta faiblesse. Qui t'a rabaissée, qui t'a…

— Arrête ! Ce qui est fait est fait et j'étais d'accord avec Jacques. Il ne voulait pas être père, lui. C'est moi qui désirais un enfant et le Ciel m'a exaucée, maman.

— Exaucée ! Pas sûre que le Bon Dieu aime ça des manigances semblables. La Sainte Vierge non plus ! Ah, misère !

— Bon, comme tu sais tout maintenant, vas-tu l'aimer quand même ce bel enfant ?

— Bien sûr ! C'est un cadeau de la Sainte Trinité si le Ciel s'en est mêlé. Et puis… il y a un bon côté dans tout ça, ma fille.

— Lequel ?

— Tu n'auras pas d'homme dans les jambes pour l'élever !

Lundi 25 décembre 1978. Il y avait une tempête toute la nuit, des rafales de neige poussées par le vent qui persistaient encore au petit matin. On aurait dit un jour de février. Jacques avait tout de même enfilé un élégant complet pour la circonstance et Muriel, coiffée de la veille, portait une robe achetée à rabais dans laquelle elle entrait. Elle perdait du poids, évidemment, mais lentement, ce qui irritait son amant. Jacques aurait pu se rendre seul chez ses parents à Edmundston, mais il n'avait pas voulu faire le voyage sans Muriel, et comme elle refusait de revoir ses parents qui n'avaient guère été chaleureux, Émile surtout, elle refusa l'invitation et il décida de rester avec elle et l'enfant pour profiter d'un gentil souper… maison ! Peu enclin à s'approcher du bébé, il admettait tout de même qu'il ne pleurait pas souvent, qu'il était sage et qu'à un mois à peine il semblait sourire à sa mère qui lui parlait constamment. Muriel, comme cadeau de Noël, lui avait acheté un petit ourson blanc qu'elle avait déposé dans la bassinette de l'enfant. Son premier cadeau !

Adrienne, déçue de ne pas la recevoir avec le petit, avait gardé pour la semaine suivante le cadeau de sa part, un petit habit de laine pour un peu plus tard. Tout semblait aller bien entre le couple, et l'enfant ne semblait pas trop déranger. Mais pour combien de temps ? Muriel se demandait chaque jour si Jacques n'allait pas finir par s'impatienter de ses montées à l'étage pour s'enquérir des bons soins que lui donnait sa gardienne, une dame à la retraite du quartier.

Fidèle à son devoir, remise ou presque de son accouchement, Muriel avait travaillé à la bijouterie jusqu'à la dernière minute et se sentait épuisée par les emballages des Fêtes qu'on lui réclamait très souvent. Mais elle avait si bien vendu que son amant ne put rien lui reprocher. Des bijoux en quantité, des porte-monnaie, des poudriers en argent et d'autres menus articles, pendant que lui vendait de temps à autre quelques montres et une seule horloge grand-père, un luxe qui peu à peu se démodait. Mais les affaires avaient été bonnes en cette fin d'année 1978 et Jacques s'en frottait les mains d'aise. Mais à l'aube du jour de l'An, il avait dit à Muriel :

— Pourquoi tu ne vas pas chez ta mère avec le petit ? Pour une semaine au moins ? Ça va me reposer, toi aussi, et ta mère va t'aider.

— Oui, je peux faire ça, mais tu vas me manquer, Jacques. Toi et moi, les soirs venus…

— Bah, t'en fais pas, je survivrai ! On aura toute l'année ensuite pour se reprendre.

Muriel avait accepté et s'était rendue chez Adrienne avec Guillaume que la grand-mère étreignit sur son cœur. La veille du jour de l'An, voulant offrir ses vœux à Jacques, elle avait téléphoné trois fois sans obtenir de réponse. Peu inquiète toutefois, elle se coucha et attendit que le matin de l'an nouveau se lève sans recevoir de réponse de lui une fois de plus. Mais où donc était l'horloger ? Dans son sevrage, il « survivait » sans doute quelque part, le corps et les mains à l'ouvrage.

Quatre mois s'étaient écoulés en cette nouvelle année 1979 et l'impatience de Jacques gagnait du terrain. Il supportait mal la présence de l'enfant sous son toit et son coin de lecture lui manquait. Dans sa tête, tout en réparant ses montres, il avait ébauché un plan qu'il devait rapidement mettre à exécution.

Un soir de la fin du mois de mai, il avait invité Muriel au restaurant, pendant que la bienveillante dame gardait

Guillaume à la maison. Une brève sortie, car Muriel voulait revenir au plus vite auprès de son fils qu'elle ne quittait guère. Or, assis devant une pizza pour deux avec un demi-litre de vin rouge pour lui, il lui avait dit le plus naturellement du monde :

— Muriel, il faut que le petit quitte notre toit. Je ne suis pas capable de tolérer un enfant chez moi, j'ai besoin de retrouver mes aises et ma liberté.

— Tu deviens fou ou quoi ? Jamais je ne me séparerai de Guillaume, tu le sais !

— Je ne te demande pas de t'en séparer, mais de le confier à quelqu'un d'autre chez qui tu pourrais aller le voir à ta guise.

— Quelqu'un d'autre ? La gardienne, par exemple ?

— Non, Muriel, ta mère !

— Ben voyons donc, ma mère n'est pas en mesure de se charger d'un enfant, elle a des problèmes de santé…

— Non, elle est en pleine forme, tu me le rappelles sans cesse. Alors, si tu le confiais à ta mère, tu pourrais aller le voir tous les soirs à moins que tu préfères vivre avec eux et venir travailler comme une simple employée.

— Non, je ne suis pas qu'une simple employée, je suis ta compagne de vie, Jacques. J'habite ici moi aussi ! Mais qu'est-ce qui te prend ? Le petit n'est pas tannant, il fait toutes ses nuits, il est sage et docile…

— Ce n'est pas lui qui m'énerve, Muriel, c'est toi ! Il nuit à ton travail ! Tu montes dix fois par jour pour voir s'il est correct, même quand sa dévouée gardienne, une femme d'expérience, est avec lui. De plus, tu te lèves trois fois par nuit pour aller vérifier s'il dort bien même quand il ne pleure pas, et ça le réveille. Et ça me réveille aussi, tu saisis ? Je veux bien qu'on l'élève ensemble, mais pas au détriment de mon bien-être que tu troubles constamment. Si tu veux qu'on reste ensemble, ça me va, mais que le petit s'en aille chez ta mère. De cette façon, il sera entre bonnes mains et tu pourras te défaire de ta gardienne et sauver ainsi l'argent que tu débourses pour elle.

— C'est quand même moi qui paye, Jacques.

— Oui, mais c'est moi qui ai cette femme dans mon espace quand je monte à l'appartement. Elle est bien gentille, la dame, mais notre logement est si petit... De toute façon, je veux qu'il en soit ainsi. Je veux retrouver mon coin de lecture et ma quiétude. Ta mère fera l'affaire.

— Il faut d'abord que je lui en parle...

— Bien sûr, et ça me surprendrait qu'elle refuse, elle adore son petit-fils. Mais, si c'était le cas, il te faudra trouver une autre solution... Je ne suis plus en âge d'avoir un bébé sous mon toit à longueur de journée. Je travaille comme un cheval dans mon atelier, je veux pouvoir profiter de ma détente quand vient le soir. Peux-tu au moins comprendre cela ? Tu pourrais toi aussi aller vivre chez ta mère pour quelque temps, histoire de voir comment ça se passe.

— Non, je ne quitte pas le logement, j'aime être avec toi le soir, je ne veux pas être privée de ce qui nous rapproche encore, toi et moi. J'ai un besoin constant de tes caresses, de ton amour, de tes... Je n'ose prononcer les mots, ce serait vulgaire.

— Alors si tu as besoin de tout ça, Muriel, arrange-toi pour que l'enfant déménage chez ta mère !

Pas facile d'approcher sa mère maintenant. Qu'allait-elle penser de tout cela ? Moins en forme avec l'âge, elle approchait de plus en plus de ses soixante-dix ans et souffrait d'arthrite depuis un an. *Mais avec un petit effort*, pensait Muriel... Elle voulait tellement ne pas se séparer de Guillaume, mais devant l'instance et la fermeté de Jacques, elle ne pouvait que s'incliner, de peur de le perdre. Sa mère, n'habitant pas loin, elle pourrait visiter son petit chaque soir, ou du moins trois jours sur cinq, quand Jacques la déposerait. Mais il fallait d'abord convaincre Adrienne de la lourde tâche qui l'attendait, si elle acceptait. Après avoir soupé avec sa mère, elle l'avait doucement approchée par ces mots :

— Je sens que le petit n'est pas bien avec Jacques. C'est comme s'il ressentait déjà qu'il ne l'aime pas. Il pleure quand il le voit s'approcher de la bassinette...

— C'est ben assez ! Avec une face de singe comme la sienne !

— Pauvre petit loup ! Toute une épreuve pour lui... Justement, j'ai quelque chose à te demander, maman.

— Quoi ? Je te vois venir, toi...

— Tant mieux si tu le devines, mais j'aimerais savoir si tu serais en mesure de prendre Guillaume avec toi, d'en prendre soin, de veiller sur lui. Il t'aime ce petit, il te sourit chaque fois qu'il t'aperçoit.

— Oui, je sais, mais jour et nuit, c'est beaucoup me demander, Muriel. Je ne suis plus en âge d'élever un enfant... À moins que tu reviennes vivre ici avec lui sans quitter ton travail.

— Non, c'est impossible, Jacques a trop besoin de moi au magasin et à l'étage pour l'entretien, l'épicerie et tout ce qu'on fait ensemble depuis presque dix ans. Mais la gardienne que j'ai engagée pourrait venir te donner un coup de main l'après-midi, c'est une dame début soixantaine et fort aimable.

— Non, Muriel, pas d'étrangère sous mon toit ! Pas de commère qui va me raconter sa vie et celles des autres de son quartier. J'adore mon petit-fils et je vais essayer ce que tu me demandes. Mais si ça m'épuise trop, il faudra trouver une autre solution.

— Ce que nous ferons, bien sûr, maman. Comme c'est gentil et généreux de ta part de prendre ainsi la relève.

— Pour un bout de temps, Muriel. Un essai volontaire, mais si je ne me sens pas bien…

— Oui, j'ai tout compris, maman. À chaque jour suffit sa peine. Commençons par essayer et je serai ici le plus souvent possible. Chaque soir s'il le faut ! Jacques viendra me déposer après la fermeture du magasin.

— Ou j'irai te prendre avec le petit quand il fera plus beau. Moins je le vois, ton amant, mieux je me porte.

— Tout ce que tu voudras, maman, je te le promets.

— Alors, amène-le-moi, ce petit trésor. Il va sourire constamment avec moi, il n'aura plus de tortionnaire devant les yeux.

— Tout de même, Jacques n'est pas du genre…

— Sait pas ! Ça peut venir ! Déménage tout le *stock* de Guillaume et viens me le porter quand tu voudras. L'avoir à moi seule chaque jour, ça me donne finalement le goût. Cher petit ange !

Dès le lundi suivant, début juin, Guillaume Augère déménageait chez sa grand-mère qui lui offrit non pas une petite chambre, mais la plus grande, celle des invités de passage qui se faisaient plutôt rares. En deux jours, Adrienne avait tapissé deux murs avec des oursons, des ballons bleus, bref, tout ce qui la rendait moins austère. Elle avait déposé des toutous de peluche un peu partout pour que l'enfant s'endorme en les regardant. Muriel était ravie de l'arrangement, quoiqu'elle aurait préféré garder son enfant auprès d'elle. Mais il lui avait fallu choisir entre Guillaume et Jacques. Et elle avait choisi Jacques pour ne pas compromettre ses nuits tumultueuses avec lui. Le cher petit qui était toute sa vie, disait-elle, venait de perdre une partie du cœur de sa mère à cause du corps de son pseudo-père. Ah ! si seulement madame Augère savait…

Le 3 août 1979, la journée s'écoule dans la chaleur et le soleil de l'été. Comme le 3 fait le mois, restait à voir si ça se poursuivrait ainsi. À la fin de la matinée, alors que Jacques s'apprêtait à lire dans sa petite pièce retrouvée, le téléphone sonna et c'est Muriel qui répondit. Sans emphase, sèchement après un simple « Jacques est là ? » de la part de l'interlocuteur, elle cria à son amant, de la cuisine :

— C'est ton père, il veut te parler. Prends le téléphone du salon.

Jacques s'empressa de décrocher et son père lui cria :

— Un beau sans-cœur, toi ! Même pas un accusé de réception à ma jolie carte de Pâques. Très impoli, mon fils !

— Papa, Pâques remonte au début d'avril, c'est maintenant que tu m'arrives avec un reproche ?

— Jamais trop tard pour te rappeler à l'ordre ! Quand on reçoit une carte, on répond ! C'est la plus élémentaire des politesses.

— Heu... oui, mais Muriel et moi n'envoyons plus de cartes...

— Je ne te parle pas d'elle, je parle de toi, Jacques !

— Bon, c'est compris, à l'avenir je m'en souviendrai...

— Pas nécessaire, je t'ai barré de ma liste !

— Tu n'as tout de même pas fait un interurbain pour me parler que de ta carte de Pâques, non ?

— Évidemment ! Ce que je veux ajouter, c'est que ta mère et moi serons à Montréal dans une semaine et qu'il serait agréable de te voir.

— Quoi ! Vous vous déplacez ? Mais je n'ai pas le logement pour vous recevoir, c'est tellement petit, chez moi !

— Ne t'en fais pas, Jacques, tout est arrangé. Je voulais m'installer à l'hôtel où nous avions réservé pour notre séjour, mais tu connais ta mère, non ? Par souci d'économie, elle a téléphoné à Rachel et, ravie de nous revoir, ta femme nous invite à rester chez elle. Ce qui nous donnera l'occasion de revoir notre petite-fille déjà grande maintenant.

— Bon, c'est bien beau, mais pourrons-nous quand même nous voir ? Je ne parle que très rarement à Rachel, je ne la visite pas...

— Oui, je sais, mais nous irons te chercher à ton commerce, ta mère et moi, pour ensuite aller au restaurant tous les trois.

Ce qui excluait automatiquement Muriel du décor. Mal à l'aise, Jacques s'empressa de lui rafraîchir la mémoire.

— C'est que Muriel et moi nous vivons ensemble, papa. Elle est ma conjointe, je ne peux pas la laisser de côté.

— Pas ta conjointe, ta maîtresse, Jacques. Une femme sans importance dans notre vie que nous ne tenons pas à revoir, ta mère et moi. Lors de notre rencontre, arrange-toi pour qu'elle soit absente. Ça devrait être possible pour une petite soirée ?

— Ce que tu me demandes est encore plus impoli que mon oubli de ta carte de Pâques, papa ! Et puis, contrairement à toi, maman ne la déteste pas. Elle avait été accueillante envers elle…

— Bon, si elle vaut plus que tes parents, dis-le-moi, on n'ira pas chez toi tout simplement. On a plein de choses à voir et d'endroits à visiter avec Rachel et Chantal. On a déjà bien des plans.

— Bien non, je veux vous revoir tous les deux, c'est certain, et je m'arrangerai pour que Muriel s'absente durant votre visite. Mais il ne faut pas oublier que mon commerce ferme à six heures. Il ne faudrait pas arriver avant, tu comprends ?

— C'est noté et au plaisir de te revoir, fiston. D'ici là, prends soin de toi, mange bien, fais attention à ta santé.

En toute honnêteté envers elle, avisant Muriel que ses parents venaient et que son père préférait qu'elle ne soit pas là, elle hurla :

— Vieux sacripant ! Que lui ai-je donc fait pour qu'il me haïsse autant ? Sait-il seulement que je le déteste aussi de mon côté ? Je te laisserai avec eux, mais tu devras me déposer chez ma mère avant. Tu fermeras plus tôt si tu veux, ou s'ils arrivent avant, il attendra que mes clients soient partis pour te prendre dans ses bras. Ah ! le vieux maudit !

— Un peu de respect, c'est de mon père qu'il s'agit, ménage tes paroles.

— En a-t-il du respect pour moi, lui ? Il me traite comme si j'étais la dernière des truies. Je n'en ai rien à foutre...

— Il faut dire que son respect a baissé de plusieurs crans depuis qu'il a su, par Rachel, que tu avais eu un enfant dont je n'étais pas le père.

— Ah bon, et tu ne lui as rien expliqué ? Tu ne lui as pas dit que tu refusais de m'en faire un et que c'était toi qui m'avais expédiée jusqu'à Miami pour être enceinte ?

— Inutile d'envenimer les choses, Muriel. Après cette soirée, ils vont retourner chez Rachel et je ne les reverrai pas avant Noël. Et ça, c'est si j'y retourne.

Elle préféra se taire tout en insultant Émile Derais en son for intérieur. *Vieux salaud !* marmonnait-elle, *vieux ci...* Mais elle se retint, ne voulant pas outrager les saintes espèces, même en pensée.

Comme prévu, les Derais arrivèrent à Montréal après un long voyage en autobus. Émile avait refusé de conduire, sa vue avait diminué, surtout le soir, et il avait préféré un siège confortable et un long bout du trajet à sommeiller. Bella, pour sa part, avait apporté des magazines et un cahier de mots croisés pour contrer les heures entre les brefs arrêts, et ouvrir des breuvages pour accompagner les multiples sandwichs qu'elle avait déposés dans un sac brun.

Rachel, avisée de leur arrivée, les attendait à la gare et Émile s'empressa d'étreindre sa bru qu'il aimait tant, alors que Bella tendait sa joue. Quelle ne fut pas leur surprise de voir, rendus à la maison, la belle jeune fille qui s'y trouvait. Chantal, un peu timide face à ses grands-parents qu'elle n'avait pas vus depuis longtemps, les embrassa pour ensuite parler de ses études avec son grand-père, pendant que Rachel montrait à sa belle-mère la grande chambre qu'elle leur avait préparée. Madame Derais en était si fière qu'elle avait trouvé le moyen de murmurer à l'oreille son mari : *Tu devrais voir la chambre ! C'est mieux qu'à l'hôtel !* Pour ensuite chuchoter : *Et ça ne nous coûtera rien !* Ils soupèrent copieusement, Rachel était une excellente cuisinière, et après avoir causé toute la soirée avec elle, le couple alla se coucher, épuisés tous deux par le long périple de la journée.

Le lendemain, c'était la visite au Jardin botanique, un saut jusqu'à la montagne et le surlendemain, l'oratoire Saint-Joseph que Bella aimait tant, le musée de cire où Émile s'était arrêté devant quelques statues de pionniers canadiens, pour ensuite aller manger dans un restaurant huppé que Rachel avait choisi avec soin sur la rue Crescent. Bella et sa petite-fille avaient été enchantées de leurs plats, Rachel aussi, Émile un peu moins. Il aurait préféré un *fish and chips* comme il en mangeait souvent à Edmundston. Peu gourmet, pas même gourmand, il avait ses petites manies auxquelles il ne dérogeait pas.

Puis, le mercredi soir arriva et Rachel s'empressa de les déposer devant le commerce de Jacques sur la rue Sauvé, pour ensuite repartir sans plus attendre. Son beau-père lui avait dit qu'ils reviendraient en taxi après la soirée, ou que Jacques les déposerait chez elle. Entré dans l'horlogerie de son fils, Émile s'aperçut que Muriel était encore là en train de servir une dernière cliente. Il ne la salua pas, se contentant de passer dans la pièce arrière où Jacques le suivit. Madame Derais avait néanmoins fait un petit signe amical de la main à Muriel qui le lui avait rendu. Dans l'arrière-pièce, Émile apostropha son fils :

— On ne peut pas dire que tu rénoves beaucoup, toi ! Ton commerce est pareil depuis des années, pas même un comptoir de plus et tu n'as jamais agrandi l'intérieur. Le progrès, ce n'est pas ce que je vois ici, Jacques. Ça devient vieux, *Le Pendule* perd même des briques sur sa devanture.

— Qu'importe, ce sont les affaires qui comptent et ça marche rudement bien. Regarde toutes les montres que j'ai à réparer en plus des trois horloges.

— Le progrès, ce n'est pas de réparer, Jacques, c'est de vendre. Et avec la marchandise plutôt ancienne que tu as… Tu devrais voir ce qu'on a vu dans les centres d'achats !

— Commence pas, papa, sinon la soirée va être courte ! s'exclama le fils, impatienté par les remarques de son père.

Émile préféra changer de sujet avant que Bella s'en mêle et vienne brouiller ses cartes, tout en gardant son fiel pour le souper au restaurant qui devait suivre. Après avoir terminé avec la cliente, Muriel s'empressa de retrouver madame Derais et de l'embrasser affectueusement. Cette dernière, très gentille avec la compagne de son fils, lui demanda des nouvelles de son enfant en ajoutant qu'elle aimerait beaucoup le voir :

— Il est chez ma mère, madame Derais. Il faudrait sortir dehors quand ma mère va venir me prendre avec le petit tout à l'heure.

— Mais avec plaisir ! J'aurai au moins vu votre beau bébé, Muriel. Je parie qu'il vous ressemble.

Lorsque madame Augère vint chercher sa fille à la porte de la bijouterie, Bella s'empressa de sortir avec Muriel, de faire la connaissance d'Adrienne dont elle serra la main en lui souriant, et de se pencher pour mieux voir, dans son petit siège, le beau bambin de neuf mois qui lui rendit son sourire.

— Comme il est beau ! Blond en plus ! Et regardez-moi ces beaux yeux bleus ! Comment s'appelle-t-il déjà ?

— Guillaume.

— Oui, vous me l'aviez dit. Quel bel enfant ! Vous êtes chanceuse, madame Augère, de pouvoir le choyer. C'est merveilleux d'être grand-mère, n'est-ce pas ? Je me souviens de Chantal, petite…

La conversation ne se prolongea pas et Muriel monta à bord de la voiture de sa mère après avoir embrassé Bella et lui avoir souhaité une belle soirée. Tentant d'être polie, madame Derais ajouta à l'endroit de Muriel :

— Dommage que vous ne puissiez pas venir au restaurant avec nous, nous aurions pu causer longuement…

— J'aurais sans doute pu, vous en parlerez avec Jacques. Mais d'un autre côté, ça va lui coûter moins cher, ce qui devrait faire son affaire.

Émile et Bella avaient été invités au restaurant de la rue Berri, là où Jacques allait si souvent à cause des prix dérisoires. Sur les lieux, son père lui avait dit :

— C'est loin d'être le restaurant où Rachel nous a amenés hier, n'est-ce pas, maman ?

Bella ne répondit pas, se contentant de sourire, et Jacques de leur dire :

— Ici, vous allez manger à votre faim ! Il y a de tout sur le menu, des plats comme on en fait à la maison.

— Bien non, juste des pâtes et de la pizza, Jacques. Pas même du foie de bœuf... Pis moi, dans les restaurants plus communs, ce que j'aime le plus, c'est le *fish and chips.* Il n'y en avait pas au restaurant de Rachel hier, bien entendu, c'était un endroit ultra-chic. Mais j'aurais pensé qu'ici, dès que j'ai vu la place... Surtout avec la clientèle qu'ils ont !

— Que veux-tu dire, papa ?

— Bien, de la populace, Jacques ! Le menu du peuple, des enfants qui crient, les tables tassées les unes contre les autres... Pire que ça, mon fils, tu vois la grosse madame en noir à ma droite ?

— Oui et puis quoi ?

— Bien, je pense qu'elle s'est échappée ! J'ai pas le nez bouché ! Mal élevées, les bonnes femmes de ton quartier !

Après cette soirée désagréable avec son père au restaurant, Jacques s'empressa de les ramener à la porte de la résidence de Rachel, sans avoir à rentrer, bien sûr. En cours de route cependant, son père lui avait dit :

— Je ne comprends pas que tu ne sois plus avec ta femme. Sa classe ! Son argent ! Et ta Chantal si jolie... Tu préfères continuer ta vie avec ta...

— Ma quoi, papa ?

— Non, je me retiens, ta mère m'a serré le bras. Mais je ne comprends pas ce qui t'accroche à elle. Pas laide, pas belle, plus enrobée qu'avant...

— Elle vient d'avoir un enfant, papa. Donne-lui une chance !

— Peut-être, mais ça ne la rendra pas plus instruite pour autant. Tandis que Rachel...

— Arrête, Émile ! lui cria sa femme. Moi, je l'aime bien, Muriel. C'est une bonne personne et une bonne mère. Et elle a le plus bel enfant du monde ! Tu aurais dû le voir... Ah ! si seulement il était de toi, Jacques !

— Elle a préféré le faire ailleurs ! lança son mari. Pas très distingué de sa part...

— Ne la juge pas, papa. Muriel n'est pas ce que tu penses et sa maternité, c'est une longue histoire.

— Oui, une histoire d'un soir sans doute.

— Écoute-moi bien, papa, je ne t'ai vu qu'une soirée et j'en ai plus qu'assez. Nous voilà arrivés et dépêche-toi vite de rentrer chez Rachel avant que je te dise ce que j'ai sur le cœur. Et ne m'attends pas pour Noël, moins je te vois, mieux je me porte. Désolé pour toi, maman, je t'aime beaucoup, tu le sais, mais vient un temps où les insultes qui pleuvent m'atteignent comme des dards. J'en ai assez de lui ! Ramène-le vite à Edmundston et, la prochaine fois, reviens seule, je me ferai un plaisir de te recevoir et de prendre soin de toi.

Son père étant bouche bée, Jacques s'était empressé d'ouvrir les portières de sa voiture, d'embrasser sa mère qui l'étreignait contre elle et, sans répliquer, Émile était descendu promptement de la Thunderbird sans tendre la main à son fils. Pour lui, le manque de respect de Jacques venait de dépasser celui de tous les non-retours de ses cartes de souhaits, incluant celle de Pâques. Quelle débâcle !

Le lendemain, ayant tout raconté de sa soirée à Muriel, Jacques avait terminé en lui disant :

— Tu n'as rien manqué, mon père a été tellement désagréable. Il a chialé tout le temps contre le restaurant, le bruit, les chaises, le menu, la pizza, les gens…

— Ben, pour une fois, je l'comprends !

Chapitre 9

Les parents de Jacques étaient repartis et il s'était juré de ne plus retourner à Edmundston les visiter à Noël. Il tenait cependant à rester en contact avec sa mère, non avec son père. Ce dernier avait été trop vilain avec lui lors de son bref passage. Et il tint parole puisqu'au temps des Fêtes suivant, il demeura chez lui, paisiblement, entouré de Muriel et du petit Guillaume qui était venu dans l'après-midi afin de recevoir son cadeau. L'enfant, qui se méfiait toujours de lui, n'avait pas apprécié le camion qu'il lui tendait. « Un jouet trop vieux pour son âge », lui avait répété Muriel. Mais un cadeau qui n'avait rien coûté à l'horloger, il l'avait échangé contre une petite pile de montre à une marchande des alentours. Une boîte de bonbons pour Muriel et un baiser sur la joue en guise d'emballage. En retour, de sa part à elle, rien, comme de coutume, pour lui indiquer chaque fois que les cadeaux venant de lui… ne valaient rien !

D'autres saisons s'écoulèrent et la paix semblait revenue au sein du couple. Muriel avait, le plus normalement du monde, retrouvé sa taille d'antan et Jacques en était fier. Plus coquette pour mieux le séduire et le garder, elle se maquillait chaque jour, allait se faire coiffer régulièrement et portait des robes moulantes qui mettaient en valeur ses courbes et sa généreuse poitrine, ainsi que des souliers à talons hauts qui, selon lui, l'allumait beaucoup lorsqu'elle passait près du banc où il travaillait ou quand elle montait l'escalier. Or, sur le plan charnel, ayant retrouvé la femme qui l'excitait grandement, il la trompait de moins en moins, à part une fois ou deux ici ou là, en allant voir un fournisseur de diamants dans le centre-ville. Et revenir les mains vides de ses supposées transactions ! Ce que Jacques n'avouait pas à Muriel toutefois, c'est qu'il avait un nouveau scénario pour ses conquêtes. Dans les bars, quand une fille facile s'approchait de lui et qu'il sentait qu'elle le désirait, il ne lui offrait pas un verre quand celui de la belle était vide, il lui disait plutôt : « Pourquoi ce n'est pas toi qui m'en payerais un ! Tu me veux, ça paraît, alors va dans ta sacoche un peu plus creux et, après, on ira chez toi ou ailleurs. » La fille, anxieuse de coucher avec lui, s'empressait de lui payer une bière ou un scotch pour ensuite l'entraîner chez elle où ça ne coûtait rien à Jacques, ou dans un motel pas loin où il exigeait qu'elle règle la moitié du tarif des deux heures minimum. Et ça fonctionnait ! De cette façon, il obtenait, jusqu'à ses obscénités… à rabais !

En 1981, il avait eu maille à partir avec le ministère du Revenu à qui il devait une forte somme. Tout ça parce que, trop pingre pour se payer un comptable, il faisait ses déclarations d'impôt lui-même. Ce qui lui valait des sanctions et des montants à rembourser avec intérêt aux deux paliers gouvernementaux. Muriel l'avait pourtant prévenu qu'il finirait par avoir de sérieux ennuis, mais en tant que petit horloger, il se croyait à l'abri de telles conséquences, se disant que des hommes d'affaires plus influents étaient certes plus intéressants pour les gouvernements. Or, en cette fin d'année, Muriel n'eut pas droit à sa boîte de bonbons ni le petit à un autre camion. Il avait décidé d'économiser tant qu'il ne retrouverait pas dans son compte à la Caisse l'argent qu'il avait pu sauver en agissant de la sorte. Il avait cependant trouvé le moyen d'emmener Muriel au cinéma voir le film *La Femme d'à côté* avec Gérard Depardieu et Fanny Ardant. Jacques avait beaucoup aimé, Depardieu étant parmi ses acteurs préférés, mais Muriel un peu moins. Elle s'était reprise par contre avec sa mère quand la gardienne était venue coucher Guillaume. Elle voulait sortir sa mère captive à longueur de semaine avec son petit-fils qu'elle aimait bien, mais qui demandait toute son attention. Avec Adrienne, Muriel s'était contentée en l'invitant à voir *Xanadu* avec Olivia Newton-John et Gene Kelly. Adrienne n'avait guère apprécié cette supposée comédie musicale, mais Muriel en avait été emballée. Le sujet la touchait beaucoup et les chansons davantage. Madame Augère avait plutôt hâte de retrouver sa maison et son cher petit trésor qui avait fini par s'endormir sans ses caresses.

Chez Jacques et Muriel, les divertissements télévisuels n'étaient guère choisis pour elle. Fidèle à Radio-Canada, l'horloger ne regardait que des documentaires sur les régions pauvres du monde, sur les semences des fermiers, sur les prix des denrées qui augmentaient, bref, que des choses qui ennuyaient sa compagne. De temps à autre, il dénichait un film en fin de soirée, mais sans cesse un drame historique des années 1950, comme *L'Affaire des Poisons* avec Viviane Romance, ou *Marie-Antoinette* avec Michèle Morgan. Pour se divertir et se sentir plus dans le monde actuel, Muriel se rendait chez sa mère pour suivre les téléséries de Télé-Métropole comme *Marisol*, sa préférée.

Le petit Guillaume allait sur ses trois ans et sa grand-mère était plus que fière de lui. Lorsqu'elle sortait pour le promener en poussette dans le quartier, les femmes l'arrêtaient pour se pencher sur le petit et dire à Adrienne : « Comme il est beau, cet enfant ! Ses parents doivent l'être aussi ! » Madame Augère les remerciait et poursuivait sa route, heureuse d'être la grand-mère du plus beau petit garçon des alentours. Ce petit était sa plus grande joie, au grand détriment de Muriel qui voyait son fils se détacher d'elle pour préférer les bras de grand-maman. C'était Adrienne qu'il sentait auprès de lui chaque jour, chaque nuit, il était normal qu'il en vienne à la considérer comme « sa mère » et que Muriel devienne de la visite pour lui. Ce qui déplaisait à Muriel qui s'en plaignait à Jacques :

— C'est de ta faute si le petit est moins près de moi que de ma mère ! Si je l'avais gardé ici, il n'agirait pas de la sorte !

Ce à quoi, Jacques avait répondu :

— C'est sans doute parce que ta mère est très bonne pour lui, tu devrais lui en être reconnaissante. Un peu plus tard, il comprendra que sa mère, c'est toi, et il te reviendra.

— Non, Jacques, je veux le reprendre ici ! Il faut tuer le mal dans l'œuf ! Je dois faire quelque chose avant qu'il me tourne le dos pour rester dans les bras de maman. Je veux le reprendre ici dès que possible !

— Non, Muriel, pas question !

L'été venu, Jacques se rendait à Saint-Jovite avec son livre de chevet, mais à son grand désarroi, Muriel suivait avec le petit maintenant. Ce qui l'embarrassait rudement, sa régulière, la femme au parfum, ne pouvait pas le rejoindre le samedi soir, et lui ne pouvait s'évader du chalet. Mal pris, il avait conclu avec Muriel de s'y rendre seul une fin de semaine, pour décompresser, et de la laisser y aller à son tour la fin de semaine suivante avec sa mère et Guillaume. Ce que naïvement elle avait accepté. Et de cette façon, son indécent conjoint pouvait se livrer à ses bassesses à Saint-Jovite quand c'était à son tour d'être seul, et de se rendre au centre-ville retrouver des filles de bars pendant que grand-mère talonnait le petit qui courait à travers les champs et que Muriel remplissait la petite piscine de caoutchouc qu'elle avait soufflée de ses vigoureux poumons.

Ce qui ne l'avait pas empêchée de revenir à la charge avec son cher Jacques au sujet de son divorce :

— Rien n'est encore fait, aucune nouvelle, tu fais le mort, Jacques. As-tu réellement demandé le divorce ou me gardes-tu en laisse avec cette promesse ? Depuis le temps…

— Non, Muriel, la demande est faite de ma part depuis des années, c'est Rachel qui refuse de signer. Elle prétend qu'elle n'a jamais reçu les papiers, mais c'est faux, elle les a détruits au fur et à mesure qu'ils arrivaient. Mais ça va bientôt se résoudre. Chantal a maintenant dix-huit ans, donc majeure, et elle ne peut plus évoquer son enfant pour retarder les choses. Mon avocat a tout en main.

— Quel avocat ?

— Bien, celui que j'ai depuis toujours, mais tu ne le connais pas, il ne vient jamais ici, c'est moi qui le visite. Et, changement de sujet, qu'y a-t-il dans la grosse boîte que tu es en train d'ouvrir ?

— Des bijoux d'automne dans des tons opportuns. Regarde ces beaux colliers en bois peints vert et brun, ça va se vendre comme des petits pains chauds. Et vois ces boucles d'oreilles en ébène ! Superbes, n'est-ce pas ? C'est moi qui les ai choisies du grossiste. Puis-je en avoir une paire, Jacques ?

— Oui, bien sûr, mais si jamais tu les vends toutes assez rapidement, il faudra remettre les tiennes en vitrine.

Il avait accepté qu'elle prenne une paire de boucles d'oreilles, avec condition bien entendu, parce qu'il voulait l'éloigner du sujet concernant le divorce avec lequel elle revenait trop souvent. Ainsi que de son « avocat » qui, selon elle, ne se grouillait pas le derrière !

Le premier samedi d'octobre, alors que Muriel et sa mère partaient à Saint-Jovite avec le petit pour la fin de semaine afin de fermer le chalet pour l'hiver, Jacques, seul au commerce, n'avait guère été dérangé. Les affaires ne tournaient pas rondement depuis quelque temps. Les jeunes couples achetaient de plus en plus au centre d'achats de la rue Fleury, les personnes plus âgées ne changeaient plus leur montre, se contentant d'une pile neuve quand elle arrêtait de fonctionner ou de tout simplement la jeter et de s'en procurer une autre bon marché, chez *Woolworth's* de préférence où c'était nettement moins cher qu'au *Pendule*. Ce qui tracassait Jacques, qui ne voulait pas tenir dans son illustre magasin, des montres de l'Asie d'une si piètre qualité. Pris entre deux feux, néanmoins, car les plus jeunes allaient dans les centres à ciel ouvert et les plus vieux, devenus prudents, dépensaient de moins en moins afin d'assurer leurs vieux jours.

Seul en ce soir béni pour lui, Jacques se promettait bien de sortir, de se dégourdir les membres, il va sans dire. Il souhaitait en plus que Muriel ne revienne pas trop tôt le lendemain ou qu'elle ait la bonne idée d'aller souper chez sa mère, car il avait l'intention de regarder à la télévision le concert de la légendaire Leontyne Price, réputée pour ses rôles verdiens comme *Aïda,* son plus célèbre. Ça, Muriel ne le savait pas, mais son cher horloger aimait aussi l'opéra !

Vers sept heures, après avoir fermé, Jacques s'empressa d'enfiler un *blue-jean,* ce qui faisait plus jeune, un *t-shirt* blanc, des espadrilles et un coupe-vent de nylon noir pour ensuite se diriger, tel un grand adolescent en manque de sensations, dans le Vieux-Montréal où il connaissait quelques endroits que les plus jeunes fréquentaient. Assis au bar, ténébreux comme de coutume, le sourire en évidence et les yeux noirs perçants, il reluquait une ou deux filles qui dansaient ensemble, lorsque l'une d'elles, une blondinette, s'approcha de lui pour se faire payer une bière. Cette fois, il paya pour elle. Linda, comme disait s'appeler la belle enfant, avait tout juste vingt ans et, constatant à première vue que le bel homme était plus âgé qu'elle, elle osa lui demander son âge, ce qui lui valut un « trente ans » à l'oreille, que la jolie fille goba sans même les mettre en doute. Il dansa un *slow* avec elle, il la serrait de près, et il sentit qu'elle était envoûtée. Ensorcelant au possible, Jacques Derais n'eut pas grand-chose à faire pour l'entraîner avec lui dans sa Thunderbird, l'embrasser à bouche ouverte, la tâter subtilement et l'emmener dans un *Tourist Room* bon marché de la rue Cherrier, où il lui fit l'amour comme elle l'avait souhaité. Subjuguée, sous son charme à deux heures du matin, elle ne voulait plus s'en séparer. Jacques lui avait dit s'appeler Jean, être garagiste à son compte, et lui avait remis un faux numéro de téléphone. Parce qu'après deux reprises la même nuit et complètement satisfait, l'horloger ne désirait plus la revoir. Linda n'était pas encore assez expérimentée et il n'avait pas l'intention de lui donner des… cours privés ! Ils s'étaient rhabillés, il l'avait déposée non loin de chez elle dans le quartier Rosemont, et ils s'étaient embrassés avant que l'histoire soudaine de la jeune fille prenne fin. Reparti rassasié par sa jolie jeune proie, il s'arrêta dans un bar du boulevard Saint-Michel pour un dernier scotch avant de rentrer chez lui. En cours de route pour le nord de la ville, il regarda sa montre. Déjà trois heures trente du matin. Quelle délivrance et quel soulagement pour lui que cette soirée inattendue ! Se regardant dans le rétroviseur de sa voiture, il se qualifia de « bellâtre » et, imbu de lui-même au possible, il se félicitait de passer encore pour un homme de trente ans, à quarante-trois ans révolus.

Mais quelle ne fut pas sa surprise en tournant le coin de la rue Sauvé de voir au loin, à la hauteur de son magasin, les phares des auto-patrouilles devant les vitrines de son commerce. En son absence, *Le Pendule* avait été dévalisé. Des voleurs s'y étaient introduits sans que son alarme sonne et ils avaient pris tout ce qu'il y avait d'important dans la vitrine avant d'entrer et de défoncer le «coffre-fort» de piètre qualité que Jacques gardait dans l'arrière-boutique. Coffret dans lequel il mettait en lieu sûr ses montres les plus coûteuses, ses bagues à diamants, ses joncs en or, ses breloques de quatorze carats, bref, ce qu'il avait de plus précieux. Ils avaient tout emporté, laissant le coffret vide et piétiné derrière eux. C'est un automobiliste qui, roulant par-là vers deux heures du matin, avait aperçu trois voyous s'enfuir avec leur butin dans une bagnole sans plaque d'immatriculation visible, alors que la vitrine était en miettes et que la porte du commerce était grande ouverte. Sorti de son véhicule, Jacques se prenait la tête à deux mains. Il avait senti son cœur cesser de battre et, retrouvant son souffle, il s'était approché des agents pour leur dire:

— Je suis le propriétaire de ce commerce. Qu'est-il arrivé?

— C'est à vous *Le Pendule,* monsieur? Vous êtes qui, d'abord?

— Jacques Derais. Établi dans le quartier depuis des années. Mon logement se trouve à l'étage de mon commerce.

Puis, regardant sa vitrine presque vide et les carreaux en miettes sur le trottoir, il s'informa :

— Ils ont tout pris ? C'est épouvantable ! Je n'ai jamais été dévalisé avant ce jour, je suis toujours chez moi !

— Ce n'était pas le cas ce soir, monsieur. On a sonné plusieurs fois et personne n'a répondu. Un peu plus et on défonçait la porte pour monter afin de voir si tout était en ordre, si personne n'avait été blessé là-haut.

— Non, il n'y a personne, ma femme est à la campagne avec notre fils et elle ne rentrera que plus tard dans la journée de demain.

On fit un élémentaire bilan du vol avec Jacques qui leur disait que plusieurs montres étaient exposées dans la vitrine ainsi qu'une ou deux bagues à diamants pour inviter les clients à entrer. À part cela, rien de précieux, que des bijoux pour tous les jours et des babioles que Muriel avait dispersées sur le satin. Mais, une fois à l'intérieur, escorté de deux policiers, il remarqua que rien n'avait été dérangé de son banc d'horloger, mais que son coffre en métal, habituellement muni du cadenas, avait été ouvert et que son contenu de grande valeur avait disparu. Un choc qui le fit se cramponner au cadre de la porte, ce qui incita un policier à lui tirer une chaise.

— C'était ça, votre coffre-fort ? lui demanda ce dernier en désignant le coffret en métal mince, ouvert et écrasé du pied de l'un des malfaiteurs comme pour se moquer de l'horloger.

— Oui, mais j'avais un bon cadenas…

— Monsieur Derais, voyons, ils auraient pu partir avec le coffre tout rond tellement il est léger, mais ils ont préféré faire sauter votre petit cadenas et mettre le contenu dans des taies d'oreillers selon leur coutume. Pas croyable d'avoir de telles valeurs si peu protégées. Vos assurances vont sûrement faire enquête…

— Enquête de quoi ?

— Bien, vos allées et venues, votre peu de précautions. Pour conclure avant que l'escouade contre les vols prenne la relève, où étiez-vous ce soir pendant que le vol se déroulait ?

— J'étais allé rencontrer un fournisseur de bagues au centre-ville.

— À cette heure-ci ?

— Plus tôt, évidemment, mais nous sommes ensuite allés prendre un verre, la transaction terminée.

— Comment s'appelle ce monsieur ?

— Écoutez-moi bien, je n'ai pas à répondre à de telles questions indiscrètes à un agent. Vous avez vérifié le vol ? Laissez-moi maintenant avec l'escouade quand ils viendront me visiter. C'est à eux que je répondrai de mon emploi du temps, pas à vous.

— C'est là votre droit, mais nous devons faire nettoyer les dégâts sur le trottoir et la rue avant le matin. C'est très dangereux pour les passants et surtout pour les enfants qui enjambent souvent le cordon jaune.

— Faites votre devoir, messieurs, moi je monte à mon logement pour vérifier que tout est en ordre.

— Faites cela, monsieur Derais, mais ne touchez à rien en bas, les enquêteurs ont besoin de toutes les pistes, de toutes les empreintes digitales possibles. Laissez tout en place.

— C'est entendu, mais vous allez les rattraper, hein ? C'est toute ma vie qu'ils ont prise ! Mon coffre contenait mes valeurs, toutes mes économies. Ils ne doivent pas être très loin… Leur numéro d'immatriculation a été relevé ?

— Non, ils l'avaient camouflé avec une serviette de cuisine. Le témoin n'a rien pu lire et il n'a pas vu les visages des malfaiteurs, ils portaient tous trois un coupe-vent avec cagoule qu'ils avaient remontée pour cacher leurs traits. Mais d'après leur démarche et le son de leur voix, ce que le témoin a pu voir et entendre de sa vitre baissée, ils auraient entre vingt et vingt-cinq ans. De jeunes bandits qui savaient ce qu'ils venaient faire ici. Ils étaient sûrement au courant de l'endroit. L'un d'eux était peut-être un client de votre établissement ?

— Je n'ai pas de jeunes clients, la plupart sont des gens du quartier d'un âge beaucoup plus avancé.

— Bon, on peut vous laisser seul maintenant ? Ça va aller, monsieur ? Vous vous sentez bien ? En sécurité ?

— Oui, si on veut, mais je vais attendre les enquêteurs à mon appartement. Comment fermer l'œil après cela ? Mais, dites-leur de faire vite, j'ai aussi mes assureurs à contacter…

— Un dimanche ? Ne sont-ils pas fermés ?

— Ils ont un numéro confidentiel auquel seuls les assurés ont recours en cas de sinistre ou de vol. Je vais les appeler dès que possible.

— Bon, ça va, on vous quitte, monsieur Derais, mais à votre place, j'appellerais un ami pour me tenir compagnie. On ne sait jamais… De tels malotrus peuvent revenir pour effacer leurs traces. Nous allons laisser un policier en faction jusqu'à ce que le jour se lève et que tout soit nettoyé devant votre vitrine.

— Je n'aurai besoin de personne, il fera jour bientôt et je serai aux aguets. Mais vous allez les rattraper, hein ? Tout mon avoir est entre leurs mains, il faut le récupérer, je n'ai que cela pour vivre…

Les agents avaient promis d'un simple geste de la tête de retrouver les bandits, sachant toutefois que ces voyous étaient sans doute déjà loin avec leur butin. Qui sait s'ils n'étaient pas des *bums* du bas de la ville et non des résidents de ce paisible quartier. Ou encore des petits voleurs d'une province voisine ? Jacques, resté seul devant son coffre vide et fracassé, le tassa du pied sans le toucher de la main, puis grimpant à l'étage, il s'écrasa tout habillé dans son lit et, la tête enfouie dans l'oreiller, il se mit à pleurer.

Enfin, café par-dessus café, il fit en sorte de rester éveillé jusqu'à ce que les enquêteurs arrivent. Deux hommes expérimentés dans ces causes, l'un gros et grand, la cinquantaine, poli mais brusque, l'autre grandeur moyenne, plus sympathique, sourire affable, la quarantaine à peine. Le plus vieux questionnait et l'autre prenait des notes.

— Vous avez dit à l'agent, hier, que vous étiez allé rencontrer un fournisseur au centre-ville. Quel est son nom ?

— Heu… ce n'est pas le cas, je ne voulais pas raconter ma soirée à l'agent, je vous attendais. Je ne suis pas allé chez un fournisseur, je suis allé me détendre de ma longue semaine dans un bar.

— Seul ou avec quelqu'un d'autre ?

— Seul, histoire de prendre un verre, d'écouter un peu de musique…

— Le nom du bar ?

— Je ne m'en souviens pas, je n'ai pas regardé le nom, je suis entré par hasard.

— C'était dans le Vieux-Montréal ? Vous reconnaîtriez au moins l'endroit ?

— Bien sûr, je n'étais pas ivre. La musique était forte cependant.

— Vous y êtes resté longtemps ?

— Oui, passablement, j'ai causé au bar avec un type que je ne connaissais pas, puis quelques filles sont venues me parler, mais rien de plus… Plus tard dans la soirée, au début de la nuit, je suis remonté en voiture pour revenir chez moi et, en chemin, j'ai pris un dernier verre sur le boulevard Saint-Michel, un club quelconque où je n'étais jamais allé et, de là, je suis revenu ici pour me retrouver nez à nez avec la police et les dégâts.

— Vous pourriez reconnaître les deux endroits si nous vous y menions ? Il nous faut des preuves plus déterminantes.

— Sûrement, tout ce qu'il m'est possible de faire pour vous aider.

— Vous avez dit que votre femme était à la campagne avec votre fils ?

— Oui, mais rectifions, elle n'est pas ma femme, mais ma compagne de vie et le petit est le sien. Ils sont allés à Saint-Jovite avec la grand-mère pour fermer le chalet. J'ai dit « ma femme » à votre agent, pour simplifier les choses. Je n'avais pas envie de lui raconter ma vie. Mais pourquoi descendre en ville avec vous ? Un simple vol !

— Parce que vous ne connaissez pas les noms des deux endroits fréquentés, sinon nous nous y rendrions seuls, mon collègue et moi. Une fois les deux endroits reconnus, nous ne vous embêterons plus avec ces détails. Alors, venez avec nous, ça ne prendra que trente minutes ou même moins si votre mémoire est bonne.

Jacques les accompagna, désigna le bar du Vieux-Montréal puis le club de bas étage du boulevard Saint-Michel où il avait pris un dernier scotch. De retour, on le laissa en paix, mais on lui promit de revenir pour d'autres questions, si nécessaire. Il accepta de bon gré et s'empressa d'appeler sa compagnie d'assurances qui avait un service de répondeur privé le dimanche. Jacques leur fit part du vol, des bijoux de valeur disparus. On le rappela et on lui promit de venir faire enquête le mardi qui suivait. Encore bouleversé, tremblant devant son coffret vide, Jacques finit par fermer l'œil sur le divan de l'arrière-boutique, il était crevé par cette nuit mouvementée. Par les efforts déployés avec Linda, bien entendu, mais surtout par son quasi-arrêt du cœur devant la perte de ce qu'il avait de plus cher, ses montres de prix et ses diamants. Il n'avait rien avalé de la journée lorsque Muriel revint, déposée devant la porte par sa mère, alors que la bouche ouverte, elle constatait les restes du cambriolage de la veille. Le ruban jaune encore en place, elle tressaillit et dit à sa mère :

— Retourne chez toi avec Guillaume, je vais t'appeler pour te dire ce qui s'est passé. Ne reste pas là avec moi, ça pourrait être dangereux pour le petit.

Puis, sortant de la voiture, voyant la vitrine vide de son contenu ou presque, qu'on s'apprêtait à placarder, elle allait entrer lorsqu'un badaud qui la connaissait de vue lui dit : « Pas drôle pour vous, madame, on a cambriolé cette nuit. La police est venue, il y avait de la vitre partout. »

Sans attendre la suite de son rapport, elle prit sa clé et monta à l'étage rapidement pour retrouver Jacques devant un sandwich et un café dans la cuisine. Il n'avait rien mangé de la journée et s'était débrouillé avec ce qu'il avait trouvé dans le réfrigérateur. Apercevant Muriel, il se leva, s'approcha d'elle et la serra dans ses bras en sanglotant. Puis, d'une voix étranglée par l'émotion, il lui annonça :

— On a été volés, Muriel ! Tous les diamants et les montres de prix dans le coffre ainsi que ce qu'ils ont trouvé dans la vitrine. De jeunes bandits selon un témoin… J'ai tout perdu, je n'en reviens pas, toutes mes économies. Heureusement, ils ne sont pas allés en haut, car j'avais deux cents dollars sous mon matelas, ils les auraient sans doute pris aussi.

Le consolant du mieux qu'elle le pouvait, Muriel lui demanda :

— Mais où étais-tu donc ? Tu devais passer la soirée à lire, tu avais même un roman de Victor Hugo sur ton fauteuil du salon, j'ai vu le nom en passant.

— Oui, mais après quelques pages, j'ai décidé de sortir prendre l'air, de me défouler un peu, d'aller prendre une bière en ville et de revenir vite à la maison.

— Et tu es rentré quand ?

— Il devait être deux heures du matin, même trois, je n'ai pas remarqué, car je m'étais arrêté dans un autre endroit sur Saint-Michel, près de Crémazie, pour un dernier scotch.

— Et tu appelles ça prendre l'air, toi ? Et drôle pour un horloger de ne pas se souvenir des heures !

— Muriel ! Ce n'est ni l'endroit ni le moment ! Regarde ce qu'ils ont fait ! Je n'ai plus rien, tout ce que je possédais de grande valeur est parti ! Il ne nous reste que des bijoux, du toc par-dessus le marché, et des peccadilles ! Ils ont oublié une ou deux bagues en or, celles pour les communiants, mais les plus chères ont disparu ! Est-ce que des jeunes voyous seraient venus au magasin récemment ? C'est ce que l'enquêteur m'a demandé.

— Non, pas à ma connaissance, nos clients sont toujours les mêmes, jamais d'étrangers et rarement des jeunes comme tu les décris.

— Ils auraient eu un tuyau, je crois, ou bien ils seraient passés devant ma vitrine plusieurs fois.

— Je t'ai toujours dit de ne pas étaler de bagues à diamants dans la vitrine ni de montres de valeur ! Que du pas cher, mais tu ne m'écoutais pas. Tu voulais qu'on te sente riche… Et là, tu l'es encore, mais avec de grosses économies en moins. As-tu prévenu les assurances ?

— Oui, ils vont venir mardi et je récupérerai la presque valeur de tous mes biens. Mais la vitre de la vitrine va coûter cher…

— Arrête de compter, le plus important, c'est que tu n'étais pas là. Ils auraient pu sonner et t'assommer !

— Oui, quand j'y pense, ce fut quand même une bonne idée de sortir, j'aurais pu me faire tuer !

Le lendemain, les enquêteurs revinrent causer un peu avec Jacques et lui dire qu'ils avaient fait leur investigation aux deux endroits visités la veille. Mais, voyant que « sa conjointe » était là, ils n'osèrent l'affronter et lui demandèrent de se rendre au poste en fin d'après-midi, ce que Jacques accepta de bon gré. Avant de partir, le plus jeune, le plus gentil, s'adressa à Muriel :

— Avouez que ce n'était pas prudent de garder des diamants et des montres de prix dans un simple coffret en métal avec un cadenas facile à faire sauter.

Innocemment, Muriel lui répondit :

— À qui le dites-vous ! Je lui ai toujours dit que ça nous prenait un coffre-fort en béton et une cachette plus sûre, comme dans le sous-sol de trois pieds que nous avons. On aurait pu le cacher à côté de la fournaise, mais il tenait à l'avoir toujours sous les yeux et voyez ce que cette erreur lui a coûté !

Un bout de conversation qui fut vite rapporté au gros enquêteur en chef qui s'empressa de le noter et de féliciter son jeune collègue :

— Bon travail, tu as su la faire parler, la madame.

— Sans même l'avoir cherché, patron !

Entre-temps, Muriel avait téléphoné à sa mère pour lui raconter le grave incident dont ils avaient été victimes. Madame Augère, peu sympathique à la cause de son pseudo-gendre, lui avait lancé : « Qu'est-ce qu'y faisait dehors en pleine nuit, ce fainéant ? Il bambochait dans les bars de la ville ? Comme un chat en quête d'une souris ? Tant pis pour lui ! »

Muriel n'insista pas, mais elle avait retenu la réplique de sa mère dont elle ne doutait pas de l'authenticité. Toutefois, comme Jacques devait se présenter au commissariat de police désigné, elle était restée à la maison à mijoter lentement un souper.

Jacques Derais, assis devant les enquêteurs, eut bien du mal à se sortir d'embarras lorsque le plus brusque des deux lui dit :

— D'après la barmaid du bar où vous avez passé une partie de la soirée, vous avez rencontré une fille avec laquelle vous avez dansé un *slow* pour ensuite partir avec elle. Où êtes-vous allé ?

— Comment peut-elle affirmer tout cela, elle ?

— Vous étiez assis au bar, monsieur Derais, et elle vous observait, elle vous trouvait attrayant, selon elle. Une barmaid, ça voit tout quand le client est à seulement deux pieds d'elle. Or, pour corroborer ses dires, qui était cette fille et où êtes-vous allé avec elle ? Vous devez être franc, on a besoin de connaître vos allées et venues, vous savez. Trop de commerçants planifient leurs vols pour soutirer leurs assurances.

— Me prenez-vous pour ce genre de personne ? Je suis en affaires depuis vingt ans et les gens du quartier me connaissent ! Vous doutez de moi ?

— J'ai dit « trop de commerçants » sans vous en accuser, monsieur Derais. Une ou deux réponses et vous serez blanchi, mais ne nous cachez rien, ça va simplifier les choses.

Mal à l'aise, ne pouvant plus mentir à moins d'être considéré comme louche, il leur répondit :

— Écoutez, je suis un homme en couple, il ne faudrait pas ruiner ma vie à deux si je vous avoue quelque chose.

— Non, votre dame n'en saura rien, si rien ne s'impose.

Regardant le plus jeune des deux qu'il trouvait sympathique, Jacques avoua :

— Bien, je suis parti avec une fille qui s'appelait Linda et nous avons loué une chambre dans un *Tourist Room* de la rue Cherrier. Ai-je besoin d'en dire plus ? Si ma conjointe apprenait cela ! On a un enfant à faire vivre...

— Vous connaissiez cette fille ?

— Non, une rencontre d'un soir, elle a tout fait pour qu'on parte ensemble. Après cette aventure, je l'ai déposée non loin de chez elle, elle désirait qu'on se revoie, mais je lui ai laissé un faux numéro de téléphone. Pour moi, ce n'était qu'une histoire d'un soir provoquée par elle. Il y a de ces filles...

— N'allez pas plus loin, nous vous croyons, la barmaid vous a vu partir avec la Linda qu'elle connaît bien et nous n'allons pas remonter jusqu'à elle, pour vous épargner des ennuis. D'ailleurs, vous n'êtes pas le premier que cette fille a séduit. C'est dans ses habitudes, selon la barmaid. Pour ce qui est de l'autre endroit, nous avons vérifié et le barman, qui se souvenait vous avoir jasé alors que vous buviez un scotch au bar, a admis qu'en effet, vous n'étiez resté que le temps d'un drink.

— Oui, l'endroit ne me plaisait pas, il y avait des têtes qui ne me revenaient pas. J'ai préféré payer, partir et me retrouver ici devant vos auto-patrouilles avec les phares clignotants.

— Bon, ce sera tout, monsieur, vous pouvez rentrer chez vous. Pour nous, ce sera vite clos, mais nous continuerons d'enquêter au cas où, par bonheur, on pourrait mettre la main au collet de ces voleurs. On vous le fera savoir… Au tour de vos assureurs maintenant. Bonne chance.

Jacques se leva, leur serra la main poliment, remercia le gros et grand, et sourit au plus jeune qui semblait plus compréhensif, quoique c'était lui, le petit renard, qui avait refilé à son supérieur les propos dérobés à Muriel.

De retour chez lui, après leur bref souper, Muriel lui demanda :

— Je sais que tout cela t'a perturbé, Jacques, mais peux-tu me dire où tu étais hier soir ?

— Non, Muriel, j'ai eu assez de faire une longue déposition auprès des autorités, je ne vais pas recommencer avec toi. Ne te soucie pas des menus détails et songe plutôt à tout ce que nous avons perdu. Je n'ai plus de salive pour répondre à tes questions, il faut que je garde le peu qu'il me reste pour les assureurs demain. Ça va leur coûter cher, j'ai perdu au moins vingt mille dollars en marchandise avec les diamants non montés que je gardais dans une petite pochette dans le coffre. Avec les assureurs, tout va se passer entre nous seulement, tu n'étais pas là, tu n'as rien vu, tu ne connais rien de mes affaires. Ça me surprendrait qu'on te questionne. Je ne m'attends pas à récupérer le *stock* volé, mais avec ce que l'assureur va me verser, selon mes calculs je devrais recevoir au moins trois mille dollars de plus que ce que j'ai perdu. Ce qui devrait me renflouer !

Le lendemain, l'enquête avec les assureurs commençait et elle allait s'avérer plus difficile qu'avec les policiers. Jacques faisait affaire avec la plus petite compagnie d'assurances qui soit, la moins connue, celle qu'il avait choisie parce qu'elle était la moins chère. Il leur avait dit avoir un coffre-fort, mais après examen minutieux et d'après le rapport des policiers, on se rendit compte que ce n'était qu'un coffret de métal avec cadenas. De plus, son alarme reliée aux deux vitrines en cas de vol à l'intérieur du magasin était défectueuse. C'est pourquoi elle n'avait pas sonné et alerté le voisinage. Une négligence de sa part. Quelle chance pour les malfaiteurs, ils n'avaient pas eu à disjoindre le système qui ne put ameuter les proches voisins ! Mais une alarme défectueuse, pour un assureur, c'était tout un tort. Ce qui réglait en partie le méfait de la vitrine. En ajoutant à cela que Jacques n'avait qu'un coffret qu'on avait ouvert d'un petit coup de marteau sur le cadenas, il était cuit. Un coffret de piètre qualité, comme on en trouvait dans toutes les quincailleries. De plus, un coffret bien en vue dans son *back-store*, en tirant un rideau de douche qui le cachait, ce n'était pas brillant. Et facile à trouver pour les voleurs, un simple coup de vent l'exhibait. Jamais aussi bien servis, ces trois-là !

Or, avec tout ce qui était défavorable aux conditions de sa police d'assurance, on l'avisa qu'on allait étudier son cas et lui revenir incessamment avec la décision de la direction de la firme. Restée seule avec Muriel, elle lui avait dit :

— Ça regarde mal, Jacques. Ça va jouer contre toi tous ces oublis.

— On verra bien, il y a si longtemps que je paye mes primes chaque mois. Ils vont cracher, je te le jure !

— En attendant, tu devrais aller prendre une bonne douche… Tu sens tout, sauf toi, mon chéri !

— Oui, j'y vais, mais laisse faire le « chéri » que tu n'emploies jamais. Et ne t'attends à rien de moi ce soir. Je n'ai pas le cœur à ça, je suis contrarié, déchiré !

Jacques Derais, la semaine suivante, apprit avec stupeur qu'il ne retirerait rien de son assureur, pas même un léger pourcentage de ses pertes. Il était en faute de tous les côtés et la porte extérieure de son logement, juste fermée avec un verrou ordinaire, aurait pu servir d'entrée pour les bandits qui n'auraient eu qu'à descendre ensuite pour se retrouver dans le commerce. De plus, des diamants dans une vitrine, la nuit, ce n'était pas permis selon une clause, tout comme des montres de prix à la vue des passants. Jacques avait tout perdu. Il avait menacé de les traîner en justice et on lui avait répondu qu'il perdrait sa cause avec toutes les failles en sa défaveur. Ce qui coûterait, selon l'assureur, pas mal cher pour une réclamation inacceptable de leur part et irrecevable par la Cour. Le comble, c'est qu'on lui répéta le blâme que Muriel avait confié au policier. De peur de payer davantage, Jacques se tut et, lorsqu'il remonta en haut le soir même, il reprocha vivement à Muriel d'avoir divulgué quoi que ce soit au policier. Ce à quoi elle répondit :

— C'était parler pour parler, comme de la pluie et du beau temps !

— Tu aurais dû te la fermer ! Tu as fait une gaffe monumentale. J'avais déjà assez d'ennuis comme ça, et ton petit ajout au sergent a été retransmis à mon assureur. Tu aurais dû souper chez ta mère comme prévu !

— Je lui ai dit ça tout bonnement, ça ne peut pas jouer contre toi, voyons ! Un juge...

— Il n'y aura pas de juge, Muriel, je n'irai pas plus loin et je vais composer avec la plus grosse perte de ma vie, sinon je risque de perdre l'immeuble en plus. Toi et ta grande langue !

— Hé ! Cesse de me blâmer pour un petit travers de ma part. Mon opinion ne vaut rien aux yeux de la loi. Ta cause était perdue d'avance, Jacques. Je savais que ton assureur ne te verserait pas une cenne ! La compagnie roule déjà à perte !

— Le pire, c'est qu'il ne me veut plus comme client. Je suis un paquet de troubles, selon lui. Il me faudra en trouver un autre, mais à quoi bon ? Ils peuvent revenir, ces mécréants, mais tout ce qu'ils trouveront, ce sont tes colliers de bois achetés récemment. Me voilà presque ruiné ! Comment survivre à tout ça ? En empruntant ? À qui ?

— Voyons, Jacques, tu as tout de même de l'argent à la Caisse populaire, tu as des placements...

— Si peu ! Pas assez pour me faire vivre bien des années. Et là, acheter à nouveau des montres et des diamants... Pas avec les prix d'aujourd'hui ! Et mon crédit sera moins respecté quand on apprendra que j'ai été dévalisé. Penser à vendre ? Non, on ne me donnera rien pour mon horlogerie. On voudra juste acheter le contenu et on me laissera avec un magasin vide. Il va falloir se serrer la ceinture, Muriel, jusqu'à ce que je trouve le moyen de remonter la côte. En attendant, peux-tu faire ta part ? Que dirais-tu de ne plus prendre ton salaire ? Ce serait un bon geste pour réparer la bévue que tu as commise. Qu'en penses-tu ? Nourrie, logée, blanchie, compagne de jour et de nuit, que demander de plus ?

— Premièrement je n'ai aucune bévue sur la conscience et, deuxièmement, non Jacques, j'ai besoin de ma paye. J'ai un petit à prendre soin. Je paye une pension à ma mère, j'achète tous les vêtements de Guillaume, je ne peux pas vivre d'amour et d'eau fraîche avec un enfant, et tu le sais. Non, coupe ailleurs, pas mon salaire. Je travaille comme une folle ici, moi, en plus de l'entretien du haut.

— Allons, un petit effort, Muriel, une légère baisse au moins pour un bout de temps et, en échange, je promets de t'inviter à faire une belle croisière dans les Caraïbes dès que je me serai renfloué.

À ces mots, le visage de Muriel s'illumina.

— Tu m'invites vraiment, Jacques ? Toi et moi en croisière ?

— Oui, quand le moment sera propice, ça viendra…

— Alors, j'accepte une baisse de dix dollars par semaine sur ma paye. Je ne peux pas faire plus.

— Ça ira, Muriel. Je comprends qu'avec un enfant…

Et l'horloger n'ajouta rien, il venait de sauver, dans son calcul vite totalisé, cinq cent vingt dollars par année !

Chapitre 10

Muriel ouvre les yeux, les frotte, les referme et les rouvre encore pour jeter un coup d'œil à l'horloge. Il est trois heures du matin. Elle a dormi presque douze heures et revu en images, en rêves et en cauchemars les épisodes de sa vie avec Jacques. Mais ça ne peut pas s'arrêter ainsi, elle doit retourner dans les tourments de son passé, poursuivre sa quête de vérité, revoir ces autres années avant d'avoir été rejetée. Quitte à se faire mal une fois de plus. Quitte à l'aimer pour ensuite mieux le haïr. Quitte à rouvrir une profonde blessure… Quand la clarté du jour sera là en ce dimanche, sa mère et Guillaume reviendront de Saint-Sauveur. Il lui faut encore quelques heures pour aller chercher, moins loin dans sa mémoire, le triste sort qui prenait naissance pour elle. Malgré le creux dans son estomac qui réclamait son dû, elle étira le bras, saisit le verre d'eau de sa commode, l'autre somnifère juste à côté, l'avala, et pria le Ciel de la remettre sur la route de ses déboires, en expirant d'espoir et en fermant les yeux. Le manège porta fruit. Muriel se rendormit et retrouva la route de ses plus mauvaises années.

C'était en 1985, au mois de mai plus précisément, que Muriel Augère fit la connaissance de Fernande, la nouvelle serveuse du restaurant du coin du boulevard Saint-Laurent, là où elle arrêtait parfois pour un beigne et un café. Fernande, femme mariée, mère de deux enfants, était de cinq ans son aînée, mais la chimie passa entre elles et, dès ce jour, elles devinrent confidentes et amies. Peu à peu au courant de son histoire, Fernande en vint à ressentir beaucoup d'empathie pour Muriel et décida de la soutenir par des conseils et des suggestions. Elle s'était rendue chez l'horloger, prétextant vouloir acheter des boucles d'oreilles, et Muriel la reçut avec gentillesse, mais sans démontrer ouvertement le lien amical qui les unissait. Jacques, de son banc, avait souri à la nouvelle cliente et lui avait dit : « Si vous avez des ennuis avec votre montre, je suis là pour vous, madame. » Fernande l'avait trouvé charmant, élégant dans ses manières et fort bel homme. Elle en fit part à Muriel qui lui avait répondu : « Oui, beau à l'extérieur, mais l'intérieur est parfois aussi laid que celui du diable. » Fernande avait annoncé qu'elle venait de prendre le poste de serveuse au restaurant du coin, ce qui fit descendre de plusieurs crans l'admiration que Jacques semblait avoir pour elle. Non seulement était-elle grassette, mais de plus, *waitress* ! Rien pour susciter le respect de l'horloger qui comprenait soudainement que Muriel puisse s'être attachée à elle. *De la même classe !* pensait-il. *De la plèbe comme ma maîtresse ! Polie, gentille, la madame, mais avec sûrement une septième année scolaire ou moins selon son vocabulaire.* Mais ils venaient enfin de se connaître et Fernande en était fière. Elle saurait de qui parlerait Muriel désormais lorsqu'elle descendrait l'homme de sa vie qui n'avait pour tout mérite que d'être bon au lit.

Jacques Derais ne s'était pas remis de son cambriolage survenu quelques années plus tôt. Il ne laissait plus son commerce sans personne pour s'y trouver. C'était lui ou Muriel et, quand ils sortaient ensemble, ils faisaient venir la gardienne comme s'ils avaient « un bébé » à faire surveiller. De rares sorties à deux cependant. Un cinéma parfois, *La Garce* avec Isabelle Huppert qu'il aimait bien et, plus tard dans l'année, *Un amour interdit,* une histoire vraie qui se déroule en Afghanistan, avec Brigitte Fossey et Emmanuelle Béart. Deux films qui avaient laissé Muriel indifférente. Elle avait insisté pour qu'il vienne avec elle voir *Footloose* avec Kevin Bacon, mais peine perdue. Aucun film hollywoodien pour lui et encore moins avec Kevin Bacon qu'il trouvait sans intérêt. C'est donc avec Adrienne qu'elle put enfin voir, avec un cola et un popcorn, ce film qu'elle apprécia vivement.

Au *Pendule*, les affaires roulaient tristement. Jacques, n'en ayant pas les moyens, n'avait pas renouvelé la marchandise qui lui rapportait de si gros profits. Il vendait encore des alliances et des bagues à diamants à quelques jeunes couples, mais il les commandait pour eux à l'aide d'un catalogue après un acompte sur l'achat, ce qui déçut l'un d'eux lorsqu'il vit que le diamant de sa bien-aimée était plus petit dans l'écrin que celui de l'illustration. L'horloger perdait inévitablement des clients à vendre ainsi et Muriel lui avait dit :

— Rentre au moins trois autres ensembles pour ton comptoir, on perd des ventes. Les clients n'aiment pas acheter avec seulement le catalogue.

Et il lui avait répondu :

— Pour se les faire encore voler ? Non, merci.

Il était obsédé par le cambriolage depuis qu'il en avait été victime. Bella, sa mère, ayant appris la nouvelle, en avait été désespérée tandis que son père n'en avait été que désolé, un froid régnait encore entre eux.

À vrai dire, Jacques n'était pas retourné à Edmundston depuis sa violente altercation avec le paternel, et ce dernier n'avait plus remis les pieds à Montréal. Madame Derais correspondait avec son fils, s'informait de Muriel et du bel enfant blond, mais ça en restait là. Guillaume était maintenant inscrit à l'école et réussissait en tout. Un brillant élève selon son institutrice, il allait faire son chemin, selon elle. Adrienne allait le reconduire le matin et le reprendre après les classes, pour lui éviter de traverser une ou deux rues où les voitures ne roulaient pas au ralenti. Content de ses succès scolaires, Guillaume se rendait parfois à pied jusqu'au magasin de la rue Sauvé afin de montrer ses bons résultats à Jacques qui, surpris de ses hautes notes, le félicitait. Tout en se disant intérieurement : *Il doit tenir de son père, cet enfant-là. Sûrement pas de sa mère, c'est une poche côté instruction.*

Néanmoins, à quarante-quatre ans, Muriel était encore ensorcelante avec sa taille de guêpe, son buste ferme, ses hanches découpées et ses jambes superbes. Les hommes la regardaient encore de tous côtés quand elle s'assoyait dans un restaurant. De beaux hommes de sa génération qui la convoitaient, mais que Muriel ne voyait pas, les yeux sur le menu. Même des plus jeunes lui jetaient des coups d'œil furtifs, mais Muriel, n'appartenant qu'à Jacques et personne d'autre, ne pensait plaire à qui que ce soit, à part lui. De son côté, Jacques, toujours attiré par elle et la générosité de ses partages de nuit, s'en servait fort souvent pour assouvir ses bas instincts. Ils formaient un couple magnifique, du moins sur ce plan, ce qui n'empêchait pas l'horloger de se permettre encore quelques écarts de conduite avec des femmes de dix ou quinze ans de moins que lui, avec ce qu'il dégageait de charme malgré ses quarante-six ans. Il ne fréquentait plus les bars de jeunes, ça allait de soi, ni les clubs *cheap* du nord-est de la ville, mais plutôt les halls d'hôtels de qualité où il faisait des rencontres inespérées. Des femmes venues de partout, des Anglaises de Londres, des Belges, quelques Françaises, des femmes riches des autres provinces du Canada et même des Américaines ! Des femmes seules, bien entendu. Des divorcées pour la plupart ou des femmes mariées à de vieux boucs qui ne pouvaient plus les suivre et encore moins les satisfaire. Ces rencontres lui coûtaient un verre pour elles, un pour lui, et la chambre... *su'l bras !* Jacques les comblait et revenait fort souvent dans ces hôtels où, chaque fois, une femme lui souriait. Pour ensuite rentrer tard le soir à la maison et faire l'amour avec Muriel.

Insatiable ! Bestial ! Animal ! Obsédé ! Tout ce dont on pouvait le qualifier, sauf romantique ou distingué. Car il avait appris, avec le temps, que ces femmes de passage ne désiraient pas rencontrer un amoureux, mais un « amant d'occasion ». Avec tous les qualificatifs que ce titre comportait.

Retrouvant la réalité, il avait néanmoins encore des problèmes avec les impôts qui le suivaient à la trace. On le menaçait de saisir son immeuble s'il ne payait pas ses arrérages qui s'élevaient à plusieurs milliers de dollars. Il avait beau leur expliquer qu'il avait été dévalisé, qu'il était presque sans le sou, les menaces pleuvaient de plus belle. À tel point qu'un matin il avait dit à Muriel :

— Si ça continue, je vais tout perdre et fermer boutique. Je n'en peux plus de les voir collés à moi comme des sangsues. On va même perdre le chalet si ça va trop loin…

Puis dans un éclair de génie, il regarda Muriel et lui débita :

— Je viens d'avoir une bonne idée ! Le chalet, on va le mettre à ton nom, Muriel. Pour un bon bout de temps du moins, jusqu'à ce qu'ils me fichent la paix. Après, on refera le transfert. Qu'en penses-tu ?

— Tout ce que tu voudras, Jacques, tout ce qui peut t'aider. Veux-tu que j'appelle ton notaire ?

— Non, ce ne sera pas nécessaire, je m'en charge, mais tu devras passer pour signer les documents.

Sans plus s'en préoccuper, étant de moins en moins intéressée avec ses fins de semaine estivales à Saint-Jovite, Muriel se contenta d'aller signer les papiers sans réaliser vraiment que, soudainement, elle était devenue propriétaire du terrain et du chalet de Saint-Jovite, mais elle se promettait de peinturer l'intérieur et de changer la piscine ronde pour une plus grande de forme ovale, pour que Guillaume puisse nager plus à l'aise avec elle et les quelques amis qu'il invitait parfois. C'était la première fois que Muriel possédait quelque chose qui était bien à elle. Et ce, temporairement ou pas !

Fernande était une bonne personne. Plus âgée que Muriel d'à peine cinq ans, elle avait une fille et un garçon dans la préadolescence, dont elle était fière. Son époux, Marc, avait un bon emploi sur un camion de livraison, mais pour arrondir les fins de mois, Fernande avait accepté ce travail de serveuse dans ce petit restaurant avec un comptoir et seulement quelques tabourets. Elle y travaillait le matin de sept heures à midi, la patronne prenait ensuite la relève. Que des déjeuners à servir et des commandes pour emporter. Rien pour la rendre riche, mais le surplus qu'elle faisait bénéficiait à ses enfants qui avaient toujours besoin de quelque chose pour leurs activités sportives. Elle s'était liée d'amitié avec Muriel lorsqu'elle apprit qu'elle avait également un enfant que sa mère gardait. Peu à peu, elle se rendit compte de ses travers avec Jacques, et elle en arriva à la plaindre. Au point de lui dire un jour :

— Pourquoi tu ne sors pas de là, Muriel ? Avec ton apparence, tu pourrais trouver un autre homme en peu de temps. Tu es gentille, tu es généreuse, tu as toujours le cœur sur la main… Penses-y ! Un autre homme te traiterait avec beaucoup plus d'égards et de respect.

— Peut-être, mais Jacques est particulier et il a été mon premier amour. J'ai souvent des différends avec lui, mais ça se replace tout le temps. On a un coquet logis au-dessus du magasin et comme j'aime vendre des bijoux, je suis heureuse dans ce milieu. Bien sûr que je pourrais trouver un emploi semblable ailleurs et sans doute mieux payé, mais le travail n'est pas ma seule priorité. Notre vie de couple a de bons côtés…

— Je n'en doute pas, mais depuis tout ce temps-là, il n'a pas divorcé et tu ne l'as pas encore épousé comme il te l'a promis. J'ai l'impression que ton statut de…

— Dis-le, de maîtresse ! C'est le mot et ça lui convient, je sais. Mais je préfère me présenter comme sa conjointe ou sa compagne de vie, c'est plus élégant. Les maîtresses sont si mal vues de nos jours. On les prend pour des voleuses de mari, des femmes à se faire vivre, des putes… Et j'en passe ! Le terme a été tellement galvaudé. Mais qui sait si un jour, je ne deviendrai pas madame Derais, même si on doit maintenant garder son propre nom. Ah ! cette fichue Lise Payette ! J'aurais tellement voulu porter le nom de Jacques. Comme ma mère et comme toi, Fernande ! Aux États-Unis, on porte encore le nom de l'homme qu'on épouse. Elizabeth Taylor l'a fait chaque fois qu'elle a changé de mari, ce qui est remarquable.

— Oui, et moi, je suis chanceuse de m'être mariée avant 1981, j'ai pu profiter du nom de famille de Marc et mes enfants n'ont qu'un seul nom à porter, pas deux avec des traits d'union ! C'est encore pire pour les enfants qui portent maintenant le nom de leurs deux parents, car ceux avec un prénom composé ont finalement un nom si long qu'ils ne pourront pas signer leurs chèques plus tard, ils n'auront pas assez de place !

Muriel éclata de rire et Fernande reprit le fil en lui disant :

— Bon, je reviens à toi, Muriel. Est-ce que tu l'aimes vraiment, ton horloger ?

— Si ce n'était pas le cas, je ne serais plus avec lui.

— Il t'est fidèle au moins ? Avec son charme et sa façon de regarder les femmes…

— Ça, on ne sait jamais et j'aime mieux ne pas le savoir. Te questionnes-tu sur ton Marc, toi ?

— Heu… non, je devrais ?

Elles éclatèrent de rire et Muriel, son sac à main sous le bras, remonta la rue Sauvé à pied vers l'est pour reprendre son poste au magasin. Une femme l'attendait justement pour un collier de perles roses qu'elle voulait offrir à sa vieille mère.

Lorsque l'été se révéla enfin et que les enfants furent en vacances, Muriel en profita pour inviter Fernande et sa famille au chalet de Saint-Jovite. Quelques semaines auparavant, elle avait fait assembler une grande piscine ovale que Guillaume appréciait. Les grands enfants de Fernande en seraient aussi très enchantés. Marc devait travailler des heures supplémentaires cette fin de semaine là, du bois de construction à livrer à Chambly, et Fernande s'y rendit sans lui avec ses enfants, Muriel et son petit Guillaume, tous entassés de justesse dans la Chevrolet usagée de la serveuse. Mais la route était belle, et avec cette chaleur de l'été, les jeunes se jetèrent dans la piscine sitôt arrivés. Fernande avait apporté un lunch pour un pique-nique et Muriel avait ensuite préparé un bon souper pour plus tard. Assises à l'ombre, les deux femmes causèrent de tout et de rien, et Muriel lui avoua que Jacques avait dernièrement mis le chalet à son nom.

— Ce qui veut dire qu'il est à toi ?

— Sur papier seulement, c'est quand même lui qui l'a payé.

— Je comprends, mais ne le laisse pas le reprendre, garde-le toujours, il est plus à toi et à Guillaume qu'à lui.

— Mais, c'est quand même son chalet...

— Allons donc, il ne vient plus les fins de semaine, il préfère rester en ville et t'y envoyer avec ta mère.

— Heureusement que maman aime ça ici, mais je pense qu'elle va se reposer cette fois, seule chez elle sans trop de remue-ménage. Guillaume va lui manquer cependant...

— Elle va le retrouver assez vite ! Mais, dis-moi, je ne veux pas être indiscrète, mais ton Jacques t'a-t-il avantagée avec quoi que ce soit, même si tu n'es que sa compagne de vie ?

— Heu, non, oui... j'en sais rien. Je devrais être bénéficiaire de son assurance vie, mais je n'ai jamais vérifié... Il dit que le commerce est à nous deux, mais c'est curieux, je n'ai pas été incommodée par qui que ce soit quand on s'est fait voler. On n'a questionné que lui. Pour le reste, je m'arrange avec mon salaire même s'il l'a diminué depuis le vol et la grosse perte de ses biens.

— Diminué ? Il a baissé ton salaire avec tout ce que tu fais pour lui ?

— De dix piastres par semaine, mais je m'arrange encore bien avec le reste. Une économie ici et là, puis ma mère qui paye beaucoup de choses pour Guillaume. Je lui versais un petit montant chaque semaine et, ayant appris que Jacques avait baissé mon salaire, elle n'a plus voulu que je lui verse la moindre allocation pour le petit. Elle a insisté en traitant Jacques de pingre, de cochon, de malappris et j'en passe !

Muriel se mit à rire, mais Fernande, choquée, lui dit :

— Je commence à comprendre bien des choses… Je vois que ta mère ne l'aime pas trop, ton amant.

— Elle ne l'a jamais vraiment rencontré, Fernande, elle a toujours refusé de le voir. Elle le fuit comme la peste ! Ma mère a la tête dure. Quand elle n'aime pas quelqu'un à première vue, c'est pour la vie. Elle parle de lui en disant « ton horloger » pour éviter de prononcer son nom. Haïr comme ça, c'est pas possible !

— Elle a sans doute raison, ta pauvre mère. Elle a peut-être du caractère, je m'en suis rendu compte, mais quel grand cœur, avec tout ce qu'elle a fait pour ton fiston.

— Oui, je sais, elle a été formidable, elle l'a avec elle depuis sa naissance ou presque. Jacques n'en voulait plus sous notre toit. Ça dérangeait monsieur dans ses lectures.

— Arrête Muriel, sinon tu vas me le faire haïr autant que ta mère ! Déjà que je le trouve chiant !

— Il a quand même ses bons côtés, il peut être merveilleux avec une femme. J'en sais quelque chose, il est encore très beau…

— Oui, ça, je l'admets. Plus beau que mon grand Marc, mais la beauté n'apporte pas à manger !

Elles étaient devenues inséparables pour les confidences et Fernande se permettait même d'aller au cinéma avec elle ou de voir des vedettes sur scène quand les chanteurs français venaient se produire à la Place des Arts comme ce fut le cas pour Gérard Lenorman, Adamo ou Charles Aznavour. Muriel n'était pas friande de musique et des chanteurs, mais elle accompagnait son amie dans ces soirées tout de même divertissantes. Vers la mi-septembre, après la rentrée des classes, Muriel se sentit soudainement mal pendant qu'elle décorait sa vitrine. Elle dut s'asseoir, se tenir le haut du ventre à deux mains et dire à Jacques qui l'avait vue faire :

— Je ne sais pas ce que j'ai, mais ça m'élance. J'ai commencé ça hier soir et c'est pire ce matin.

— Bien, va consulter, va à la clinique médicale pas loin.

— Non, ça va peut-être s'en aller. Sans doute une indigestion, j'ai mangé un sandwich au porc frais pour dîner.

Le soir venu, toutefois, le mal réapparut si fortement que Muriel n'eut d'autre choix qui de se rendre à l'hôpital où on lui détecta des pierres à la vésicule biliaire.

— On va devoir vous opérer madame, on vous garde, lui avait dit le spécialiste à l'urgence. Vous avez quelqu'un pour vous occuper de vos enfants si vous en avez ? Un mari ?

— Je n'ai qu'un enfant, mais il vit chez ma mère, laissez-moi au moins appeler mon mari, c'est l'horloger du quartier.

— Ah oui ? Je le connais, j'ai déjà acheté une horloge antique pour mon vieux père il y a plusieurs années. Je ne suis pas du quartier, mais quelqu'un me l'avait recommandé.

Bon, pour revenir à vos douleurs, le médicament va les apaiser, mais dès demain, après un examen général, on va vous opérer. Sinon, ce sera le jour suivant, selon votre hypertension. Dites, mangez-vous bien ?

— Assez bien. Pas toujours ce qu'on recommande, cependant. Des sandwichs, des hamburgers, ça fait souvent partie de mon menu le midi. Le soir, du foie, de la saucisse, du boudin aussi. Mon mari a sûrement un meilleur estomac que moi et une plus forte vésicule, il mange la même chose que moi et il n'a mal nulle part, lui !

— Il fait sans doute plus d'exercice que vous.

— Ben non, il est assis à longueur de journée sur son banc d'horloger !

Jacques, ayant appris que Muriel était à l'hôpital pour se faire opérer, s'empressa d'appeler l'admission pour réclamer une chambre à trois ou quatre lits, pour être sûr de n'avoir rien à payer. Sa maîtresse n'ayant aucune assurance hospitalisation, pas question de chambre privée dont le prix par jour était assez élevé. On opéra Muriel le surlendemain et l'intervention se déroula assez bien, même si on trouva vingt-sept pierres dans sa vésicule. Au point de se demander si la dame était une adepte de l'alcool, elle qui ne buvait qu'un demi-verre de vin au restaurant italien quand Jacques l'y invitait. Affairé au magasin en son absence, il n'était pas venu la voir encore, pas même le soir, il avait laissé la place à Adrienne qui avait passé deux soirées entières avec elle. Durant le jour, il prétextait ne pouvoir fermer le commerce et perdre des ventes. Et en soirée, il ne s'y rendait pas, même si c'était à quelques coins de rue de son commerce. Le plus surprenant, pas même un bouquet de fleurs avec ses bons sentiments. Rien à part quelques conversations téléphoniques quand c'était elle qui l'appelait. Fernande, qui l'avait visitée à l'hôpital après son travail, fut surprise de la découvrir dans une chambre à trois, elle qui la croyait dans une chambre privée. Encore plus étonnée de ne pas voir un petit bouquet de la part de son mari. Elle avait, bien sûr, sur sa table de chevet, la photo de Guillaume et, juste à côté, de belles roses rouges de sa mère et du petit. Un bouquet qui avait coûté passablement cher à la grand-mère.

Madame Augère était revenue un soir où Fernande s'y trouvait et, commère sur les bords, l'amie chuchota à la mère alors que Muriel sommeillait sous l'effet des calmants:

— Surprenant qu'il ne lui ait pas envoyé de fleurs...

Pompée à souhait, Adrienne lui répondit:

— Vous croyez au père Noël, vous ? Vous vous attendiez à ça de sa part ? Bien non, trop *cheap* pour sortir dix piastres de sa poche, l'écœurant !

Ce qui mit un terme à l'inquisition volontaire de Fernande qui se contenta de sourire et de l'approuver de la tête.

Muriel sortit de l'hôpital avec, cependant, une cicatrice que Jacques n'aima pas. « De la mutilation sur ton corps parfait ! » s'était-il écrié, même si, avec l'évolution de la science, la cicatrice n'était pas comme celles des années antérieures. Pour lui, tout corps se devait d'être sans la moindre anomalie, celui des femmes surtout. Reprenant le boulot après deux semaines de convalescence, Muriel se rendait compte que les nouveautés n'arrivaient pas et que ce qu'ils avaient à vendre n'était que les restes des années précédentes. Ce qu'avaient aussi remarqué certaines clientes qui, sans le dire, allaient de plus en plus au centre d'achats pour leurs emplettes impulsives. De plus, toujours en guerre avec les impôts, Jacques avait dû emprunter, Dieu seul et lui savaient où, une forte somme pour les régler. Muriel avait beau le questionner, il lui répétait: « C'est mon commerce, ce sont mes affaires, ne t'en mêle pas ! »

Depuis son retour de l'hôpital, malgré sa coquetterie retrouvée, il était plus distant avec elle et ne la contentait plus comme il avait l'habitude de le faire. Sa cicatrice, peut-être ? Sa mutilation qu'il ne digérait pas ? Un peu, oui, mais Jacques était de plus en plus épuisé par ses infidélités qu'il n'expliquait même plus à sa maîtresse. Le mari de Fernande qui passait sur la rue Lajeunesse en voiture l'avait aperçu à la sortie d'un motel avec une splendide rousse, alors que madame Augère, lunettes sur le bout du nez, l'avait vu se dandiner sur le boulevard Henri-Bourassa avec une petite brunette à son bras. Elle n'était pas folle, c'était bien lui, ce scélérat, qui avait sûrement dîné avec cette fille au restaurant chinois en vogue du quartier. Elle s'était empressée d'appeler Muriel et lui raconter qu'elle avait vu son supposé mari avec une fille. Et, cette dernière, comme pour l'excuser, l'avait interrompue pour lui dire ;

— Je sais, maman, une femme rousse dans la trentaine, c'est sa nouvelle comptable.

Médusée, choquée, la mère avait rétorqué :

— Non Muriel, une petite brunette écourtichée dans la vingtaine. Il la tenait par la taille, le sans-gêne ! Pas même peur d'être vu par des clientes de son horlogerie. Ah ! je te le répète, moi à ta place...

Et Muriel, indignée et bouche bée, avait vivement raccroché en lui disant qu'un client venait d'entrer. Qu'allait-elle faire ? Il ne se contentait plus d'aller la tromper dans le centre-ville, il se permettait même les alentours de son immeuble. Deux rues au nord, une rue à l'est, il lui importait donc peu d'être vu ? Ce que désirait Jacques Derais, c'était de se sentir encore capable de séduire une femme du regard et de l'inviter à l'indécence aussitôt fait, ce que la plupart acceptaient. Il avait cessé d'aller traîner dans des halls d'hôtels et de conquérir les femmes de passage pour se retrouver au bar avec l'une d'elles. Au comptoir des réservations on avait détecté son manège et on l'avait regardé si sévèrement qu'il avait abandonné cette pratique occasionnelle pour ne plus remettre les pieds dans ces endroits avant de s'attirer des ennuis.

Le temps des Fêtes se présenta et comme Anne, ma sœur Anne, Muriel, ne voyant rien venir de sa part, accepta l'invitation de Fernande de se joindre à sa famille pour un souper des Fêtes. Ce à quoi son amant ne s'opposa pas, bien au contraire ! Il allait avoir le chemin libre, la liberté totale. Il encourageait même Muriel à se rendre chez Fernande pour le « bien-être » de Guillaume. Fernande n'avait pas invité Jacques, sachant qu'il allait refuser et, de toute façon, son mari ne pouvait le supporter. Elle avait même dit à Muriel : « Qu'il reste seul à s'ennuyer ! » Ce qui n'allait peut-être pas être le cas... Il était convenu que la parenté de Marc se joindrait aux convives ainsi que des personnes du côté de Fernande. Le temps venu, Muriel, que sa mère avait déposée en voiture avec Guillaume, avait apporté un gâteau aux fruits cuisiné de ses mains qui fut très apprécié, ainsi que des poinsettias pour la table. De son côté, Fernande avait offert des chocolats à la menthe et pour Guillaume, ses grands enfants, Stéphanie et Martin, avaient acheté un jeu de poches que le petit apprécia grandement puisqu'il remporta deux parties sur quatre. Adrienne, quant à elle, était chez sa cousine où elle passait aussi la journée du lendemain. Après de longues heures fort appréciées de la part du petit, surtout, qui avait apprécié la compagnie des deux grands enfants du couple, Fernande ramena Muriel et son fiston à la maison vers dix heures du soir, et le jour de Noël prit fin sur le plaisir de Guillaume qui jouait aux poches une dernière fois avec sa mère, avant de se mettre au lit.

De son côté, laissé à lui-même, Jacques était allé on ne sait où, mais c'était à croire qu'il avait déniché des endroits un jour de Noël ! Il était revenu avec du rouge à lèvres sur son poignet double de chemise blanche, un détail que Muriel remarqua lorsqu'elle fit sa lessive la semaine suivante. Mais à quoi bon ! *Sans doute la petite brunette avec laquelle il avait dansé et que, trop petite, elle avait laissé sa trace en se collant...* pensa-t-elle. Humiliée une fois de plus, elle savait néanmoins qu'il était obsédé par le sexe et qu'il lui fallait rendre d'autres femmes heureuses. Elle fermait donc les yeux pour ne pas perdre la part de ses ébats charnels avec lui.

En 1987, presque deux ans après ces péripéties, Jacques reçut un bien triste coup de fil de son père. Sa mère qu'il aimait tendrement venait de mourir à Edmundston, presque subitement, d'une embolie pulmonaire. Septuagénaire, Bella semblait très en forme, mais les froids de décembre et la grippe la diminuèrent de beaucoup. Émile était inconsolable et se demandait comment il allait survivre sans sa douce moitié. Jacques n'eut d'autre choix que de se rendre à Edmundston, en avion cette fois, et Muriel n'insista pas pour le suivre, elle ne voulait pas revoir son « beau-père » et avait demandé à Jacques d'acheter des fleurs en son nom pour sa mère qu'elle appréciait grandement. Jacques lui avait répondu :

— Bien, des fleurs en janvier, ce n'est pas donné. Fais-lui plutôt chanter une messe ou allume un gros lampion à l'église.

La veille de son départ, Rachel lui téléphona pour lui dire qu'elle allait prendre le même avion que lui pour assister aux funérailles de sa belle-mère qu'elle avait beaucoup aimée. Très peiné, après avoir parlé avec son beau-père, ce dernier l'avait informée que Bella serait incinérée et qu'elle reposerait dans une niche qu'il venait d'acheter au complexe funéraire. Il avait aussi choisi l'urne dans laquelle les cendres allaient être conservées. « Je ne veux pas l'enterrer, Rachel. Si jamais je déménage d'ici, je peux reprendre l'urne, vendre la niche et en racheter une autre là où j'irai. Je veux reposer auprès d'elle quand viendra mon tour. » Et c'est en causant avec son beau-père qu'elle apprit que son mari s'y rendrait par le vol du lendemain qu'elle s'était empressée de réserver pour elle aussi.

Heureux de la voir à l'aéroport, Jacques avait fait en sorte qu'ils soient assis ensemble dans l'avion, ce qui leur fut accordé vu le nombre de sièges vacants. En cours de route, après les condoléances d'usage et les bons mots à l'endroit de Bella qui s'était envolée au paradis, Rachel lui demanda si son père avait en tête de revenir un jour à Montréal.

— Je n'en sais rien, il est très attaché au Nouveau-Brunswick, à Edmundston en particulier où il a un bon nombre d'amis, des retraités comme lui.

— Mais comment va-t-il faire, seul dans sa maison ?

— Il va se débrouiller, il cuisine très bien et il a une femme de ménage, la même depuis des années. Je ne suis pas en peine pour lui. Ma mère le secondait beaucoup, mais c'était lui le maître de la maison.

— En arrivant, je vais commander des fleurs pour qu'on les livre au salon où ta mère sera exposée.

— Bonne idée, et si ça ne te dérange pas, demande-leur de signer Rachel et Jacques sur la carte. Pour mon père et ses amis, nous sommes encore un couple marié, ça fera plus élégant, plus distingué.

Rendu à la maison d'Émile Derais, ce dernier les reçut avec amabilité, surtout Rachel qu'il adulait. Très courtois avec son fils cependant, il lui redisait comment sa mère était partie vite, sans avertissement, sauf son angine passagère qui avait dû lui jouer un tour. Mais sans souffrir, elle avait rendu le dernier souffle en s'endormant, avant même qu'on puisse l'amener à la clinique ou à l'hôpital.

— Sans même s'échanger un dernier mot ! avait-il ajouté, la larme à l'œil.

Rachel, compatissante, le consola d'une main sur l'épaule et lui répondit d'une voix à peine audible, gagnée par l'émotion :

— Ne vous en faites pas, elle vous parlera encore de là-haut.

Le père, encore secoué par la mort subite de son épouse, avait demandé à la femme de ménage de préparer les deux chambres d'invités à l'étage. Il avait pensé à tout, deux chambres au cas où le couple aurait préféré être séparé et non en prendre une seule pour deux. Jacques, néanmoins, jugeait qu'il était plus de mise d'avoir chacun leur chambre, ce qui serait plus respectable pour la défunte en ces heures de deuil. Ce qui avait fait sourire Rachel qui avait tout compris. Le soir venu, quelques parents éloignés et des amis s'étaient réunis pour rendre un dernier hommage à la disparue. Devant la vague de condoléances, Émile avait versé quelques larmes et Jacques avait senti une boule lui serrer la gorge. Il aimait bien sa mère, elle avait toujours pris sa part depuis qu'il était petit. Elle l'avait, contrairement à son père, entouré de tendresse et de compréhension durant toute sa jeunesse, même lorsque sa sœur Diane était encore en vie. Jetant un coup d'œil parmi les hommages floraux déposés en chapelle ardente, Jacques remarqua l'énorme bouquet de roses blanches de la part de sa femme et lui. Un envoi fort coûteux que Rachel, évidemment, avait payé. Mais Émile les remercia tous deux de ce geste plus que généreux. Une courte cérémonie et, devant les témoins présents, Bella Derais reposait maintenant dans son urne de porcelaine mauve qu'on allait déposer dans la niche qu'il avait choisie pour deux. Puis, fourbu par la journée,

Émile se retira dans sa maison, n'ayant pas la force d'accompagner sa bru et son fils au restaurant le plus près de chez lui. Rachel et Jacques s'y rendirent donc seuls et, après avoir encore causé du départ soudain de Bella, de quelques invités que Jacques connaissait peu, à part un oncle et son épouse, Rachel en profita pour informer son mari que Chantal allait se marier le 11 juillet avec un jeune médecin fraîchement reçu comme généraliste. Un beau couple selon elle, et Chantal, pour plaire sans doute à sa belle-famille, avait demandé que son père la conduise à l'autel et accompagne sa mère pour la réception, même s'ils ne vivaient plus ensemble. Ce que l'horloger, orgueilleux comme un paon, ne pouvait refuser, même s'il n'avait pas vu sa fille depuis quelques années. Pour la circonstance, il ferait laver et cirer sa Thunderbird comme si elle sortait du concessionnaire. Puis, grattant ses fonds de tiroirs, il achèterait pour les mariés un imposant vase en cristal qu'il obtiendrait d'un grossiste qui voulait s'en défaire. Tout ça, en quelques minutes, lui était passé par la tête. Il n'allait pas inviter son père, encore en deuil de sa chère femme pour le mariage de sa petite-fille, mais il savait que ce dernier allait faire parvenir un généreux montant d'argent à sa seule et unique descendante qu'il aimait tant.

Le jour des noces de Chantal et Sylvain se leva sur une journée si humide qu'on pouvait ressentir trente degrés Celsius à l'ombre. Jacques, levé tôt, avait mis un temps précieux à se mettre en valeur. Un beau smoking noir qui lui allait encore bien, une chemise blanche avec boutons de manchettes en argent solide, la boucle noire d'occasion qu'il avait retrouvée dans un tiroir de sa jeunesse, ses chaussures bien cirées, les cheveux bien coiffés, frais rasé, il avait tout d'un acteur de cinéma, fin de la quarantaine. Muriel lui avait dit qu'elle était désolée de ne pas être à son bras, beau comme il l'était ce jour-là. Pourtant, depuis un certain temps, Jacques avait remarqué qu'il perdait ses cheveux sur le dessus de la tête, qu'un trottoir s'y dessinait. Il le cachait en se coiffant autrement, mais il devait aussi camoufler un petit bedon que personne ne lui reprochait, surtout pas Muriel qui le trouvait encore plus attirant avec ce petit ventre velu qui s'atténuait le soir sur elle.

Mais au mariage de la fille de son amant, c'est sa femme, délaissée ou pas, qu'on attendait, pas sa maîtresse de tant d'années. Jacques était passé prendre Rachel à son domicile et elle descendit pour monter dans sa voiture avec le sourire aux lèvres. Peu jolie cependant, elle affichait le temps qui passait avec ses cheveux très courts et à peine coiffés, son tailleur bleu foncé sur un chemisier blanc, ses souliers marine ni hauts ni plats, à peine surélevés. Bien mise certes, mais comme une femme de son âge comparativement à Muriel qui en paraissait dix de moins qu'elle. Mais ce qui intéressait Jacques, ce n'était pas Rachel, mais lui-même. Il avait hâte de faire sensation à ce mariage où les gens le regarderaient beaucoup plus que sa femme, et ce fut le cas. Lorsqu'il franchit l'allée avec sa fille à son bras, on murmura sur la beauté de Chantal et sur le très bel homme qu'elle avait comme père. Fort heureusement pour elle, Chantal n'avait rien de sa mère, elle avait tout pris de son père physiquement, sauf son caractère et son défaut le plus évident, sa pingrerie. Le marié, qui n'avait jamais vu son beau-père, le remercia d'un large sourire lorsque Jacques lui offrit la main gantée de sa fille. Très à la mode, elle portait une robe sensationnelle que sa mère avait payée à prix d'or. Puis un long voile de tulle garni de dentelles et une jolie coiffure descendant aux épaules qui laissait ressortir son teint de pêche et ses lèvres légèrement orangées.

Le mariage fut fort sympathique et le père du marié semblait bien s'entendre avec le père de sa bru. Ils causèrent longuement avec la mère de Sylvain également et, quand vint le moment d'ouvrir la danse, Jacques remarqua que son gendre n'était pas aussi beau que lui-même l'était à son âge et qu'il avait une jambe arquée. Par contre, aucun défaut physique chez sa fille de vingt-cinq ans qui était sa copie conforme. Ce fut le père du marié qui défraya les coûts de la noce. Jacques, s'en étant approché, lui avait murmuré :

— Puis-je vous aider ? D'habitude, c'est le père de la mariée qui paye, mais comme je ne voyais pas souvent ma fille, je n'y ai même pas pensé. Vous savez, loin des yeux…

— Non, non, monsieur Derais ! C'est moi qui règle tout. Votre plus belle contribution, c'est d'avoir fait une superbe fille qui fait le bonheur de mon fils.

Un compliment qui ravit ce cher Derais, tandis que sa femme, qui avait entendu, ne prisait guère ce propos, étant aussi génitrice de sa charmante fille que son mari. Jacques, par politesse, avait dansé avec Rachel, et les autres convives avaient aussi envahi le plancher de danse. Ensuite comme pour être encore plus poli, il avait invité une capiteuse femme aux cheveux noirs, dans la trentaine, pour un *slow* qui débutait. Ils dansèrent collés tous les deux et Jacques se sentit mal à l'aise quand il se rendit compte que la cuisse de la belle insistait sur la sienne. D'autant plus que le cavalier de la jolie divorcée les avait à l'œil. Jacques la remercia et, heureusement pour lui, la rencontre n'alla pas plus loin. Trente minutes plus tard, souhaitant un réel bonheur à sa fille et à son gendre, il se préparait à partir lorsque Rachel lui reprocha en sourdine :

— Tu pourrais rester plus longtemps, c'est aussi ta fille, pas seulement la mienne.

— Non, Rachel, j'ai fait mon devoir et je suis très heureux pour elle, mais je préfère rentrer. De toute façon, ils vont aller se changer très bientôt avant de s'envoler à Nassau, et je ne tiens pas à rester avec cette grande famille.

— Comme tu voudras. Merci d'être venu, mais tu devrais au moins aller saluer les parents du marié. Le père de Sylvain est un avocat réputé.

— Oui, je sais, bien sûr que j'irai les saluer, mais je dois me rendre à la salle de bain avant de partir.

Et c'est en sortant des toilettes que Jacques, faisant mine de se diriger vers les invités, emprunta plutôt le chemin de la sortie et fila à l'anglaise. Il avait eu du succès ? Des compliments ? Des sourires des femmes ? On l'avait apprécié ? C'était là tout ce qu'il avait cherché et trouvé !

Très satisfait de sa journée, content aussi de la montre de poche que Muriel avait vendue, il remit ses *jeans* et son *t-shirt* et reprit, pour la dernière heure restante de la journée, son banc d'horloger. Pleinement heureux surtout que le somptueux mariage de sa fille unique ne lui ait rien coûté !

Chapitre 11

Dans un saut de presque deux années, Muriel se retrouva dans ses méandres au début de l'année de ses pires épreuves, 1989. La situation financière de son amant s'aggravait. La caisse et les banques refusaient de lui prêter, en raison de ses démêlés antérieurs avec ses impôts et le piètre inventaire de ses biens.

Désespéré, il s'adressa à Rachel qui, de bonne foi, accepta de lui avancer quelques milliers de dollars pour lui permettre d'entrer de nouvelles marchandises et de garder ainsi sa clientèle. Ce dont Muriel n'avait pas eu vent, croyant qu'il avait plutôt emprunté d'une société fiduciaire à gros intérêts. Il acheta quelques montres dernier cri, des horloges murales modernes et non antiques pour être plus à la mode, et des bijoux que Muriel déposa en vitrine pour attirer les femmes qui se rendaient dans les centres commerciaux des alentours. Pas de gros achats pour l'instant, mais juste assez pour attiser la curiosité des gens du quartier.

Jacques réparait de moins en moins de montres, les gens changeaient eux-mêmes les piles achetées dans les magasins à rayons quand elles étaient à sec. À part cela, quoi réparer dans une montre ? Des dames âgées venaient encore changer leurs bracelets de cuir usé ou leur « batterie », incapables d'ouvrir elles-mêmes la montre. Sans parler de quelques immigrants qui louaient de tout petits enclos n'importe où, et qui réparaient montres et horloges à moitié prix. Un savoir-faire rapporté de leurs pays d'origine et adopté par plusieurs clients pour sauver quelques dollars qu'ils mettraient sur les denrées.

Mal en point, *Le Pendule* n'avait que son affiche respectable et le sourire de Muriel pour garder les clients les plus fidèles à son établissement. Désemparé tout de même, Jacques avait demandé à Muriel s'il pouvait baisser encore son salaire d'un autre cinq dollars par semaine pour lui donner un coup de main. Elle protesta vivement, lui disant qu'elle ne pouvait se permettre une plus petite paye avec son fils qui grandissait et qui avait besoin de tant de choses. Son refus était catégorique, mais attendant que la nuit vienne, Jacques revint à la charge après l'avoir comblée plus que d'habitude sur le matelas humide, et elle accepta la baisse de son salaire en l'embrassant à bouche ouverte, les deux mains encore agrippées à ses hanches fermes. Il l'avait eue ! Comme le profiteur qu'il était ! Exactement comme il l'avait eue chaque fois qu'elle refusait de collaborer avec lui dans sa piètre misère.

Pourtant, certains soirs ici et là, il trouvait le moyen de sortir et de s'envoyer en l'air avec des filles d'occasion. Ce qui lui coûtait certainement un peu plus que le petit « cinq piastres » par semaine qu'il venait d'arracher à sa maîtresse. Mais, encore sous son emprise, Muriel fermait les yeux sur ses ignominies, de peur de ne plus profiter de lui au creux de leur lit.

En février, alors que les gens partaient pour le sud, Cuba, Acapulco ou Fort Lauderdale, Muriel les enviait de les savoir au soleil pendant que l'hiver faisait rage à Montréal. À la Saint-Valentin, son cher petit Guillaume lui avait acheté un cœur en chocolat avec les sous économisés que sa grand-mère lui donnait. Il en avait même eu assez pour offrir une *Cherry Blossom* à sa grand-maman qui adorait la crème rose et la cerise de cette boule de chocolat dans sa petite boîte carrée qu'elle achetait fréquemment. Puis, pour lui montrer qu'on l'aimait bien lui aussi, sa grand-mère et sa maman lui offrirent une boîte avec des petits cœurs remplis de guimauve, une friandise que le petit adorait.

Jacques, de son côté, n'avait rien offert à Muriel, pas même un souper au restaurant bon marché. Il s'était montré ravi cependant de la voir vendre des cœurs en or sur chaînes à de jeunes hommes pour leur blonde, ainsi que des breloques avec un cœur gravé d'un *Je t'aime,* que des hommes mariés achetaient à plus gros prix pour leur femme ou pour… une autre ! Ce que l'horloger ne questionnait pas quand c'était lui qui effectuait la vente. Il avait dit à Muriel, la fin de la semaine précédant l'événement : « Nous allons tout déposer à la Caisse. Il est temps de gonfler mon compte et de tenter petit à petit de le ramener comme il était avant que je retire beaucoup d'argent pour remplacer la marchandise volée durant le cambriolage. » Une mésaventure tragique qu'il ne parvenait pas à oublier. Cupide à outrance, il voulait sans cesse épargner pour déposer, c'était presque maladif.

Un samedi, alors que Muriel s'apprêtait à se rendre au marché pour la commande hebdomadaire, il lui avait dit :

— Donne-moi ta liste ! À partir d'aujourd'hui, c'est moi qui vais y aller !

Devant sa surprise et ses protestations, il lui avait débité :

— Tu dépenses trop, tu ne regardes pas les prix, tu achètes des choses inutiles…

Épuisée de son verbiage, elle lui lança la liste qui tomba par terre, en lui disant :

— Alors, vas-y si tu te crois meilleur que moi ! Pourquoi ne pas aller acheter mes serviettes sanitaires, un coup parti ?

Lorsqu'il revint après une heure ou moins, elle déballa les sacs de provisions et constata que la moitié de ce qu'elle avait écrit ne s'y trouvait pas. Fâchée, elle lui lança :

— Il manque plusieurs choses, tu n'as même pas acheté les confitures aux fraises que j'avais inscrites.

— Parce qu'il en reste encore dans le pot, j'ai vérifié.

— Que le fond, Jacques ! Tu t'en fous, toi, tu n'en manges pas !

— Ce sera pour la prochaine fois, d'ici là, si tu en manques, il y a de la marmelade dans le réfrigérateur.

— Je n'aime pas ça et tu le sais ! Il n'y a que toi qui en manges ! De plus, je m'aperçois que toutes les choses que tu as achetées sont de marques bâtardes, rien comme d'habitude.

— Tout ceci était en vente, Muriel ! Il faut savoir regarder les spéciaux ! Ta moutarde n'a pas besoin d'être celle qu'on annonce, il y a la marque du marchand beaucoup moins chère. Sans oublier les coupons-rabais que je découpe dans les circulaires et qui réduisent davantage le total de ma facture. Et puis, arrête de tout passer au peigne fin et regarde sur la facture ce que j'ai économisé.

— Oui, je vois, quatre dollars et quarante cennes ! Toute une économie !

— Mieux vaut avoir ça dans nos poches que dans celles de l'épicier. C'est avec des cennes qu'on fait des piastres !

Muriel n'ajouta rien, d'autant plus qu'une semaine plus tôt, Jacques avait refusé qu'elle suive des cours de conduite. Il avait commencé par lui dire :

— Pas en hiver, c'est trop glissant sur les routes.

Pour ensuite enchaîner :

— Et puis, pourquoi conduire ? Je t'amène chez ta mère au besoin et, pour magasiner, ça se fait à pied. Ta mère a sa voiture pour vos sorties...

— Oui, mais je veux conduire. J'attendrai au printemps dans ce cas, mais je veux suivre des cours, ne pas dépendre de ma mère.

— Ne te mets pas en tête de conduire ma Thunderbird ! Tu risquerais de l'endommager et puis tu vas vider le réservoir d'essence dans le temps de le dire ! Non, mauvaise idée, inutilité pour toi, je suis là, ta mère aussi.

Muriel n'ajouta rien sur le sujet, se jurant bien qu'elle finirait par conduire ou, du moins, suivre des cours et obtenir son permis, sans le lui dire. Mais comme elle était d'attaque ce jour-là, elle termina avec :

— Ça s'en vient la croisière dans les Caraïbes qu'on doit faire cette année ? Je n'ai pas encore vu les brochures, c'est pour quand ?

— Tu viens de le dire : « Ça s'en vient ! » Attends, tu verras.

— On fait quand même pas de telles croisières en juillet ! C'est l'hiver qu'il faut réserver et s'y rendre.

— C'est faux, on en fait à longueur d'année. Pour l'instant, on a des ventes à envisager. On doit penser à Pâques, aux mariés du printemps, j'ai déjà vendu une bague à diamants à un jeune couple.

— Oui, je l'ai vue. Le diamant est si petit que la fiancée aura besoin d'une loupe pour l'apercevoir.

— Qu'importe, ils y sont allés avec leurs moyens et moi, j'ai eu mon plein profit. Tu iras le déposer.

— Non Jacques, si tu prends charge de l'épicerie, tu iras faire tes dépôts toi-même. J'en ai assez de marcher jusqu'à la Caisse tous les deux jours pour des dépôts de quarante piastres ou moins. C'est devenu gênant… Prends tout en charge un coup parti !

— C'est bon, j'irai, moi. Ça ne me gêne pas de déposer ne serait-ce que cinq dollars, les caissières sont là pour ça… En passant, as-tu remarqué le savon pour la lessive que j'ai acheté ? Même quantité que le tien, Muriel, mais soixante-cinq sous moins chers !

Fernande n'en revenait pas de tout ce que son amie lui rapportait. Comment pouvait-elle rester un jour de plus avec un être de la sorte ? Il réglementait tout, elle marchait au doigt et à l'œil, il en était même arrivé à contrôler sa vie en lui disant qu'elle n'avait pas besoin de voir son Guillaume aussi souvent, à moins que sa mère vienne la chercher. Il n'avait plus envie de la reconduire aussi fréquemment sur la rue Laverdure.

Le 18 février, alors qu'il faisait un « frette noir » dehors : « Demande à ta mère de venir te prendre ! » lui avait-il crié de son banc. Comme si le froid intense qui sévissait n'allait pas affecter Adrienne autant que lui !

Fernande était vraiment découragée. Comment Muriel pouvait-elle aimer à s'en damner un monstre d'homme comme celui-là ? Tentant de la « brasser », de lui faire voir et comprendre le bon sens, elle avait entrepris avec elle de trouver des informations sur la succession de Jacques auprès du notaire. Ce dernier, réticent, commença par lui dire qu'il n'était pas d'usage de divulguer des renseignements sur son client, mais connaissant Muriel intimement et la trouvant fort sympathique, il lui répondit à mots couverts que l'immeuble de la rue Sauvé n'appartenait qu'à Jacques, qu'elle n'y détenait aucune part et que, bref, elle n'avait rien d'acquis sauf le chalet ou, plutôt, le « camp d'été » qu'il lui avait cédé pour se mettre à l'abri de l'impôt.

— Tu auras au moins ça ! lui avait clamé fermement Fernande.

— Ben, j'sais pas. C'est à lui... répondit naïvement Muriel.

Chaque jour ou presque apportait ses accrocs au sein du couple. Au début de mars, il lui avait demandé tout bonnement :

— Pourquoi Guillaume ne revient-il pas vivre avec nous ? Maintenant qu'il est assez grand, il ne dérangerait pas...

— Vivre où ? Dans ton coin de lecture que tu lui céderais ?

— Non, dans la petite pièce au-dessous de l'escalier.

— Quoi ? Mais voyons donc ! C'est une remise à balais et à tout ce qui sert pour le ménage de la maison !

— J'ai quand même pris les mesures et si on sortait ces cochonneries de là, on pourrait y mettre un lit pliant.

— Non, toi, tout ce que tu veux, je te vois venir, c'est avoir les quelques piastres que je donne à ma mère de temps en temps. N'importe quoi pour m'arracher ce que tu as perdu lors de ton vol ! Ça ne finit plus ! Guillaume est très bien chez ma mère, il est dorloté, traité comme un petit prince, il a sa propre chambre, plus grande que la nôtre, et il en est très heureux. Parfois, je me demande si tu as toute ta tête !

Piqué à vif, insulté, il lui répondit :

— Je pense qu'il faut avoir plus que sa tête pour être plongé dans le livre *Tout l'opéra* de Gustave Kobbé ! Présentement, je suis dans l'œuvre de Richard Wagner. Ça te dit quelque chose, *Tannhäuser* ? Sûrement pas !

— Tu te vantes de connaître l'opéra et tu n'y vas jamais. C'est parler pour parler...

— On ne va pas à l'opéra seul. Lors de l'Expo 67 à Terre des Hommes, Rachel m'accompagnait et nous avions vu *Les*

Contes d'Hoffman de Jacques Offenbach. Présentement, je n'y vais pas, mais j'en écoute à Radio-Canada en lisant dans mon petit boudoir.

— Grand bien te fasse, comme on dit. Moi, l'opéra pis tes poètes et tes auteurs français, je m'en fous pas mal, c'est du chinois pour moi !

— Pas besoin de me le dire, je connais tes limites !

À part sa complicité de nuit avec lui, Muriel commençait à se détacher de « l'homme de sa vie » durant le jour. Elle le trouvait de plus en plus exécrable et en était venue à ne plus s'en faire avec les quelques appels douteux de femmes qu'il recevait. Non seulement étaient-ils trop nombreux, mais ceux auxquels elle avait répondu lui indiquaient que ces femmes ou ces filles étaient de classe moins qu'ordinaire. Pour un féru de femmes du monde, il se contentait de n'importe quelle sauterelle quand venait le moment de satisfaire ses besoins charnels. Sur ce plan, c'était inconditionnel, quel que soit l'âge ou l'allure d'une fille de rien, il était subjugué quand elle portait un parfum, aussi *cheap* pouvait-il être. Il ne déboursait rien, bien entendu, sauf que Muriel remarquait que des boucles d'oreilles disparaissaient parfois de son comptoir. Sans doute celles qu'il glissait dans sa poche avant d'aller à la chasse aux proies. Même en plein jour, prétextant une visite à un fournisseur qui la plupart du temps n'existait pas.

Fernande en était venue à le haïr autant que madame Augère, mais elle ne pouvait rien faire contre lui, Muriel y était encore solidement attachée. En mars, Fernande appela son amie pour lui demander :

— Ça te dirait de venir à Disneyworld avec Guillaume et Stéphanie qui aimerait revoir ce qu'elle a vu quand elle était petite ? Marc nous accompagnera et ma belle-sœur s'occupera de Martin qui ne veut pas suivre.

— J'aimerais bien, Fernande, mais comment faire avec le magasin, les ventes, tout ce que je fais ici ?

— Nous serons partis que quatre jours, Muriel, pas un mois. Nous reviendrions en début de semaine, ce qui te permettrait de te détendre un peu et de rendre Guillaume heureux.

— J'aimerais bien, je te le répète, mais il y a le coût de l'avion, de l'hôtel… Je n'ai pas les moyens, Fernande, pas cette année.

— Si tu trouves un prêt pour les billets d'avion, je me charge de l'hôtel et de tes dépenses sur place. Je louerai un appartement avec studio que tu pourrais occuper avec ton fils. Moins grand que la chambre, mais confortable avec un divan-lit que tu ouvres le soir.

— Bien, c'est gentil à toi d'y avoir pensé, mais je ne veux pas être à ta charge de la sorte. Dommage pour Guillaume, mais il devra attendre pour rencontrer Minnie Mouse et Goofy. Si ma mère était plus jeune…

— Écoute, nous pourrions emmener Guillaume avec nous, il serait en parfaite sécurité avec Marc qui veille tellement sur les enfants. Et comme le petit m'aime bien… Qu'en dis-tu ? Ça t'éviterait un conflit avec Jacques et un seul billet d'avion à défrayer…

— Ah ! Guillaume serait si content ! Laisse-moi en discuter avec maman ce soir et je te reviens dès demain. Mais que vais-je faire pour son école ?

— Il ne manquera que deux jours seulement, et un pieux mensonge, ça ne tue personne. Il aura un rhume ces jours-là !

Le soir, après que Jacques fut installé dans son havre de paix avec son livre et la musique de Mozart en sourdine, Muriel appela sa mère de la cuisine et lui fit part de la proposition de Fernande. Madame Augère, enchantée pour son petit-fils qu'elle adorait, offrit à Muriel de débourser le coût du billet d'avion pour son « cher trésor ». L'enfant était fou de joie à l'idée de rencontrer Roger Rabbit dont il venait de voir le film *Qui veut la peau de Roger Rabbit ?* Guillaume aimait beaucoup Fernande et son mari et se sentait privilégié d'avoir leur grande fille Stéphanie pour le guider dans Disneyworld. Madame Augère lui avait demandé de ne pas en parler à ses amis à l'école pour éviter que les professeurs se rendent compte du pieux mensonge de sa mère, et l'enfant sut retenir sa langue.

Lorsque Jacques apprit que Guillaume allait à Disneyworld avec Fernande et son mari, il avait hoché la tête en disant à Muriel :

— Nous aurions pu l'emmener, nous aussi.

— Ah oui ? Quand ça ? Dans la semaine des quatre jeudis ?

Guillaume était revenu enchanté de son petit voyage où il avait pu voir plusieurs de ses personnages préférés, même la petite Sirène en personne dans un bassin d'eau, après être allé dans les manèges avec Marc plusieurs fois, car Fernande et Stéphanie n'étaient pas des adeptes de trucs qui tournaient trop, se contentant d'un tour en petit bateau sur l'étang avec l'enfant. Muriel, au retour de son fiston, le serra fort dans ses bras, elle aimait tant son enfant qu'elle aurait décroché la lune pour lui. Et Guillaume, si gentil, si grand cœur, lui avait rapporté un souvenir ainsi qu'à sa grand-mère avec l'argent que Muriel lui avait remis pour ses menues dépenses. Il avait pensé à elles plutôt qu'à lui. Un enfant venu du Ciel, un caractère doux et affectueux, très studieux en classe, très amical, généreux envers les autres et laissant présager le bel adulte qu'il allait devenir. Un enfant plus que parfait selon sa mère. Un enfant hors du commun, comme Jacques n'aurait jamais pu lui en faire un !

Le vendredi 31 mars, Jacques s'était levé de fort mauvaise humeur. De sa fenêtre il avait vu que l'hiver persistait et qu'il neigeait comme en décembre, ce qui ne serait pas bon pour les affaires de la fin de semaine. De plus, les ventes qu'il espérait pour Pâques ne s'étaient pas avérées telles qu'imaginées. Son chiffre d'affaires, comparé à celui de l'année dernière à pareille date, avait fondu de vingt pour cent. Les clientes, de plus en plus averties, se réfugiaient dans les centres d'achats, surtout ceux intérieurs, et magasinaient au gré de leurs impulsions. L'une d'elles, croisée par Muriel, s'était fait demander :

— Quelles jolies boucles d'oreilles vous avez ! Elles viennent d'où ?

Et la dame de lui répondre :

— De pas loin, juste de la pharmacie, ils ont maintenant des carrousels de bijoux près de l'entrée.

Ce qui enragea Muriel, non parce qu'elle détestait la compétition, mais parce qu'elle n'avait pas en magasin d'aussi jolies boucles d'oreilles que celles que la dame portait. *Une vente de moins!* pensa-t-elle. Et ça se comprenait puisque les présentoirs du *Pendule* n'avaient que des bijoux de l'an dernier ou d'avant à offrir. « Du vieux *stock* ! » comme lui répétait Fernande, lorsqu'elle venait la chercher et entrait pour quelques moments pendant que Jacques était affairé à son banc avec ses lunettes d'horloger sur le nez, ce qui l'excusait de ne pas la saluer. Or, comme la période de Pâques avait été plus qu'ordinaire, Jacques avait dit à Muriel :

— Nous allons finir le printemps et passer l'été avec ce que nous avons. Plus rien ne va rentrer dans ce magasin, plus rien ne va sortir de ma caisse pour des achats, on ne vend pas !

— Mais on va vendre encore moins si on a rien de nouveau pour camoufler les vieilleries.

— Pas grave ! On trouvera toujours quelqu'un pour acheter ce qui est encore neuf. À crédit s'il le faut ! Après on verra, mais chose certaine, avec des ventes comme j'ai eu pour Pâques, plus d'achats, besoin de rien si on t'appelle, à moins que ce soit en consignation.

— Non, dans les bijoux bon marché, on ne reprend rien.

— Alors, tant pis ! Vends tes colliers de l'an passé, tes bracelets aussi... Change le satin de ton étalage, il commence à être sale.

— Je veux bien, mais je te préviens, ça coûte cher le satin à la verge, c'est pas donné…

— C'est bien simple, fais-le juste nettoyer ! Le Chinois va te faire ça pour presque rien.

— À moins de mettre toute la marchandise de la vitrine en vente…

— Surtout pas ! Au plein prix ! Avec le plein profit ! On n'est pas ici pour faire la charité, Muriel, mais pour se renflouer. Tu sais avec le vol…

— Ne va pas plus loin, je ne veux plus entendre parler de ton vol, c'est loin derrière nous. Enlève-le de ta tête, ça vaudra mieux, pis plonge tes yeux dans ton livre de mille pages sur l'opéra, ça t'évitera de te lever comme un enragé parce qu'il a encore neigé !

Au mois de mai, l'horloger était songeur. La tête tellement dans les nuages que Muriel se demandait ce qu'il complotait en lui-même. La veille de la fête des Mères, il lui avait dit :

— Là, si on ne fait pas de bonnes affaires, on n'ira pas plus loin.

— Que veux-tu dire ? Tu vas fermer le magasin ?

— Non, peut-être vendre, me lever définitivement de mon banc et passer à autre chose.

— À quoi ? Tu ne sais faire que ça, Jacques. Nous pourrions peut-être réfléchir. Tu as un autre genre de commerce en vue pour nous ?

Et ce qui fit sursauter Muriel, c'est qu'il lui répondit :

— Pas nous, moi ! C'est de mon avenir qu'il s'agit.

Puis, vint le mois de juin où tout était encore plus catastrophique pour les affaires. Les entrées d'argent étaient si minimes qu'il était difficile pour Jacques Derais de mettre cent dollars en un mois dans son «bas de laine». Il avait loué un petit coffret à la Caisse dans lequel il déposait ses économies, gêné à son tour d'aller au guichet avec son livret pour un dépôt de vingt dollars ou moins. Et pour mieux se prémunir contre les dangers qui le guettaient, il avait enfoui dans son coffret bancaire deux montres de prix, deux bagues à diamants parmi les plus chères, sans que Muriel, affairée à remplir ses vitrines dénudées des surplus des années passées, se rende compte de rien. Mais, ce que cachait l'horloger dans ce coffret bancaire était loin de ce qu'il devait un peu partout. Ça couvrait à peine les intérêts. Et c'est à ce moment que l'idée diabolique lui traversa l'esprit. Il devait à tout prix se défaire de Muriel, la sortir de sa vie, respirer seul. Sans amour pour elle, il ne l'avait d'ailleurs jamais aimée, sauf pour le vice auquel elle se prêtait, il lui serait donc facile de l'oublier dans le lit de tant d'autres.

D'autant plus que Muriel commençait à faner ! Pour lui, après quarante ans, une femme n'avait plus la fermeté de son corps de trente ans. Il en rencontrait pourtant dans la quarantaine lors de ses ébats d'un soir. Quand sa proie était au diapason de ses attentes bestiales, il ne comptait ni le temps ni l'heure, pas même son âge.

Le 28 juillet, alors que Muriel regardait à la télévision le film *Déjà vu,* avec Jaclyn Smith et Shelley Winters, Jacques lui demanda de baisser le volume de l'appareil, il tentait d'écouter du Chopin dans son coin de lecture. Elle maugréa quelque peu et il en profita pour ajouter en passant près du salon :

— J'ai reçu les brochures sur les Caraïbes !

Tout excitée, elle se leva d'un bond pour s'exclamer :

— Comme je suis contente ! On part quand ?

Sagement, comme s'il réfléchissait, il lui répondit :

— Pas sûr d'y aller avec toi dans les Caraïbes.

Croyant qu'il plaisantait, pour jouer le jeu elle répliqua :

— Pas grave, pendant que tu seras dans les Caraïbes, moi j'irai à Saint-Jovite !

Elle croyait qu'il allait rire, mais il n'en fit rien et lui répondit sérieusement :

— On en discutera demain si tu veux bien.

Intriguée, elle s'était couchée le soir, collée contre lui, prête à tout pour qu'il lui dévoile la date de leur départ, mais curieusement, il était plus distant, il se retenait même pour contrer sa dépendance quotidienne qui le tenaillait, pour lui murmurer dans un effort :

— Pas ce soir, Muriel. Je suis fatigué et je n'ai pas le cœur à cela. J'ai trop de choses en tête à régler… On se reprendra, si tu veux bien.

Déçue, ne comprenant pas ce refus que rien, d'habitude, n'aurait entravé, elle devint suspecte, mais se demandait de quoi… Il était étrange ce soir-là, il l'avait été toute la journée. Quelque chose le tracassait. Le lendemain, samedi, après un bref déjeuner, il descendit à la boutique, mais comme il n'avait aucune montre ni horloge à réparer, il remonta et confia le commerce à Muriel pour une partie de la journée. Vers cinq heures, voyant que les clients n'allaient pas affluer, il lui demanda de fermer et de compter les recettes de la journée. Un collier de pierres de lune à six dollars et une paire de boutons de machettes avec étui, à dix dollars, plus taxes dans les deux cas. Donc, un dépôt de moins de vingt dollars, cette fois. Sans rembourser les taxes, bien sûr, il demandait à Muriel de ne pas leur remettre la facture si les clients ne l'exigeaient pas. Rien pour les gouvernements, si possible, ils l'avaient trop pressé comme un citron durant les dernières années.

Or, le magasin fermé plus tôt que prévu, il demanda à Muriel de monter avec lui, de se détendre dans un fauteuil pendant qu'il prenait l'autre, afin de lui parler. Intriguée, elle s'ouvrit une boisson gazeuse, déboucha une bière légère pour Jacques, et ne se doutant de rien, attendait qu'il parle :

— Ce que j'ai à te dire ne va pas te plaire, je le sais, mais il me faut être franc. J'ai les billets pour la croisière, mais ce n'est pas avec toi que je vais la faire.

— Tu plaisantes ou quoi ? Tu m'as promis depuis des années de m'y emmener ! Si c'est une farce, elle n'est pas drôle !

— Non, Muriel, je suis sérieux. Tout est planifié et c'est avec ma femme que je la ferai.

Muriel faillit s'évanouir, mais se ressaisissant, elle répondit :

— Quoi ? Avec Rachel ? Voyons donc ! Vous ne vous fréquentez plus depuis le mariage de Chantal. Tu ne lui parles jamais !

— Non, tu serais surprise, on communique encore, rien ne s'est éteint entre nous. Et pour ce qui est de la croisière…

— Hey ! tu me l'as promis ! Tu ne vas pas me faire ça, Jacques ! J'attends ce jour depuis des années ! Et là…

— Je vais t'avouer bien honnêtement que si je pars avec Rachel, c'est qu'elle défraie le coût de son billet ainsi que ses dépenses. Je n'ai pas les moyens de le faire pour deux, tu le sais.

— Tu pourrais vider ton petit coffre à la Caisse, je ne suis pas une femme qui te coûte cher…

— Trop pour ce qu'il me reste d'argent, Muriel. Or, comme je me suis embarqué avec un assez bon dépôt dans ces réservations, c'est Rachel qui va prendre ta place. C'est décidé, elle a accepté sans hésiter.

— On sait bien ! Tout pour me mettre des bâtons dans les roues, elle ! Pour m'humilier, m'éclipser, me nuire… Elle m'a toujours détestée, ta femme, et c'est vice versa. Mais elle a le beau jeu, elle a de l'argent, elle peut tout acheter, tout payer !

— Tu as tout compris, Muriel, mais ça ne s'arrête pas là, notre conversation.

— Quoi d'autre, alors ?

— Bien, reste calme, car ce que je vais te dire ne va pas te faire plaisir.

Muriel, inquiète, regardait par terre, puis relevant les yeux, lui déclara :

— Vas-y, ne te retiens pas, une autre baisse de salaire ?

— Non, pas cette fois. Je veux que tu partes, que tu sortes de ma vie, je veux qu'on se quitte à tout jamais, Muriel. Je veux que tu ramasses tes affaires et que tu quittes mon appartement dans les cinq jours qui vont suivre.

Tremblante, rivée sur place, elle parvint à retrouver son souffle pour lui lancer :

— Tu me mets à la porte, si je comprends bien ! Comment peux-tu me faire ça après dix-huit ans de vie à deux ? De sang-froid et aussi brutalement ? Dix-huit ans à attendre que tu m'épouses alors que tu n'en as jamais eu l'intention. Pas mal salaud, ça !

— Pas d'esclandre surtout, le bail est terminé entre nous, voilà tout. Tu fais tes valises et tu pars le plus tôt possible, ce qui nous évitera toute prise de bec. Je ne veux pas aller plus loin avec toi, je n'en ai plus envie, on ne forme plus un couple, tu ne m'as jamais vraiment aimé.

— C'est faux, je t'aimais de tout mon cœur, Jacques. C'est toi qui ne m'as jamais aimée. De toute façon, tu es incapable d'aimer une femme, que ce soit Rachel ou toutes les autres croisées sur ta route. Et Dieu sait qu'elles ont été nombreuses. Avoue au moins que j'ai raison.

— Je rends les femmes heureuses, Muriel, c'est déjà beaucoup.

— Oui, si on partage tes obscénités, Jacques. Mais aimer de cœur, jamais ! Tu n'as même pas été capable d'aimer ta propre fille ! Tu es un lâche et un égoïste de la pire espèce !

— Ne mêle pas Chantal à notre conversation. Elle n'a rien à y voir !

— Encore heureux que tu te rappelles de son prénom, mais passons, je n'ai pas terminé. Tu n'as jamais aimé et jamais tu ne le pourras, parce que tu n'aimes que toi et les garces que tu rencontres pour tes orgies. J'ai souvent eu l'impression d'en faire partie, tu sais, mais avec tout le travail que j'accomplissais au magasin ainsi qu'au logement, je me disais que tu devais avoir moins de considération pour moi, que je n'étais pas qu'une femme de plus dans ton lit. Reste à voir maintenant... Mais tu oublies que j'ai bûché à tes côtés durant tes nombreux déboires depuis toutes ces années, moi. J'ai travaillé énormément, je t'ai donné le meilleur de mon savoir-faire pour un salaire de famine ! De plus, j'ai été comme ta femme, j'ai entretenu ton linge, ton appartement...

— C'est normal, nous le partagions.

Brève interruption de sa part et elle poursuivit :

— Si cela ne veut rien dire, si tout ce que j'ai fait pour toi ne te remue même pas, inutile d'aller plus loin, mais laisse-moi te dire en terminant que ça prend un écœurant pour se débarrasser de sa femme après toutes ces années, en quelques heures seulement.

— Pas ma femme, Muriel, ma maîtresse. Ma femme est encore Rachel, ne l'oublie pas.

— Que tu devais divorcer pour m'épouser. Ce que tu n'as jamais fait ! Plus salaud que toi, cherche-le ! De plus, j'avance en âge, tu préfères les femmes pour ne pas dire les filles plus fermes comme je l'étais lorsque tu m'as connue. J'approche de la cinquantaine, toi tu y es déjà, pourtant. Mais on sait bien, un homme, ce n'est pas pareil... Dix-huit ans de ma vie que tu as pris, les plus belles années, Jacques. Et tu me regardes froidement comme si, toi, tu n'avais rien perdu de ton charme d'antan... Un poète, un féru de belle musique, un amateur de cinéma français. C'est vrai que ce n'est pas pareil pour la plupart des hommes, mais ce n'est pas ton cas, Jacques. Le temps fait son œuvre chez toi aussi, le petit ventre, le visage plus rond, les cheveux qui se dispersent peu à peu, les rides qui lentement se creusent... On n'a pas toujours trente ans, n'est-ce pas ?

Piqué au vif, se prenant encore pour le nombril du monde, Jacques se leva et, la désignant du doigt, répliqua :

— Toi, tu sors d'ici le plus vite possible, Muriel Augère ! Tu remplis tes valises de tes affaires, tu vides la garde-robe et les tiroirs, tu prends tout ce qui est à toi et tu déguerpis avant que je m'emporte. C'est fini, Muriel ! Refais ta vie comme je referai la mienne !

— Ah oui ? Avec qui ?

— Avec Rachel pour le moment, nous reprenons notre vie à deux. C'est elle qui te remplacera à l'horlogerie. Elle connaît tous les rouages du métier. Elle était là bien avant toi...

Ne pouvant se battre contre la légitime qui revenait dans le portrait, Muriel préféra se taire et se rendre à sa chambre où, sur son lit, elle pleura à chaudes larmes. Elle faisait peine à voir, elle était livide, elle ne pouvait croire ce qui lui arrivait. Étendue sur le dos, regardant au plafond, elle attendait qu'il se manifeste pour mieux lui dire ce qu'elle avait sur le cœur, mais il ne se montra pas. Allongé dans son fauteuil inclinable, Jacques avait préféré passer la nuit loin d'elle. Sans même se déshabiller. Et pendant que Muriel pleurait et que l'écho se rendait jusqu'à lui, il haussa le son de son opéra *La Traviata* pour ne pas l'entendre, puis ferma les yeux et s'endormit comme un loir.

Le lendemain, ils ne s'adressèrent pas la parole, ils s'évitèrent jusqu'à la fin de journée, lui dans son boudoir avec sa musique classique, elle au salon devant le téléviseur, le téléphone à la main, expliquant à Fernande à voix basse et en sanglotant, ce qui lui arrivait.

Le lundi matin, après une douche rapide, une rôtie et un café avalés en vitesse, Jacques Derais descendit ouvrir le commerce. Deux heures plus tard, malgré une ou deux clientes qu'il dut servir lui-même, il vit Muriel apparaître, bien vêtue, la coiffure replacée, qui lui dit :

— À partir d'aujourd'hui, je ne travaille plus ici. C'est le jour de mon congédiement et signe-le-moi, ce sera nécessaire pour que j'obtienne mon assurance chômage.

Sans répondre, il s'empressa de la congédier sur papier et, le lui remettant, ennuyé d'avoir à vendre lui-même des colliers de plastique blanc, il lui débita :

— Si tu comptes ne plus travailler ici dès maintenant, il faudra te hâter à quitter l'endroit. Je ne vais pas me payer la semaine qui vient tout seul, Rachel va prendre la relève.

— Je serai partie d'ici mercredi soir, le temps d'emballer mes choses et de demander à ma mère de venir me chercher.

— Je peux toujours aller te déposer...

— Non, Jacques, ma mère fera le court trajet. Je ne veux plus être assise, ne serait-ce qu'une seconde, aux côtés de l'homme qui m'a rejetée.

— Ne recommence surtout pas, nous ne sommes plus à l'étage...

— Ne t'en fais pas, je ne ferai pas de scandale devant les clients, ils auront tout le temps d'apprendre ce qui m'est arrivé. Ma mère se chargera de les renseigner.

— Si tu nuis à ma réputation, Muriel, ça risque de te coûter cher.

— Quelle réputation ? Celle d'un salaud qui met sa compagne à la porte pour reprendre sa femme ? Celle de l'horloger distingué qui a baisé toutes les putes du quartier ? Celle…

— Arrête, ne va pas plus loin où je te fais expulser de mon commerce.

— Pas nécessaire, je passe la fin de la journée avec Fernande, elle m'attend justement à la porte avec sa voiture. Je l'ai appelée, on va aller prendre un bon dîner ensemble, j'ai tant de choses à lui confier.

Puis, prenant son sac à main et s'essuyant les yeux une fois de plus, Muriel passa la porte et monta à bord de la voiture de Fernande qui lui dit, en la voyant chagrinée :

— Surtout pas de larmes, Muriel ! Pas devant moi ! Ça fait cinq ans que je te dis de le quitter, ce vaurien ! Tu ne l'as pas fait, c'est lui qui a eu le dernier mot en te demandant de partir. Bien là, c'est fait ! Et ta vie va prendre un autre tournant sans cette ordure qui te maltraitait.

— Pas physiquement, il n'a jamais levé la main sur moi. Agressée moralement, peut-être, j'étais sous son emprise, mais il était quand même mon amant.

— Ne prononce plus ce mot, Muriel, ça te diminue. Parce que pour parler d'un amant il faut n'avoir été que sa maîtresse. Et tu as été beaucoup plus que ça pour lui, tu as même été sa servante ! Alors, si tu ne veux pas qu'on prenne son parti, ne t'associe pas à des noms qui pourraient te nuire. Dis juste que tu as quitté le plus infidèle des chiens sales qui soit ! Tout le monde comprendra ! Et puis…

Mais tout s'arrêta ! Muriel Augère, réveillée en sursaut après ce cauchemar de sa dernière année avec lui, regarda l'heure et sursauta. Il était presque l'heure où sa mère reviendrait en taxi de la gare d'autobus. Se levant en titubant après une si longue évasion de la réalité, elle se rendit à la cuisine et se prépara d'une main tremblante par la faim qui la secouait, deux croissants avec du beurre et de la confiture, une banane et un café. Ce qui peu à peu lui permit de retrouver ses forces. Se rendant à la salle de bain, elle refit sa toilette du mieux qu'elle put en se coiffant avec la brosse de sa mère et en s'appliquant un peu de rouge à lèvres et du cache-cernes sous ses yeux meurtris. Plus présentable, elle ouvrit la radio à une station de musique de détente et, ne croyant pas au pouvoir de cette musique sur elle, elle baissa le volume et réalisa avoir revécu en une nuit et une demi-journée toutes ces années avec Jacques, en plus de moments et de conversations qu'elle n'avait pas vus ni entendus. Comme si le Ciel avait voulu qu'elle sache tout du terrible Satan qu'il avait été pour elle.

Avec l'appui de situations jamais vécues sous ses yeux, les doutes avaient fait place à la réalité dans ce long délire jumelé aux cauchemars. Elle entendit soudain une portière de voiture et vit, par la fenêtre, le taxi dans lequel se trouvaient ses deux êtres chers. Son fils rentra le premier et, la voyant, se jeta dans ses bras en lui criant :

— Tu aurais dû voir la piscine de la cousine de grand-mère, ma marraine, à Saint-Sauveur ! Tellement grande que je me suis baigné tout le temps ! Elle m'a aussi donné des cadeaux et de l'argent ! Regarde, c'est beaucoup !

Muriel le serra sur sa poitrine, le couvrit de baisers, lui replaça tendrement ses cheveux décoiffés par le vent, puis voyant surgir sa mère, elle l'embrassa et devant l'air inquiet de cette dernière, elle la rassura :

— C'est fait, maman, j'ai tout revécu et je viens de faire la paix avec moi. Ce que j'ai vu de toutes ces années était si odieux que le deuil en sera vite fait. Pour ce qui est du sevrage de cet animal, je m'en charge.

— Heureuse pour toi, ma fille. Ces émotions négatives à cause de ce truand seront bientôt derrière toi. Tes craintes et tes tourments partis, tu vas enfin reprendre vie, et ton amie Fernande va en être ravie. Moi aussi !

Chapitre 12

Un mois plus tard, alors qu'elle soupait avec Fernande dans un restaurant du centre-ville, cette dernière lui demanda :

— Ça te dirait d'aller voir un film au dernier programme d'un cinéma pas loin ?

— Peut-être. Lequel ?

— *Three Men and a Baby* avec Tom Selleck et Ted Danson. On présente deux films, mais on ne regardera que celui-là. Je ne l'ai jamais vu et ça nous changera les idées.

Elles s'y rendirent et, après avoir beaucoup ri, Muriel avait dit à son amie :

— Tu as l'art de me détendre, toi ! C'était très bon ! J'ai beaucoup apprécié.

— Tu oublies peu à peu ce qu'ont été tes dernières années ?

— Dix-huit ans, Fernande ! Mais ça se désintègre de plus en plus dans ma tête. Depuis mon long retour en arrière dans mon sommeil, je ne suis plus la même. C'est comme si le

Bon Dieu m'avait délivré du mal qui me rongeait pour m'accorder une seconde chance.

— Bon, tant mieux ! Le temps est un grand maître, ce qui nous vaudra un parcours amical plus agréable. Et pour ta mère, donc !

— Oui, pauvre elle, mais elle ne me reproche plus rien, elle ne parle même plus de lui, elle est moins à pic qu'elle l'était et elle se voue entièrement au bien-être de Guillaume.

— Heureusement que tu as ce fils en or, Muriel.

— C'est la plus belle chose qui me soit arrivée de ma triste histoire. Le prix de consolation le plus précieux que le Ciel a pu m'envoyer. Je ne suis pas épouse, je ne le serai jamais, mais je serai mère à plein temps et ça me réjouit. Vivre pour son enfant est la plus grande bénédiction qui soit.

— Il ne faut pas déposer les armes sur ce que le destin a peut-être en réserve pour toi.

— Oh non ! Jamais plus ! Je m'appartiens enfin, tu saisis ? Je ne dépends plus de personne et je ne veux plus que cela m'arrive.

— Chat échaudé craint l'eau froide, à ce que je vois. Tu as pensé à chercher du travail prochainement ?

— Un peu, mais je vais me remettre d'abord de cette longue vie de misère, profiter de mon assurance chômage pour le faire et je verrai ensuite. Je pourrais retourner dans une lingerie comme je faisais avant de le connaître, lui…

— Tu vaux mieux que ça, Muriel. Essaie de regarder un peu plus haut quand le moment viendra. On rentre maintenant ? J'ai des déjeuners à servir, moi, demain matin.

— Je sais et je te plains, tu te lèves si tôt, mais c'est toi qui voulais aller au cinéma. *Mea culpa*, non ?

Entre-temps, Rachel et Jacques étaient allés faire cette croisière où l'horloger s'était ennuyé à mourir. Que du vieux monde ou presque à bord du paquebot, que des escales peu intéressantes sur le parcours et, comme compagne, sa femme depuis tant d'années, celle qu'il avait jadis quittée et qui lui revenait par la bande. Il la regardait avec ses lunettes à monture brunes et ses cheveux courts non coiffés, et détournait la tête. Il lui arrivait chaque jour de penser qu'il aurait été mieux de perdre son dépôt sur les réservations que de s'imposer Rachel à ses côtés. Il ne l'aimait pas, bien entendu, elle avait tout ce qu'il n'aimait pas d'une femme, mais il devait s'efforcer d'être un agréable compagnon de voyage. Il avait certes remarqué, de sa chaise longue, une assez jolie femme, bien tournée, la cinquantaine avancée, mais cette dernière l'avait complètement ignoré. À cinquante ans ou plus, accompagné de sa femme, il n'était guère intéressant pour qui que ce soit. Seul un jeune homme dans la vingtaine, assis avec sa grand-mère sur le pont, pas loin de Jacques, lui avait lancé un sourire invitant. Un homosexuel, sans doute, qui avait détecté en cet homme encore beau et plus âgé, une bête de sexe. Voilà où en était rendu le plus grand séducteur de femmes de la planète. Mais il avait vite détourné la tête, quasi insulté d'attirer ainsi un jeune mâle, tandis qu'à Montréal…

Lors de cette fabuleuse croisière, il honora Rachel qu'une seule fois. Une fois de trop selon lui, et sans la regarder dans les yeux. Il avait encore en tête la Muriel de ses beaux jours et celles qui avaient fait son bonheur d'un soir dans le centre-ville. C'est d'ailleurs en pensant et en revisitant ces nuits de débauche qu'il parvint à rendre quelque peu heureuse sa femme ce soir-là. De retour de voyage, la vie allait reprendre son cours à l'horlogerie et Rachel allait nettement s'en mêler. Elle injecta encore de l'argent pour rafraîchir les comptoirs et les vitrines avec des nouveautés, et elle lui fit acheter des montres plus populaires qu'elle avait choisies elle-même, dans des prix plus abordables. Pour le logement du haut, elle avait réengagé la femme de ménage qui, de surcroît, allait faire les emplettes avec une liste établie par elle.

Les affaires semblaient vouloir reprendre leur cours, mais ça ne rendait pas Jacques plus heureux. Il semblait dépressif, démoli, peu enclin à reprendre le dessus et à faire du *Pendule* ce qu'il était naguère. La seule présence de Rachel qui retournait chez elle chaque soir, sauf le vendredi parce qu'ils fermaient trop tard, l'incommodait. Il avait peine à la regarder avec ses tailleurs sobres, sans maquillage, ses lunettes avec cordon pour ne pas les perdre, ses blousons fleuris retenus par un camée, ses souliers plats, et ses cheveux foncés, bouclés comme ceux d'une vieille dame. Propre, il en convenait, mais rien de jeune en cette femme d'à peine cinquante-deux ans. Et encore moins le corps lorsqu'il le comparait à celui de Muriel. Les vendredis soir étaient devenus des supplices pour lui quand il devait lui faire l'amour par devoir, sans en éprouver le moindre désir. Par obligation seulement, par gratitude pour son aide précieuse et son argent bien utile en ce moment. Pour tout, évidemment, sauf de pouvoir être encore celui qui avait été si fort, si intense dans les ébats amoureux. Avec elle, la position du missionnaire, rien d'autre. Rien de comparable à ce qu'il avait vécu avec Muriel au creux de ce même lit, pas si loin derrière lui, avec encore, imbibées sur le matelas, ses pires vulgarités. La réalité, hélas, dépassait de beaucoup ses pulsions quand il repensait aux autres, dont sa petite Lison jamais revue, jamais oubliée.

Néanmoins, averti par Rachel de la réconciliation du couple et du départ de la maîtresse, Émile Derais, au bout du fil, avait sauté de joie. Sa chère Rachel qu'il aimait tant revenait dans la famille et, par conséquent, sa petite-fille Chantal aussi ! Il avait dit à Rachel :

— Ah ! si seulement Bella était encore là ! Comme elle serait contente d'apprendre tout ça. Et la maîtresse partie... Bon débarras !

Il avait même écrit à Jacques pour le féliciter d'avoir retrouvé la raison et d'envisager un meilleur horizon de vie avec Rachel et sa grande influence sur lui. Une lettre que Jacques avait froissée de la main pour ensuite la jeter au panier.

Se croyant délivrée de Jacques, Muriel reçut un appel de sa part un certain matin pendant que sa mère était chez l'épicier et le petit à l'école.

— Muriel ? C'est moi. Ça va ? La santé est bonne ?

— Oui, mais que me vaut ton appel ? Je ne tiens pas à garder le contact avec toi, Jacques.

— Moi non plus, mais c'est question d'affaires. Il faudrait que tu passes chez le notaire et que tu signes une remise du chalet à mon nom. Il est temps que je reprenne mon bien.

— Non, mon bien, Jacques ! Tu me l'as cédé et je le garde !

— Voyons, je te l'ai cédé en attendant que les impôts me lâchent, mais il est à moi, c'est moi qui l'ai payé. Il était entendu entre nous que…

Elle l'interrompit pour lui dire sans demi-mesure :

— Avec tout ce que tu as pris de mon salaire au cours des années, je crois qu'il est autant à moi ! C'est la seule chose que j'ai pu avoir à moi en me faisant mettre à la porte. Je suis sortie de chez toi le cul sur la paille, ne l'oublie pas !

— Toujours un beau langage à ce que je vois… Mais tu ne vas pas t'en tirer comme ça, je vais te poursuivre, tu recevras une mise en demeure et tu paieras tous les frais d'avocat si tu me forces à me rendre jusque-là ! Appelle le notaire, il te dira que ce chalet est bien à moi !

Sur ces mots, Muriel lui avait raccroché au nez, elle venait de reconnaître l'amant de ses mauvais jours qu'elle tentait d'oublier. Se versant un autre café, elle attendit de reprendre son souffle pour appeler chez le notaire qu'elle rejoignit sans effort ce matin-là. Aimable au bout du fil, il se montra fort agréable envers Muriel qu'il aimait bien. Elle lui fit part de la requête de Jacques, de ses menaces, et le notaire de la rassurer :

— Madame Augère, sur papier, le chalet est bel et bien à vous et il n'était pas question de « bien temporaire ». Il vous l'a cédé en entier, il a signé, il est à vous ! S'il veut vous poursuivre, libre à lui, mais en ce qui me concerne, si on m'interroge, le chalet de Saint-Jovite appartient en bonne et due forme à madame Muriel Augère, vous seule, personne d'autre. Ne vous en faites pas, selon moi, il n'a pas de cause en main. Ne vous laissez pas intimider. Et je vais l'aviser de ce pas de ne plus vous importuner à moins que vous changiez d'idée...

— Non, sûrement pas, c'est la seule chose que j'ai retirée de lui pour toutes ces années. Ce sera l'héritage pour mon fils qui n'a jamais rien reçu de lui, pas même un sac de chips ! Merci de m'avoir rassurée et conseillée, vous êtes un ange ! Sans vous, j'aurais recommencé à mal dormir à cause de lui.

L'après-midi s'écoula, le notaire fort occupé avec d'autres clients avait presque oublié Jacques Derais auquel il s'intéressa en fin de journée. L'atteignant à son travail alors que Rachel était encore là, il parvint à lui dire :

— Monsieur Derais, je suis désolé pour vous, mais le chalet appartient à Muriel Augère. Vous le lui avez transféré de bonne foi et comme elle tient à le garder...

— Voyons, notaire ! Un papier de ce genre, ça peut se transformer avec une clause quasi cachée. Vous en êtes capable, non ?

— Je regrette, mais je suis un honnête homme et jamais je ne ferais une chose pareille. Comment osez-vous ? Mon sceau est sur chaque document que je rédige, celui de cette donation incluse. Si madame Augère ne veut pas venir signer et vous remettre le chalet, c'est son droit, je ne peux rien faire d'autre que de m'incliner devant sa requête et, comme je l'ai bien compris, elle ne vous le cédera pas.

— Je vais la poursuivre en justice ! C'est du vol ! J'ai payé ce chalet de ma poche !

— Cause perdue d'avance ! lança le notaire en l'interrompant. Vous ne pourrez rien faire contre elle. Elle invoque son enfant pour le garder, et les juges sont sensibles sur ce sujet. Moi, si j'étais vous…

— Bien, justement, vous n'êtes pas moi et je vais le ravoir ce chalet ! De plus, comme vous ne semblez pas vouloir m'aider avec un ajout sur la donation, je vous retire tous les dossiers que vous avez avec moi. Il y a d'autres notaires.

— Libre à vous, monsieur Derais, mais je ne fléchirai pas sur ce qui est malhonnête. Je vous le répète…

Mais Jacques, furieux, avait déjà raccroché. Se tournant ensuite vers Rachel qui le questionnait du regard, il lui raconta l'épisode du chalet de Saint-Jovite, du camp d'été plutôt, de sa donation à Muriel, de son refus de le lui remettre, des avocats qu'il engagerait, lorsque Rachel, calme et pondérée lui dit :

— Allons ! Oublie-la, la cabane en bois dont tu parles ! Laisse-la-lui, les mouches noires aussi !

Mais Jacques Derais n'avait pas dit son dernier mot. Par l'entremise d'un client, étudiant en droit, il lui fit parvenir une lettre singulière réclamant le chalet de Saint-Jovite. Sitôt reçue, Muriel la montra à Fernande qui lui donna un bon conseil qu'elle suivit. Quatre jours plus tard, Jacques trouva dans sa boîte aux lettres une enveloppe blanche avec son nom écrit en lettres carrées, rien d'autre. L'ouvrant avec précaution, il découvrit une photo qui laissait voir sa lettre sur le trottoir, déchirée en quatre morceaux éparpillés. Muriel avait suivi le judicieux conseil de Fernande et tout mis en œuvre pour le surprendre. Lorsque Jacques montra la photo à Rachel, cette dernière, mécontente, lui avait dit :

— Tu es revenu à la charge avec elle ? Tant pis pour toi ! Ton ex-maîtresse ne semble pas avoir peur de toi. Je t'avais dit d'oublier cette affaire et de ne plus insister, elle connaît ses droits. Et puis, si tu veux absolument un chalet, j'en achèterai un à Sainte-Adèle, une région très recherchée des Laurentides. On pourra même le faire construire…

— Non, je n'y tiens pas. À vrai dire, je n'aime pas la campagne, mais ce qui est à moi…

— Est maintenant à elle, Jacques ! Inutile d'insister !

Il voulut clore le sujet sans omettre de lui envoyer un mot chez elle dans lequel il la traitait de voleuse. Et, par le même jeune voisin qui faisait les courses pour Muriel, l'horloger trouva le lendemain dans sa boîte aux lettres, une autre enveloppe avec, sur du papier jauni, une simple phrase : *Voleuse, moi ? Tu m'as volé mes plus belles années, toi !* Cette fois, sans le montrer à Rachel il déchira le bout de papier et décida de ne pas revenir à la charge, l'étudiant en droit l'ayant averti : « Ça va vous coûter cher si vous poursuivez cette cause sans être sûr de la gagner. » Le début de la phrase « Ça va vous coûter cher » lui avait fait tellement peur qu'il décida d'abandonner toute poursuite sur-le-champ !

Décembre se montra le bout du nez, les affaires allaient bon train et, le vendredi soir, le 15 plus précisément, comme

Rachel restait à coucher, ils avaient regardé à la télévision l'opéra *L'Africaine,* de Giacomo Meyerbeer, avec Placido Domingo et Shirley Verrett. Une soirée comme Jacques les aimait, Rachel aussi. Ensuite, avant d'aller au lit, Rachel se mit à discuter du temps des Fêtes, se demandant comment Jacques comptait passer le soir de Noël. Sur son « je ne sais pas », elle l'invita chez elle pour un souper conventionnel à deux. Chantal serait chez ses beaux-parents et comme elle allait être seule, elle aurait apprécié la présence de son mari à ses côtés. Craignant qu'elle suggère un restaurant huppé pour le souper, il s'apprêtait à hésiter, même refuser, lorsqu'elle ajouta :

— Tu sais, je cuisine encore bien et mes recettes sont traditionnelles. Comme celles de ma mère et de ta mère. De la dinde, de la tourtière, un bon dessert…

Il l'interrompit :

— Ne va pas plus loin, j'irai avec plaisir.

D'autant plus que sans cette invitation, il allait passer Noël seul chez lui à se ronger les sangs. Non pas que la présence de Rachel le stimulait réellement, mais cet alléchant souper à la manie d'autrefois n'allait rien lui coûter, évidemment !

25 décembre 1989, et une fine neige tombait sur la ville en ce matin de Noël. Sortant de la douche, Jacques se regarda dans le long miroir sur pied et se trouva fort désirable pour toute femme qu'il pourrait rencontrer. Mais, hélas, c'est chez Rachel, sa légitime, qu'il se rendait pour le souper qu'elle allait cuisiner. Enfilant un long peignoir

marine, il se fit couler un café et songea à toutes les ventes effectuées en décembre grâce au flair de sa femme qui avait garni les comptoirs de nouveautés, de choses diverses et appropriées qui se vendirent rapidement. Deux jours avant la fermeture pour les Fêtes, à la dernière minute ou presque de la journée, Jacques avait vendu à un jeune homme une bague à diamants pour sa future fiancée qui en aurait la surprise. Au plein prix, à plein profit, même si le jeune homme avait tenté, en vain, d'obtenir un petit rabais de l'horloger. Avec Rachel, il aurait certes bénéficié d'un vingt dollars de rabais. Rachel aimait venir en aide aux jeunes qui partaient dans la vie. Comme Chantal en avait profité par d'autres quand elle avait leur âge. Mais les clientes régulières de Muriel aimaient beaucoup moins Rachel lorsqu'elles se rendaient au comptoir de bijoux de fantaisie. L'une d'entre elles avait dit à une autre en sortant :

— Elle a l'air bête ! Pas de façon ! Pis froide comme un poisson mort ! Après avoir connu Muriel on peut pas s'habituer à elle.

L'autre lui répondit :

— Oui, mais c'est sa femme, celle-là, en bonne et due forme !

Et la première de lui rétorquer :

— Ça ne change pas son *air de beu* et son impatience pour autant. Moi, sans Muriel... De toute façon, j'achète maintenant du Polonais fraîchement arrivé de son pays. Ses bracelets de montre sont moins chers et il m'a réparé mon cadran lumineux pour presque rien ! C'est pas en encourageant les nôtres qu'on sauve de l'argent comme tu peux voir !

Or, habillé, bien mis en ce jour de Noël, Jacques avait lavé et ciré sa Thunderbird lui-même dans le garage chauffé pour ne pas arriver chez Rachel avec de la crasse sur sa carrosserie. Rendu sur place, il se fit un devoir de lui offrir ses vœux en l'embrassant sur la joue. Mais sans cadeau, pas même quelques fleurs pour sa table, elle qui, de son côté, lui avait acheté un foulard de soie importé, au centre d'achats Rockland où elle magasinait régulièrement. Le souper fut exquis, le vin blanc aussi et, appréciant le digestif qu'elle lui versait, une *Tia Maria* pour son café, il la regardait, assise sur l'autre divan, piquant des doigts dans une grande assiette de cristal, de petites bouchées sucrées pour dessert. Rachel, comme d'habitude, ne portait rien qui puisse séduire un homme. Des vêtements de prix, certes, mais nullement flamboyants. Une jupe noire, un blouson vert, coiffée, mais sans aucun bijou sauf une petite médaille de sainte Anne sur chaînette à son cou. Elle affichait tout de même à son annulaire les alliances reçues de lui lors de leurs épousailles. Un soupçon de rouge à lèvres et chaussée de souliers en cuir noir à talons plats. Fermant les yeux, il imaginait Muriel en pareille occasion. Blonde, coiffée savamment, le maquillage en évidence, une robe rouge moulante, de longs pendants d'oreilles plaqués or, des bagues aux deux mains et, dans les pieds, sur ses bas de soie, de superbes souliers à talons aiguilles, ce qui l'allumait chez une femme. Tout un contraste ! Le passé n'était pas le présent et c'était la première fois depuis le départ de sa maîtresse qu'il la regrettait amèrement.

Janvier 1990, ses premières tempêtes, ses accalmies, et Jacques, plongé dans le livre *Les Bâtards du soleil* d'Ève de Castro, en savourait les premiers chapitres. Tous ces enfants illégitimes de Louis XIV l'intriguaient. Au commerce, tout était calme et Rachel allait reprendre ses fonctions dès la semaine suivante. Mais Jacques, renfloué par les bonnes affaires de décembre, comptait bien en profiter. «Chassez le naturel, il revient au galop», dit-on, et c'est exactement ce qui se produisit dans sa tête trop longtemps privée d'aventures. Avant que son épouse reprenne sa place, Jacques profita d'un certain dimanche d'ennui pour se rendre dans un bar huppé d'un grand hôtel du centre-ville afin d'y exercer son pouvoir. Moins facile qu'autrefois cependant, les jeunes femmes l'ignoraient ou presque, à moins qu'il s'agisse de racoleuses, ce qu'il ne voulait pas. Il craignait les maladies sournoises et ne comptait nullement payer pour un menu plaisir. Ayant patienté trop longtemps, il finit par vouloir repartir lorsqu'une jolie brunette, au début de la quarantaine, lui jeta un regard intéressé. Très belle, Américaine de surcroît, ce qu'il ne dédaignait pas venant des USA, sauf leur cinéma, il se montra complaisant, voire empressé, et lui offrit au bar un verre qu'elle accepta, un *Gin Gimlet,* mais un seul toutefois. Puis, lui apprenant qu'elle était de passage, qu'elle se prénommait Debbie, que sa mère était avec elle, mais partie magasiner, elle l'invita en plein après-midi à aller admirer le soleil de sa chambre. Attiré par son parfum, il la suivit volontiers jusqu'à sa chambre pour se retrouver quinze minutes plus tard, flambant nu, dans le grand lit de la dame qui se disait divorcée même si elle affichait un jonc en or serti de diamants à l'annulaire de la main gauche. La rencontre fut superbe, il se serait cru de retour avec Muriel tellement cette femme savait s'y prendre avec lui. Au bout de ses indécences, inquiet du retour possible de la mère, il se rhabilla, l'aida à enfiler ses bas noirs et la quitta non sans lui avoir glissé dans la main un faux numéro de téléphone où le rejoindre. De retour chez lui, content de n'avoir rien perdu de son savoir-faire au lit, satisfait de ses ébats et de ceux de sa partenaire, il se prépara un petit gueuleton et se sentit soulagé d'avoir à accueillir sa femme à l'horlogerie maintenant qu'il avait été assouvi. Il devait toutefois prendre garde, car Rachel avait horreur de l'infidélité. Elle l'avait même laissé jadis pour cette raison, doutant de sa fidélité sans même en avoir la preuve. Mais avec une ex-maîtresse derrière lui, elle le sentait capable de tout et redevenait encore plus possessive, plus aux aguets. S'il fallait…

Et ce qui devait arriver arriva. Quelques semaines plus tard, la femme de ménage, qui faisait aussi la lessive, avait laissé tomber derrière elle deux des articles qu'elle tenait dans ses bras trop chargés. Rachel, qui suivait, se pencha pour les lui remettre. Il s'agissait d'un *t-shirt* blanc de Jacques et d'un linge à vaisselle. Mauvaise coïncidence pour lui, Rachel remarqua des traces de rouge à lèvres sur l'encolure arrière du *t-shirt*. Un rouge foncé qui avait laissé sa marque. Offensée, comprenant qu'il l'avait trompée, elle cacha le *t-shirt* en question jusqu'au soir et attendit qu'il se détende un peu avant de le sortir de la poche de son tablier et le lui mettre sous le nez :

— Qu'est-ce que c'est, Jacques ? Ça recommence ?

Éberlué, pris au piège, il répondit :

— Sans doute une cliente qui, en se penchant…

— Non, Jacques, à d'autres, pas à moi ! C'est le rouge d'une fille avec laquelle tu as dansé un peu trop collé. Inutile de mentir ! Avoue ton méfait ! Je t'avais pourtant averti…

— Rachel ! Laisse-moi au moins parler, je te promets d'être honnête.

Et, pantois, les yeux par terre, il lui avoua, tel un enfant pris en faute, qu'il avait trébuché dans sa mauvaise habitude, que ça ne lui était pas arrivé depuis longtemps, qu'il avait rencontré cette fille dans un centre d'achats un dimanche et qu'elle l'avait entraîné chez elle où il ne s'était rien passé ou presque.

— Non, je ne te crois pas ! Tu as sans doute couché avec elle ! Et sans retirer ton *t-shirt*, d'où ses lèvres imprimées lorsque… J'aime mieux ne pas y penser, Jacques, tu es ignoble ! Tu n'as aucune maîtrise sur tes sens, c'est presque maladif !

— Tu as le mot, c'est maladif, et malgré tous mes efforts d'abstinence, le mal revient de temps en temps. C'est comme un alcoolique qui retombe dans son vice dès le premier verre devant lui.

— Si tu crois être dépendant, il y a des centres de désintoxication pour ça ! Je veux bien passer l'éponge pour cette fois, mais ce sera la dernière. Si ça recommence, je pars, je m'en vais, je te laisserai à tes démons et à tes supposées rechutes. Toujours un bout, Jacques ! Il y a des thérapies pour des hommes comme toi.

Et, sans rien répondre à cette remarque, il pensa intérieurement qu'il y avait aussi de nombreuses femmes pour des hommes comme lui !

Méfiante, Rachel le surveillait de près malgré ses bonnes intentions. Elle n'avait pas oublié les premières années de leur mariage alors qu'enceinte il la laissait seule le soir pour aller courir la galipote. Il rentrait souvent avec la fermeture éclair descendue et le chandail pas mal froissé. Elle savait bien qu'elle était une femme trompée, elle l'avait maintes fois menacé de partir, mais elle devait attendre au moins d'accoucher avant de mettre son plan à exécution. Et c'est plusieurs années après la naissance de Chantal que, dégoûtée d'être ainsi trompée, elle le quitta pour lui rendre sa liberté. Sans divorcer cependant. Et c'est peu après son départ qu'il avait fait la connaissance de Muriel qui avait très bien pris la relève, le sachant séparé, presque divorcé, selon lui. En le comblant au lit comme Rachel n'avait su le faire. En étant sa poupée et non sa mégère. Et le reste n'était qu'histoire en cette année 1990 qui se levait sans elle, de retour avec l'autre, mais peu heureux de l'échange d'après ses nouvelles infidélités. Le sentant de plus en plus susceptible de succomber à ses fantasmes, Rachel lui avait dit en début de février :

— Si je ne te suffis pas, dis-le-moi, Jacques, et je vais m'effacer. Mais ne me refais pas le coup de nos jeunes années. Cette fois, je ne te le pardonnerai pas et tu en paieras le prix. Tu sais ce que je veux dire, n'est-ce pas ?

— Non, pas vraiment, tu es une si bonne personne…

— Oui, mais pas une cruche, Jacques ! Je n'ai plus l'âge de fermer les yeux comme je l'ai déjà fait. Je t'avertis encore une fois, c'est moi et aucune autre, sinon…

— Ben voyons donc, c'est toi ! Qui d'autre ?

— Ne me fais pas parler en vain, ne me joue pas la comédie. Qui d'autre ? Pas une, mais toutes les autres ! Je te préviens : je te surprends et c'est la fin. Tu ne te paieras pas ma tête une seconde fois, je te le jure ! Je serai impitoyable !

— Que de grands mots ! Je n'ai rien fait qui me vaille un tel discours, Rachel. Nous sommes ensemble, nous avons rebâti le commerce, tout va bien, Chantal est très contente, elle te l'a dit récemment.

— Parce qu'elle ne connaît rien de notre passé, elle s'imagine qu'on s'est quittés naguère sur un coup de tête de ma part. Je n'ai pas voulu la renseigner et te dénigrer, je ne voulais pas être la perdante à ses yeux, alors je lui ai parlé d'incompatibilité. Et elle a grandi avec cette unique explication de ma part. Ne parlons plus d'elle maintenant, mais de nous. Ça va, tu dis ? Fais en sorte que ça continue car, autrement, tu verras de quoi je suis capable, cette fois.

— Tiens ! Une forme de chantage à présent ?

— Non, un simple et sérieux avertissement.

Orgueilleux, inébranlable, Jacques Derais ne se laissa pas secouer par cette menace. Il n'aimait pas Rachel, il était facile de le constater. Comme partenaire en affaires, oui, mais comme femme de sa vie, non. Il ne l'avait jamais aimée et il ne pouvait comprendre qu'à ce jour elle ne l'ait pas réalisé. Or, sûr de lui, abstinent quand elle était là, il se reprenait le soir pour satisfaire ses bas instincts. N'importe où, avec qui le voulait bien maintenant. Pour lui, n'aimer qu'une femme, c'était faire injure à toutes les autres ! Moins regardant sur l'apparence d'une conquête, il ne s'intéressait qu'à leurs fantasmes érotiques avant d'aller au lit. Et ça fonctionnait encore pour le séduisant quinquagénaire qu'il était. Avec beaucoup de classe dès la rencontre, mais changeant de vocabulaire en pleine action. Ce que certaines appréciaient, d'autres un peu moins. Des femmes à la recherche d'un homme viril immédiat et provisoire la plupart du temps. Pas jeunes ni vieilles, de la trentaine jusqu'à la cinquantaine pour la plupart. *Avec expérience* aurait-il pu ajouter pour se décrire, sur sa fausse carte d'affaires.

Par ces jours froids, Muriel, toujours au chaud chez elle avec sa mère, ne vivait que pour son fils. Heureuse d'être enfin libre, sans attache à un homme, elle allait moins souvent au restaurant où Fernande travaillait, de peur de croiser Jacques en chemin. Les deux femmes se retrouvaient certains soirs et allaient discuter tout en savourant un bon plat au *Granada,* certaines de ne pas y rencontrer l'horloger, ce restaurant étant trop cher pour lui. Il arrivait à Muriel de revenir à la charge avec sa rupture dont elle avait mal digéré la fin. Fernande, patiente, lui avait dit :

— Écoute Muriel, tu n'es pas la seule à te retrouver sans partenaire après tant d'années, il y a des femmes qui se séparent ou même divorcent après vingt ans de mariage et plus.

— Je veux bien te croire, elles se séparent mais elles étaient mariées. Des épouses légales, Fernande, un statut normal, ce qui n'était pas mon cas. Elles n'ont jamais été montrées du doigt, ces femmes. Elles n'ont pas été jetées à la porte ! C'est loin d'être pareil comme moi. Une femme qui divorce, ce n'est pas comme une maîtresse qu'on rejette.

— Oui, vu de cet angle-là, je te l'accorde. Mais, est-ce que tu continues de le sortir de tes pensées, cet être fou ?

— Absolument et davantage la dernière fois que je lui ai parlé. Si je pensais l'aimer encore un peu, ça s'est effacé ce jour-là. Toujours imbu de lui-même, arrogant, me donnant des ordres sachant que j'avais le bon bout du bâton. Tu aurais dû entendre sa voix trembler et ses grognements quand je lui ai dit non pour le chalet qu'il voulait ravoir. Il croyait encore m'impressionner, me faire peur avec ses menaces, mais il a vu de quel bois je pouvais me chauffer. Tout ça, grâce à toi qui m'as si bien conseillée.

— Sans oublier ta mère qui était de mon avis…

— Oui, mais avec elle, j'en prends et j'en laisse, elle le déteste tellement ! Tandis que venant de toi, c'est plus réfléchi, plus apte à me convaincre les yeux fermés.

— Tu vois, c'est réussi, il ne t'incommode plus et tu gardes ton beau chalet qu'on va encore enjoliver cet été toutes les deux. J'aime Saint-Jovite, c'est moins bruyant qu'ailleurs, les voisins sont plus éloignés. Et ton Guillaume aime tellement ça, il s'est même fait des amis qui viennent se baigner avec lui.

— Parlant de lui, savais-tu qu'il était parmi les premiers de sa classe avec des notes qui me renversent ? Ses professeurs n'en reviennent pas ! Pas encore douze ans et agissant comme un jeune homme en pleine maturité.

— Oui, et beau garçon en plus ! Bien élevé, poli, intelligent… Tu as raison d'en être fière.

— Je veux bien croire, mais il est loin d'être comme celle que j'étais à son âge ! Bien élevée, c'est certain, mais pas mal poche à l'école. Coudon ! Je l'ai-tu fait avec un génie, cet enfant-là ? Si oui, Dieu merci !

À l'horlogerie *Le Pendule*, ça allait assez bien, mais pas autant que l'année précédente. Les clients s'éloignaient de plus en plus du magasin pour aller acheter au centre d'achats le plus près où le choix était nettement supérieur et la marchandise souvent en vente. S'en plaignant à Rachel, elle lui avait répondu :

— Les petits commerces de la rue n'auront pas la vie longue si ça continue. On ne peut pas rivaliser avec les grandes chaînes de magasins et les bijouteries dernier cri qui poussent un peu partout. Les jeunes s'y dirigent de plus en plus et les personnes âgées, encore fidèles à toi, achètent moins, elles en viennent à n'avoir plus besoin de rien.

— Pas mal décourageante, toi ! Alors, qu'allons-nous faire ? Vendre et rouvrir dans un centre d'achats ?

— Pas avec la compétition qu'il y a là. Tout ce qu'on peut faire, c'est rafraîchir la vitrine avec de nouveaux produits, cesser d'y mettre que des montres peu compétitives comparativement à celles des centres. Avoir aussi un coin et une table pour les rabais qui pourraient te conserver les retraités qui achètent même leur pain en spécial. Et sans se plaindre de rien ! Nous n'avons pas d'employés à payer comme dans les centres, pas d'*overhead* selon le terme des commerçants, et nous allons très bien survivre avec mes plans.

Mais ce que Jacques questionnait le plus de cet échange était : « Un coin et une table pour les rabais. » *Ça, j'aime moins ça !* pensait-il.

En effet, la prise en main du commerce par Rachel s'effectua très bien et l'horlogerie enregistra des profits dès la fin du printemps, juste un peu avant Pâques.

Mais c'est après ce dimanche pascal que les choses commencèrent à se gâter pour Rachel. Assise dans un casse-croûte, elle entendit deux jeunes filles qui causaient et, soudainement, le nom de Jacques Derais se glissa dans leur conversation. Prêtant l'oreille de plus près, l'une d'elles dit à l'autre :

— Elle a laissé son emploi depuis qu'elle se fait bourrer par son chum. Il l'aime tellement qu'il lui donne tous les bijoux qu'elle veut, en or par-dessus le marché, et il l'amène dans de beaux restaurants d'hôtels. Demande-moi pas ce qu'ils font après, elle ne me le dit pas mais, chose certaine, Jojo a la vie pas mal facile présentement.

— Bien, elle est libre ! Et à son âge, elle peut se permettre de faire des erreurs, mais il est beaucoup plus vieux qu'elle, lui ?

— Ça se voit ! Il doit friser la cinquantaine et elle n'a que vingt-sept ans. C'est pour ça qu'il la gâte autant. Il lui donne tout ce qu'elle veut. Il en est fou, selon elle.

— Il n'est pas marié, cet homme-là ?

— C'est possible, mais ça ne dérangerait pas Jojo, c'est une *trouble maker* de ménages. L'horloger n'est pas son premier amant, elle en a fait cracher deux autres avant lui.

— C'est pas correct. Moi, je ne voudrais pas de cette vie-là, j'ai plus d'ambition et plus de respect de moi-même.

— Oui, moi aussi, mais faut dire qu'on n'a pas son look et qu'on ne nous court pas après comme font les vieux plein de foin pour elle !

Elles éclatèrent de rire, mais Rachel en avait assez entendu. S'étirant un peu et touchant le bras de celle qui parlait le plus, elle lui demanda :

— Je m'excuse, j'ai entendu, on ne peut faire autrement quand on est seule. Parlez-vous de Jojo Morain ? empruntant son nom de fille pour l'occasion.

— Non, mais on ne peut pas vous donner le nom de notre Jojo, c'est notre amie, ce ne serait pas correct de notre part.

— C'est personnel ce qu'on disait, madame, ajouta l'autre, et si Jocelyne savait qu'on parle d'elle en riant, elle ne serait pas contente.

Puis, se levant de table, les deux jeunes filles quittèrent l'endroit et, Rachel, restée sur place, avait au moins appris que la Jojo était une Jocelyne et qu'elle avait vingt-sept ans. En son for intérieur, elle rugissait. Se pouvait-il que son mari la trompe avec une fille de cet âge et qu'il « la bourre » comme elles disaient ? Lui, si près de ses sous, si peu dépensier, si cupide… C'est pourtant de lui qu'on parlait en ce lieu public. Elle allait enquêter, engager un détective privé, en apprendre davantage et en avoir le cœur net, avant de le clouer au pilori des aveux.

Une tâche facile pour le limier d'envergure dont elle avait loué les services. Expert des causes d'adultère, il ne mit qu'une fin de semaine, un dimanche pour être plus précis, avant de surprendre Jacques Derais sortant d'un motel avec une jolie jeune femme. Sur le registre, il avait signé d'un nom d'emprunt, mais sa Thunderbird à la porte de l'unité 14 ne mentait pas. De là, le couple était allé souper à *La Barrique*, un chic restaurant du nord de la ville. Déguisé en homme d'affaires, curieux pour un dimanche, le limier entra et obtint une table le long du mur où, assis de dos au couple, il pouvait entendre leur conversation. La jeune fille lui disait l'aimer follement, et lui, jouant du genou sous la nappe, lui répondait qu'il n'en avait jamais assez de leurs échanges. Puis, un peu plus tard, l'appelant Jojo, il lui promettait de l'emmener en croisière l'automne prochain. Pour finalement lui tendre quelque chose que le limier ne distinguait pas, mais devant lequel la fille s'exclama: « Wow ! Quelle est belle ! » pour ensuite l'apercevoir, du coin de l'œil, en train de glisser une bague qui brillait à son auriculaire. Pas de photos dans ce lieu public, juste celle de la Thunderbird à la porte du motel et une autre de loin, quand le couple en sortit. Il avait la preuve concrète que Jacques Derais trompait sa femme avec une fille de la moitié de son âge. Ce qui était suffisant pour lui, en plus des bouts de conversation enregistrés au restaurant pour Rachel, qui prendrait la relève dès le lendemain en rentrant au travail.

Le lundi matin, alors que Jacques était déjà sur son banc en train de jouer dans l'horloge d'un vieux monsieur qui y tenait beaucoup, Rachel entra avec un air sévère, sans sourire, et jeta prestement son veston sur la patère pour aller directement à lui et lui demander :

— Belle soirée, hier ? De beaux programmes à la télévision ?

— Je ne sais pas, je n'ai rien regardé, j'ai lu. Je suis en plein milieu du recueil de Marceline Desbordes-Valmore de la collection *Poésies*, de Gallimard. Tu la connais ?

— Non, mais j'aimerais bien faire la connaissance de Jocelyne dite Jojo, tu la connais bien celle-là aussi, non ?

Il avait blêmi et, sérieusement mal à l'aise, il répondit effrontément :

— Non, c'est qui ? Son nom ne me dit rien.

Pour toute réplique, Rachel sortit d'une grande enveloppe les photos prises par le limier et les déposa sur sa table de travail. Blanc comme un suaire, il ne jeta qu'un coup d'œil furtif et, au même moment, Rachel faisait défiler de sa petite enregistreuse portative, la cassette de la conversation au restaurant. Pris au piège, ne sachant comment s'en sortir, Jacques ne prit pas un air penaud cette fois, préférant l'affronter de sang-froid en lui demandant sévèrement :

— Tu me fais suivre maintenant ? Assez dégueulasse de la part d'une femme qui prétend être distinguée.

— N'essaie pas de me faire sentir coupable, je l'ai fait avec raison, regarde le résultat ! Maintenant, explique-toi !

Irrité par le ton, n'ayant aucune défense, il se leva, la toisa du regard et lui dit :

— Bon, si tu as le résultat, que veux-tu savoir de plus ?

— Tu la connais depuis quand ? Tu couches avec depuis longtemps ? Une fille de l'âge de la tienne !

À bout de nerfs et malgré les menaces antérieures de Rachel sur le sujet, il oublia un moment qu'elle pouvait être diabolique en colère, et lui répondit sur un ton provocant, rouge de colère maintenant :

— Bon, tu le sais ? Fais ce que tu voudras ! Je ne vais tout de même pas me mettre à genoux devant toi et te demander pardon ! Je l'aime, un point, c'est tout !

Exactement ce qu'il ne fallait pas dire à une tigresse possessive comme Rachel. Plus pourpre que lui, le souffle court, elle lui répondit en le hurlant ou presque :

— Je t'avais prévenu ! Je te quitte ! Tu t'arrangeras avec tout, je ne resterai pas une seconde de plus avec un débauché, un cochon qui n'a aucun remords de tromper sa femme. Tu es ignoble, tu es immonde ! Tu m'as trompée jadis avec des filles de rien et je t'ai laissé à ce moment-là. Puis, tu as eu une maîtresse durant dix-huit ans pour me narguer et je n'ai pas divorcé pour autant, j'ai attendu qu'un jour elle parte et que tu me reviennes. Et voilà qu'après avoir rétabli la bonne marche de ton commerce, d'y avoir investi beaucoup d'argent pour le redresser, tu me remercies en me trompant avec une fille de l'âge de ta fille ? Et tu oses m'annoncer que tu l'aimes ? C'est fini, Jacques, je pars, tu es répugnant, pas une chance de plus pour toi ! Amuse-toi bien avec ta petite Jojo que tu bourres de bijoux et de sorties, ça ne fera qu'un temps. Elle va vite se lasser de toi, voyons donc, un homme de cinquante et un ans, usé physiquement !

En colère encore plus qu'elle, blessé dans son amour-propre, Jacques Derais commit l'irréparable, la gaffe de sa vie en lui répondant :

— Je suis peut-être un peu plus flétri qu'avant, mais encore valable pour une femme, ce qui n'a jamais été ton cas pour un homme. T'es-tu seulement regardée dans un miroir dernièrement ? Une vieille mégère ! Une pimbêche affectée ! Voilà l'image que tu projettes. Et tu crois que j'aurais pu en arriver à t'aimer quand je n'ai pas réussi à le faire quand tu avais vingt ans ? Pars, va-t'en, je ne veux plus te voir. Je ne vais pas vivre sur les nerfs à cause de tes prêts et tes investissements ! Retrouve ta fille et ton compte en banque et fiche-moi la paix ! J'ai ma vie à vivre, moi ! Et n'ajoute rien, tout a été dit !

Rachel, droite et altière malgré les injures et l'humiliation qu'elle venait de subir, s'empara de son sac à main, décrocha son veston et claqua la porte du commerce, non sans avoir ajouté :

— T'as pas fini avec moi, toi ! Tu vas me le payer !

Les menaces de Rachel ne se firent pas attendre. Quatre jours plus tard, sur une dénonciation anonyme, le gouvernement mettait le nez dans ses affaires pour découvrir que l'horloger lui devait, une fois de plus, une forte somme qu'il avait tenté de dissimuler avec de faux documents. On le pressa de remettre ces montants au fédéral et au provincial, lui qui n'avait pas les moyens d'en régler un seulement. On lui donnait trente jours pour agir, sinon c'était la justice qui s'en mêlerait, d'où une saisie de ses biens. Pour les taxes municipales, aucun problème, tout avait été réglé, l'immeuble fort hypothéqué appartenait maintenant à Rachel qui l'avait pris en son nom avec les dettes accumulées. Vinrent ensuite des prêts bancaires qu'il ne pouvait honorer, ainsi qu'un énorme montant à une société de fiducie qui le menaçait d'une saisie dans les sept jours qui suivraient, sans sa dette avec intérêts remboursée. Une semaine plus tard, Rachel réclama par la bouche de son avocat l'argent qu'elle lui avait prêté, papiers à l'appui, pour ses nouveaux achats dont il n'avait encore rien remis. Puis, comble de malheur, Rachel le poursuivit pour un fort montant, celui de toutes les pensions jamais versées pour sa fille alors qu'elle était mineure et qu'elle avait dû l'élever seule. D'autres prêts ici et là commencèrent à se manifester. On ne savait trop pourquoi, ses comptes de téléphone en retard, ceux pour l'électricité, tout arrivait en même temps, ce qui lui fit comprendre que c'était Rachel qui, impitoyable, qui s'acharnait sur lui. Tentant de la rejoindre pour la calmer, il tombait sans cesse sur son répondeur et, voyant qu'elle l'évitait, il entra en communication avec sa fille qui, au bout du fil, après l'avoir entendu tenter de lui expliquer la situation, lui avait répondu :

— Écoute, papa, je sais ce qui se passe et je ne peux blâmer maman d'agir de la sorte. Elle a tout fait pour t'aider et tu l'as trahie. Tu l'as humiliée, tu l'as fait pleurer une fois de plus, tu l'as insultée, tu l'as...

— Non, Chantal, ce n'est pas tout à fait vrai...

— Laisse-moi finir, papa. Premièrement, je ne veux pas me mêler de cette affaire, c'est entre elle et toi. Comme tu n'as jamais été présent dans ma vie sauf une fois ou deux, je ne peux te reconnaître comme père à temps plein, tu m'as toujours ignorée.

— Je t'ai pourtant servi de père à ton mariage.

— Ce n'était pas à ma demande, c'est maman qui avait insisté pour faire bonne figure devant la famille de Sylvain. Moi, j'avais tout organisé autrement, c'est le père de Sylvain qui le conduisait à l'autel et, pour moi, c'était maman. Mais elle trouvait cela déshonorant pour moi, ce qui n'aurait pas été le cas, pourtant. Alors, ce qui t'arrive, je n'y peux rien, c'est à elle que tu dois répondre de tes actes, pas à moi.

— Impossible de l'atteindre ! Peux-tu au moins lui dire…

— Non, papa, ne va pas plus loin, je me retire de cette affaire, arrange-toi avec elle, je ne servirai pas d'intermédiaire, je viens de t'expliquer pourquoi. Là, je dois te quitter, j'ai à me rendre à l'aéroport pour y prendre mon mari qui rentre d'un voyage d'affaires.

— Ta mère est en train de me faire perdre tout ce que j'ai !

— C'est avant qu'il fallait y penser.

Chantal avait tout doucement raccroché, sans même un au revoir, lui prouvant par ce geste qu'elle ne voulait absolument pas se ranger de son côté. Pour elle, sa mère avait été celle à qui elle devait son éducation, sa jeunesse entourée de tendresse, bref, celle à qui elle devait tout. Jacques Derais n'avait été pour elle qu'un géniteur, pas un père ni même un homme de cœur, et ça s'arrêtait là. Un échange qui allait être le dernier entre lui et sa fille, alors qu'il avait cru que, telle une bouée, elle viendrait le rescaper.

Ce qui devait arriver se produisit. Pourchassé de tous côtés, menacé de tous bords, on en vint à saisir tout ce que contenait son commerce sauf son banc, sa table et ses instruments d'horloger, ce qui pourrait lui accorder une certaine survie dans son métier. Il tenta à nouveau d'appeler Rachel pour la supplier de mettre un frein à ce carnage et de lui venir en aide, lorsqu'il reçut la visite d'un agent immobilier qui venait prendre les mesures du logement du haut, Rachel ayant mis l'immeuble en vente, le garage inclus.

Désespéré, ne sachant que faire et se souciant peu de sa petite Jojo en un moment aussi crucial, se promettant bien de s'expliquer avec son amoureuse durant la fin de semaine qui venait, lorsque le vendredi, munis d'un mandat, deux hommes vinrent lui saisir sa Thunderbird, ce qu'il avait de plus cher au monde. Il tenta de les dissuader, de parler à Rachel, de la convaincre d'arrêter ce massacre et de le sortir du trou, mais elle ne répondit pas à ses appels. Se rendant où elle habitait, il apprit de la voisine qui rentrait d'une course que Rachel était partie en vacances en Europe avec sa fille, sans pouvoir lui dire exactement où. Inconsolable et obligé de mettre un avis à sa porte indiquant : *Fermé pour rénovations,* il avait camouflé ses vitrines vides avec du papier journal pour qu'on ne puisse voir à l'intérieur. Derniers recours, il tenta d'appeler Muriel pour pleurer sur son épaule, mais un enregistrement téléphonique lui disait : « Il n'y a plus de service au numéro composé. » Décidément, les dieux étaient contre lui. Il avait envisagé se rendre chez elle, mais il craignait tellement Adrienne qui l'aurait accueilli avec des injures à travers la porte, que sa peur et sa fierté l'empêchèrent de mettre ce plan à exécution. L'immeuble se vendit rapidement, Rachel accepta la première offre et ne laissa à son ignoble mari que les meubles qu'il possédait déjà. Mais que faire avec un mobilier, de la vaisselle et de la literie quand on n'a nulle part où aller ? Négociant avec la nouvelle propriétaire, il parvint à obtenir une maigre somme pour ces vieilleries qu'il avait depuis longtemps.

Dénudé, son linge et ses valises à ses pieds, il trouva un acheteur pour sa table d'horloger, son banc, sa polisseuse à bijoux et ses outils, dont ses fameux *tweezers* que Muriel avait parfois en vue. Ce même soir, lors d'une sortie avec Jocelyne dite Jojo, il lui fit part de ses déceptions, de ses poursuites, de sa perte d'argent et, le sentant déprimé tout en le plaignant quelque peu, elle accepta généreusement de lui donner un dernier tour… de lit ! Pour ensuite l'embrasser, rentrer chez elle et ne plus chercher à le revoir. Une dernière perte pour Jacques et non la moindre, il l'aimait cette petite garce. Ce qui n'était pas tout à fait le cas de la belle enfant. Un oiseau déplumé derrière elle ? Déjà, replaçant sa coiffure, sa tête était ailleurs… À la recherche d'un successeur !

Jacques ne sortait désormais que la nuit et rentrait avant l'aube pour ne pas être vu des gens du voisinage. En taxi, puisqu'il n'avait plus sa flamboyante auto pour le véhiculer. Complètement déboussolé, désespéré, plus personne sur qui compter, peu d'argent sur lui, sauf celui retiré de son coffret de sûreté, un pécule sans importance, deux montres et deux bagues à diamants qu'il vendit rapidement « à rabais » à un bijoutier des environs. Il se terra ensuite dans son logis, avec juste un lit, une table et deux chaises qu'on lui avait laissées jusqu'à son départ et, complètement ruiné, avec plus rien à vendre sauf un comptoir défectueux, *Le Pendule* ferma ses portes, avec un écriteau dans la vitre de l'entrée principale qui se lisait comme suit: *Fermé pour cause de déménagement.* Et, comme témoin de cette dernière débâcle, il n'y avait plus que l'enseigne de l'horloger qui, au-dessus de l'établissement, se ballottait au gré du vent.

Muriel, qui avait eu vent par Fernande que *Le Pendule* avait fermé ses portes, se demandait bien ce qui avait pu se passer. Assise dans un petit resto avec sa bonne amie après un magasinage à deux, Fernande lui apprit, sitôt le café servi:

— Mon mari connaît un huissier qui a été impliqué dans cette affaire. Or, Marc m'a appris que Jacques Derais avait fait faillite. Selon l'homme en question, il ne restait presque plus rien à lister dans le magasin, tout avait été saisi.

— Ben voyons donc! Rachel était avec lui dans le commerce! Comment a-t-il pu faire faillite avec tout l'argent qu'elle a, en plus de ses parts dans son entreprise?

— Qui sait? Elle n'était sans doute plus là quand c'est arrivé, Muriel. À moins d'une querelle entre les deux?

— Ils avaient pourtant repris la vie commune, elle a pris ma place à l'horlogerie quand il m'a foutue à la porte!

— Ne recommence pas avec ta rancœur, Muriel. Comme tu vois, il a été puni s'il n'a plus rien. Il n'a pas fermé le commerce, il l'a perdu, selon l'huissier. Il a été poursuivi et saisi de partout.

— Bien ça, c'est drôle... Je ne comprends pas. Rachel avait assez d'argent pour régler toutes ses dettes.

— Elle l'a peut-être fait, mais sur papier, elle semble d'affaires, celle-là !

— Et pour disparaître de sa vie du jour au lendemain et vendre l'immeuble qui était à elle, il y a une seule raison qui ait pu la faire agir ainsi, il l'a trompée, Fernande ! Et elle était mieux armée que moi pour se défendre !

— C'est possible, mais si c'est le cas, comment a-t-elle fait pour t'endurer dans la vie de son mari durant toutes ces années ?

— N'oublie pas qu'elle était déjà partie quand je suis arrivée. Il était séparé et disait vouloir divorcer. Tout le commerce appartenait à Jacques à ce moment-là, et le savoir en couple avec une seule autre femme, c'était sans doute moins pire pour sa jalousie que de l'imaginer chaque soir avec une autre quand elle vivait avec lui.

— Bon raisonnement, je te l'accorde. Mais s'il est vrai qu'il a tout perdu à cause de ses infidélités, elle t'aura vengée en même temps qu'elle en le ruinant ! Elle aura eu raison du salaud qu'il était !

— Je ne vais quand même pas la remercier ! Moi, je n'aurais jamais été capable de faire ça à un homme que j'aimais…

— Tu l'aimes encore, Muriel ?

— Non, plus du tout, mais ça n'efface pas le passé pour autant.

— Tu n'étais que sa maîtresse, toi, pas sa femme. Ça ne te donnait pas le droit de te révolter comme elle, contre…

— Fernande, une faveur, n'emploie plus ce titre de maîtresse quand tu parles de moi. J'ai eu à le porter et en avoir honte pendant si longtemps. Je suis célibataire, mère d'un enfant, heureuse de l'être.

— Excuse-moi, ça faisait tout simplement partie de ma déduction. Tu es une femme libre, Muriel, et je le sais. Je ferai attention à l'avenir.

— De toute façon, il est hors de mon existence, Jacques Derais, et quoi qu'il lui arrive désormais, ça m'est égal. J'ai ma vie à vivre et je t'annonce que je vais prendre des cours de conduite la semaine prochaine. Quand j'obtiendrai mon permis, ma mère m'a promis de me donner sa voiture pour que je puisse emmener Guillaume à Saint-Jovite, sans avoir plus besoin de personne pour nous y conduire. À moins que tes enfants et toi veniez aussi, évidemment…

— Enfin ! Quelle bonne nouvelle ! Tu pourras aller magasiner avec ton fils sans que ta mère vous accompagne chaque fois. Tu vois ? Tu fais de grands pas, Muriel Augère. Et quand tu auras un emploi…

— J'y travaille, ne crains pas, je verrai ce que je pourrai trouver cet automne.

Pendant que les deux femmes poursuivaient leur conversation sans plus s'attarder sur l'horloger, ce dernier bambochait encore dans quelques bars malfamés où il rencontrait des prostituées bon marché. Quelques-unes lui offraient même la gratuité en échange d'un *drink* ou d'une couple de bières. Parce qu'il était encore beau et qu'il s'exprimait mieux que les *bums* et les drogués auxquels elles étaient accoutumées. Toutefois, Jacques aura à se trouver un gîte pour un certain temps, la nouvelle propriétaire de l'immeuble de la rue Sauvé tenait à rafraîchir le logement avant de s'en faire un pied-à-terre. Ne sachant trop où aller, il avait appelé son père à Edmundston pour lui faire part de ses épreuves, et Émile de l'interrompre pour lui dire :

— Écoute, je suis au courant de tout, Rachel m'a téléphoné pour m'aviser de ce qui était arrivé et comment elle avait réagi.

— Traître de sa part, n'est-ce pas ?

— J'admets qu'elle y a été un peu fort, mon gars, mais faut croire que tu l'as cherché. La tromper après tout ce qu'elle a fait pour te remettre sur pied. Comment as-tu pu ?

— Je ne l'aimais pas, papa, je ne l'ai jamais aimée.

— Que dire de ta maîtresse que tu as gardée durant tant d'années et que tu as quittée ?

— Elle, je l'ai aimée, mais je ne l'aimais plus.

— Tu sais, l'amour, c'est un bien grand mot quand on dépend des autres. Il y a aussi le partage et l'harmonie... Mais, je ne te ferai pas un sermon au bout du fil. Que comptes-tu faire maintenant ?

— Je ne sais pas, je suis découragé, je ne sais plus où aller, je suis dans la rue, papa.

— C'est bien simple, reviens chez toi, Jacques. Reviens à Edmundston, tu auras encore ta place ici. Montréal et ses mauvais souvenirs seront derrière toi. Nous ne nous entendons pas toujours à merveille, mais je t'accueillerai de la même manière que ta mère l'aurait fait.

— Tu sais que j'ai aussi perdu ma voiture dans cette pagaille, rien n'a été épargné.

— Qu'importe, prends l'autobus avec tes valises comme je l'ai fait, j'ai une voiture ici. Quitte vite cette atmosphère qui risque de te rendre malade et reviens chez ton père, Jacques. Tu seras toujours mon p'tit gars, tu sais !

— Merci, papa, ça me rassure. Je vais attendre au début de la semaine prochaine pour éviter la foule et je t'arriverai comme un cheveu sur la soupe ! Oui, j'ai envie de retrouver la ville et la province de mes jeunes années. Et je ne laisse rien derrière moi, crois-moi, j'ai tout perdu, ma fille aussi.

— C'est ce qu'il y a de plus triste dans cette histoire, mais comme Chantal s'est rangée du côté de sa mère... Dis, où vas-tu habiter d'ici mardi prochain ?

— Je vais voir, un petit hôtel, un motel, n'importe quoi, n'importe où, jusqu'à ce que j'arrive enfin chez nous.

Mais Jacques ne chercha pas un hôtel ou un motel, même s'il y en avait à profusion autour de lui. Il avait une idée bien ancrée en tête. La veille du samedi où il devait quitter le logement du haut de l'immeuble, il réussit à vendre ses meubles à perte à la propriétaire, pour ensuite téléphoner au presbytère où le brave curé, un bon client qui avait acheté plusieurs bijoux en or pour ses nièces, prit le récepteur. Jacques, s'expliquant vaguement, lui demanda s'il y avait possibilité de l'héberger pour deux ou trois nuits avant de quitter pour le Nouveau-Brunswick. Le curé qui l'estimait beaucoup, empressé, lui répondit : « Venez dès ce soir, monsieur Derais, si vous le voulez, la gouvernante aura préparé une belle chambre pour vous. Vous y resterez le temps nécessaire, on s'occupera de votre lessive et de la nourriture.

Arrivez, n'hésitez pas, je vous dois tant de choses, vous m'avez fait tant de rabais sur mes achats ! » Pauvre curé, dupé chaque fois ! « Et je vous aime beaucoup » avait conclu le curé avant de raccrocher.

Le soir même, fidèle à l'invitation du prélat, Jacques se présenta au presbytère de sa paroisse avec une valise et un sac de voyage contenant tous ses effets, et le brave curé l'accueillit à bras ouverts. Après un bon souper servi par sa cuisinière, les deux hommes parlèrent longuement et Jacques se vida le cœur, comme à un confesseur, en lui disant comment on l'avait fait souffrir en le dépouillant de la sorte de ses biens, lui qui n'avait rien à se reprocher, honnête travailleur sur son banc d'horloger. Et le curé, sympathique à sa cause, en guise d'absolution, lui répondit en se touchant le cœur : « Ne vous en faites pas, mon fils, Dieu vous le rendra ! » Et le Seigneur le lui avait certes rendu en lui offrant ce gîte, une fois de plus… *su'l bras !*

Épilogue

L'automne se pointa, et le 27 septembre 1990 il faisait tellement beau qu'on se serait cru à l'été indien. Le dimanche qui suivit, Fernande et Muriel s'étaient donné rendez-vous dans un centre d'achats de la rue Salaberry et la nouvelle conductrice s'y rendit avec sa propre voiture, don de sa mère qui l'avait depuis peu mise à son nom. Elle avait passé devant l'église Sainte-Suzanne où des parents heureux s'apprêtaient à entrer pour y faire baptiser leur enfant, ce qui lui rappelait un très beau souvenir.

Rendue à destination, Fernande l'attendait dans un restaurant et, confortablement assise toutes les deux, Muriel lui vanta le mérite d'avoir à elle la voiture de sa mère et de conduire comme si elle l'avait toujours fait, ayant réussi l'examen de la Société d'assurance automobile du Québec du premier coup. Guillaume passait la journée chez un ami ce jour-là, ce qui permettait à sa mère de s'entretenir entre adultes avec sa meilleure amie.

Avec un jus de légumes devant elles, peu pressée de commander, Fernande s'informa de Guillaume et Muriel vanta, fière de lui, ses progrès scolaires, pour ensuite ajouter soudainement :

— Il m'a questionnée sur son père, tu sais ?

— Ah oui ? Comment ça ?

— La mère d'un de ses camarades de classe s'est informée de son papa, l'horloger qui avait fermé ses portes, elle désirait savoir s'il allait bien. Or, sans rien laisser paraître, Guillaume lui répondit qu'il allait bien et, vif comme l'éclair, il ajouta qu'il était rendu aux États-Unis pour un gros travail par là. Il était mal à l'aise d'avoir menti à la dame, je lui apprenais sans cesse à dire la vérité, mais dans un tel cas, je lui ai fait comprendre qu'il s'agissait d'un pieux mensonge, que le Bon Dieu n'en tiendrait pas compte. Ça s'arrêta sur ce bout de conversation, mais de retour à la maison, sans que je m'y attende, il me demanda devant ma mère :

« — Est-ce que c'est Jacques qui est mon père, maman ?

« J'ai sursauté, ma mère aussi, et sous le choc, j'ai répondu comme si de rien n'était :

« — Heu, oui… Mais pourquoi cette question ?

« — Parce que je ne porte pas son nom, contrairement à d'autres élèves.

« — Sans doute des plus vieux que toi, car une loi est passée peu après que tu sois né, mentit-elle, et on pouvait choisir le nom qu'on voulait pour son enfant, ou les deux. Moi, j'ai choisi de te donner le mien, je le trouvais plus rare, plus joli, et comme Jacques n'était pas là ce jour-là…

« — Pourquoi ? Où était-il ?

« — À l'horlogerie, car c'était un samedi et l'un de nous deux devait rester au magasin pour accueillir les clients, et c'est grand-mère qui était venue avec moi à l'église. Mais pour revenir à ce que tu me demandes, oui, Jacques est ton père, mais il n'était pas gentil avec toi. Il ne te donnait pas souvent de cadeaux et il était sévère. Aussi bien te le dire, il n'aime pas tellement les enfants. Il préfère les adultes, surtout ceux qui sont ses clients. Un enfant, c'est dérangeant pour lui…

« — Tant pis pour lui parce que je t'aime beaucoup plus que lui, maman. Grand-mère aussi !

« Rassuré, il ajouta en nous regardant, maman et moi :

« — Au moins, je sais qui est mon père, on me le demande souvent à l'école et je ne sais pas quoi répondre. Maintenant, j'aurai un père comme tous les autres élèves, sauf Carl qui a perdu le sien dans un accident d'automobile.

« — Pauvre garçon… Bon, on passe à table maintenant, mon grand ? »

— Et ça s'est arrêté là, Fernande, je ne sais comment j'ai pu avoir la présence d'esprit pour lui prêter ce père, mais comme la mère de son copain le croyait, elle, je me suis dit qu'il en était sans doute de même pour plusieurs autres, dont mes anciennes clientes. Remarque que le petit a tout fait pour gagner l'affection de Jacques, il venait lui montrer ses bonnes notes, il le questionnait sur son travail quand il réparait une montre, mais ce fainéant le chassait en lui disant qu'il l'importunait. Que veux-tu, Jacques n'a jamais aimé les enfants. Il ne supportait même pas sa propre fille quand elle pleurait, petite, me disait-il. Un enfant, ça doit dormir tout le temps, selon lui. Ah ! le chenapan ! Comme s'il n'avait pas été petit, lui !

— Mais que vas-tu dire à Guillaume plus tard s'il revient à la charge ?

— Je n'y pense pas maintenant. Plus tard c'est loin et, comme dit l'adage : *Hier, c'est parti, vivons pour aujourd'hui, car demain ne nous est pas promis.*

— Te voilà rendue sage, toi. Tu lis les poètes ?

— Non, j'ai lu ça dans une chronique du journal, on apprend autant avec eux que dans les grands livres de Jacques Derais.

— À propos, Muriel, as-tu passé en face de l'ancienne horlogerie pour te rendre ici ?

— Non, j'évite ce coin, trop de mauvais souvenirs surgiraient et j'ai encore peur de le voir à la porte, sur les marches du perron. C'est bête, non ?

— Il t'a tellement marquée. Mais ne t'en fais pas, il n'y a plus de perron et l'immeuble a changé de couleur, on l'a repeint en blanc avec les cadres des fenêtres et la porte en rouge. C'est maintenant un attrayant salon de coiffure qui s'appelle *La main de fée.* Il n'y a qu'une coiffeuse pour l'instant, la propriétaire, mais elle va engager du personnel bientôt. Est-ce que tu vas l'adopter ?

— Oh non ! Je craindrais d'arriver face à face avec lui sur son banc ! Je l'ai sorti de ma tête, mais je le vois encore partout. Je ne suis jamais retournée à son restaurant infect et bon marché. J'évite tous les endroits qui lui étaient familiers. Je ne sais plus où il habite, mais qu'il se perde dans la nature ! Seul Guillaume va s'en souvenir comme père, ce qui va l'arranger pour l'école. Quant à moi, que le diable l'emporte, ce minable. D'ailleurs, j'ai mon petit coiffeur régulier auquel je reste fidèle. On regarde-tu le menu maintenant ?

— J'ai déjà fait mon choix, une salade au thon pour moi avec un café sans sucre. J'ai encore pris du poids ! Une chance que Marc ne s'en plaint pas ! Chanceuse que ça ne t'arrive pas. Au fait, pas de travail en vue ?

— Oui, j'oubliais ! Ma mère m'a déniché un poste de réceptionniste dans une clinique dentaire de Laval, c'est là qu'elle va régulièrement.

— Tu commences quand ?

— Dans deux semaines, lorsque l'autre, une dame plus âgée, prendra sa retraite.

— Tu dois avoir hâte ?

— Si on veut, c'est un emploi payant, mais loin de la maison pour toute la journée. Absente quand Guillaume va rentrer de l'école…

— Muriel ! Il s'en va sur ses douze ans ! Et ta mère est toujours là ! Je comprends que tu sois présente dans sa vie pour deux, mais ne deviens pas mère poule pour autant ! Laisse-le respirer, cet enfant-là ! Tu vas le rendre nerveux à force d'être toujours sur ses pas ! C'est un si bon petit gars, tu n'as pas à t'inquiéter.

— Je ne m'inquiète pas, je le surveille, Fernande. Il parle à tout le monde et s'il fallait qu'il tombe sur un maniaque…

— Pire que mère poule, tu es paranoïaque ! Martin aussi était ouvert à tous à son âge, et il ne lui est rien arrivé. Ne t'en fais pas avec ces idées, on vit dans un très bon quartier.

Pendant ce temps, sur une longue autoroute, confortablement assis dans le troisième banc de l'autobus qui allait le conduire à Edmundston, Jacques Derais ne pouvait croire être rendu si bas. En autobus jusqu'au Nouveau-Brunswick, avec une valise et un bagage dans la soute, des gens sans importance comme compagnons de route, un enfant qui pleurnichait abondamment et qui lui tapait sur les nerfs, ainsi qu'un chauffeur en qui il n'avait pas confiance, vu son âge avancé. Le talon gauche appuyé sur le repose-pieds, il s'empara de son livre de poche, *L'Herbe rouge,* de Boris Vian, et se servit de ses écouteurs qui lui transmettaient de la musique classique pour étouffer les pleurs du petit qui tardait à s'endormir. Avec le bruit du moteur et des roues sur l'asphalte, il put se réfugier dans son univers sans penser à ceux, surtout à celles qu'il laissait derrière lui. Fort chanceux, il était seul sur son banc, aucun compagnon d'infortune pour l'embarrasser. À l'heure du lunch, il sortit de sa mallette de cuir bourgogne un sandwich au poulet que la cuisinière du curé lui avait préparé avant son départ, ainsi que des carrés aux dattes cuisinés de ses mains, et une boisson gazeuse moins froide qu'au départ, mais qui le désaltéra quand même. Au terminus, avant de monter dans l'autobus, il n'avait fait qu'un seul achat, une tablette de chocolat à la noix de coco, sa préférée, pour sa collation de l'après-midi. Les yeux parfois sur le panorama, plus souvent dans son livre qu'il n'appréciait guère, il trouva le temps fort long entre Montréal et le Nouveau-Brunswick. Si encore il avait effectué ce voyage au volant de sa Thunderbird…

Après un certain temps, il referma le livre et s'endormit au son de la *Symphonie No. 8 en si mineur*, dite « inachevée » de Schubert. Tous les musiciens possibles se retrouvaient sur ses petites cassettes qu'il avait en poche. Il ne se leva qu'une seule fois au cours du trajet pour un besoin naturel et revint se blottir contre le petit oreiller qu'on lui avait offert, le dos tourné aux voyageurs, les yeux fermés sur l'extérieur. Aucune pensée ne lui traversait l'esprit. Ni Rachel, ni Muriel, pas même sa fille Chantal, et encore moins les femmes rencontrées au cours de sa carrière insatiable de débauché. Pas même sa Jojo qui venait tout juste de le quitter et qu'il avait tout bonnement cessé d'aimer. *Une ingrate comme toutes les autres !* avait-il marmonné en apprenant qu'elle cherchait déjà à le remplacer.

Lorsqu'il arriva à la gare d'Edmundston après avoir avalé un autre sandwich de la cuisinière du curé et dégusté un café acheté à un arrêt, il aperçut son père qui l'accueillit à bras ouverts en lui demandant s'il avait fait un bon voyage.

— Oui, pour un certain temps, papa, mais ça finit par être long et les reins en prennent un coup, même si les sièges sont confortables. L'important, c'est d'être rendu. Toi, tu vas bien ? Tu as bonne mine à ce que je vois.

— Oui, toi aussi, mon garçon. Malgré les déboires, tu n'as rien perdu de ta prestance. Je ne peux pas croire tout ce qui t'est arrivé. Ruiné d'un coup sec ! Rachel que j'aimais tant et qui a été si sournoise, si vilaine. Je n'ai pas été très chaleureux avec elle au téléphone et je doute qu'elle me rappelle.

Je viens de la perdre, mais qu'importe. Ce qui me fait plus de peine c'est que je n'aurai plus de nouvelles de ma petite-fille.

— Tu lui écriras, papa, j'ai son adresse dans mon carnet.

— Tant mieux, c'est ma seule descendante et je l'aime beaucoup. Elle a été si fine avec moi lors de notre séjour.

— Pas avec moi cependant, mais ça reviendra avec le temps. Elle finira par comprendre que sa mère avait aussi ses torts.

— Espérons-le, la famille est si petite… Tiens ! Tu portes des *jeans* maintenant ?

— J'en ai toujours porté à la boutique et, pour voyager, c'est plus confortable qu'un complet, tu ne trouves pas ?

— Entièrement d'accord ! Viens, je prends ta valise, et tu t'empares de ton *club bag* qui est plus lourd, ma voiture est à quelques pas.

Jacques, montant à bord, releva un peu son collet de coupe-vent, et son père de lui dire :

— Tu t'y feras, c'est toujours un peu plus frisquet au Nouveau-Brunswick qu'au Québec.

— Ça ira, je suis un peu frileux tout simplement, mais rendu à la maison, avec un bon thé chaud…

— Tout t'y attend, Jacques, et j'espère que tu te plairas sous notre toit.

Curieux, il avait dit « notre toit » et sa mère n'était plus là. Peut-être l'imaginait-il encore sur le seuil de la porte avec son petit mouchoir blanc qu'elle agitait ?

La maison n'étant pas loin du terminus d'autobus, ils firent le trajet en dix minutes et, ayant monté l'escalier avec ses bagages, aidé de son père, il entra et franchit le couloir en apercevant sur le divan du salon, une dame assise qui se levait timidement. Il la salua sans la reconnaître d'abord, puis il réalisa que c'était la femme de ménage qu'ils avaient depuis si longtemps. Jacques, s'adressant à son père, lui murmura :

— Elle travaille encore ici ? Tu l'as toujours gardée ?

Émile, sourire aux lèvres, fit signe à la dame d'avancer et la présenta officiellement à son fils :

— Jacques, je te présente Marie-Marthe, ma nouvelle épouse. Nous nous sommes mariés au printemps dernier.

Jacques Derais faillit tomber à la renverse ! Sans le lui dire, son père avait épousé la servante de sa mère, la femme de ménage, la bonne à tout faire. Voilà pourquoi elle était si bien vêtue ! Il lui tendit la main sans lui sourire et sans la féliciter pour autant. Il était impossible que cette femme prenne la place de Bella, sa mère, une femme si raffinée, si distinguée... Incommodé, mais ne voulant pas trop le montrer, il ne pouvait croire néanmoins que cette Marie-Marthe soit devenue sa belle-mère. Sentant qu'elle n'était guère acceptée de son beau-fils, Marie-Marthe se réfugia de nouveau dans le salon et haussa le son de la télévision pour ne rien entendre de ce qu'ils se disaient :

— Voyons, papa, tu n'as pas épousé la servante ? Tu aurais pu m'aviser, il y a tellement de veuves de qualité à Edmundston. C'est impardonnable !

— Écoute-moi bien, mon fils, Marie-Marthe est avec nous depuis douze ans, c'est une personne respectable. Elle a déjà été mariée avec un soldat, mort chez lui en revenant d'une mission en pays étranger. Un virus sournois rapporté de là-bas. Elle n'a jamais eu d'enfants, deux fausses couches seulement. Pas de famille, sauf un frère plus âgé qu'elle qui se meurt en Colombie-Britannique. Elle a vécu avec nous jour et nuit les derniers temps de ta mère qui était de plus en plus faible. Elle a été très bonne pour elle. Devenu veuf et seul, je l'ai gardée pour l'entretien et les repas, elle cuisine si bien. Elle connaissait tout de la maison et je me suis attaché à elle. Je lui ai demandé de quitter son petit logis et de venir s'installer ici définitivement et, de fil en aiguille, je l'ai mariée.

— Tu aurais dû nous prévenir ? Nous serions venus…

— Non, vous seriez intervenus, Rachel et toi, pour ne pas que ceci se passe. D'ailleurs, assez en froid toi et moi, je n'avais pas d'annonce à te faire ni de permission à te demander. J'ai épousé Marie-Marthe, que ça te plaise ou non. Je l'aime beaucoup, elle me rend heureux et elle prend grand soin de moi. Autre chose, mon gars ?

— Heu, non… Mais elle est plus âgée ou plus jeune que toi ?

— Me voilà octogénaire et Marie-Marthe a dix ans de moins que moi. Elle a une assez bonne santé, elle travaille bien et me respecte autant qu'avant, sauf qu'elle est ma femme maintenant.

Après un souper cordial, sans plus, avec elle à la table, Jacques se réfugia dans le boudoir lorsque son père vint le rejoindre, et le fils, renfrogné, en profita pour lui poser une question qui lui brûlait le bout des lèvres :

— J'imagine que tu as modifié ton testament depuis ton union avec elle ?

— En effet, Marie-Marthe devient la seule bénéficiaire de tous mes biens, la maison et mon assurance vie aussi. Toutefois, si elle meurt avant moi, c'est toi qui hériteras et, advenant ton décès, Chantal, ma seule petite-fille, serait bénéficiaire. J'ai pensé à tout comme tu vois.

— Je m'en doutais bien… Juste à voir ta femme, c'est une corne d'abondance qui l'attend.

— Voyons, elle peut partir avant moi, elle est fragile tu sais, elle a failli perdre un rein il y a cinq ans. Pas facile, ça !

— N'empêche qu'elle a dix ans de moins que toi, papa !

Malgré ses efforts, Jacques ne pouvait supporter cette belle-mère improvisée. Une intruse selon lui. Non seulement pour la perte de l'héritage, mais il ne pouvait voir cette ex-servante se servir du cristal de sa mère, de ses assiettes de porcelaine et l'imaginer dans les draps de son père les soirs venus. Pour lui, c'était une intrigante, une profiteuse qui avait mis le grappin sur le vieil imbécile qui s'était laissé berner par elle. En guise de protestation, il se mit en frais de l'ignorer, même si Marie-Marthe, toute dévouée, préparait ses repas et faisait sa lessive chaque semaine. En somme, elle l'entretenait autant que sa mère l'aurait fait, mais il ne la remerciait jamais, ne lui parlait pas, et la sentait passer près de lui comme si elle était un chat, duquel on ne tient pas compte. Parfois, elle lui demandait durant la soirée :

— Vous aimeriez un bon thé anglais, Jacques ?

Et il répondait sans lui dire merci ni la regarder :

— Non, j'ai ce qu'il me faut.

Mal à l'aise à cause de lui, elle avait fini par raconter à Émile de quelle façon il la traitait, ce qui lui valut de la part de son mari :

— T'en fais pas, ma vieille, il va finir par se soumettre, il comprendra avec le temps que tu es une personne aimable et charitable.

— Je veux bien te croire, Émile, mais déjà dans la cinquantaine, ce n'est plus un gamin pour agir de la sorte. J'aimerais mieux qu'il me dise ce qu'il pense de moi que de m'ignorer ainsi. C'est pas normal, j'en suis rendue à passer mes journées avec lui comme s'il était un pur étranger. Je me sens épiée…

— Non, ne t'en fais pas, ça passera. Il faudra bientôt qu'il se cherche du travail, je ne vais pas l'entretenir comme ça bien longtemps, il est en forme, il peut trouver quelque part…

— Mais pour ça, faut chercher ! Il passe ses journées à lire. Des bouquins en français seulement, même s'il est bilingue. Il cherche des films français à la télévision, je ne peux plus regarder mes *soaps* l'après-midi, il faut que je me retire dans notre chambre où c'est confortable. On est bilingues à Edmundston, c'est le Nouveau-Brunswick ici, il devrait tenter de s'adapter s'il veut se trouver un emploi ici.

— Ne te mêle pas de sa vie, Marie-Marthe, il était sous mon toit bien avant toi, il a grandi dans cette maison. Le fait de l'avoir enlevé de mon testament n'a pas aidé, j'aurais dû attendre un peu.

— Ben, voyons, je suis ta femme, c'est à moi que tu dois penser en premier. Il n'est jamais venu te visiter sauf une fois avec sa maîtresse que j'ai à peine vue, ils étaient toujours au lit ! Il était quasiment un étranger pour toi, Émile. Tu as été longtemps sans même lui parler. Et là, il te revient parce que sa femme l'a mis dehors. Tu appelles ça un fils fidèle, toi ? Moi, à ta place…

— Arrête de le démolir, ça ne va qu'empirer les choses, Marie-Marthe. Je sais que tu ne l'aimes pas…

— Je l'aurais aimé s'il avait été aimable. Il me considère encore comme la servante de sa mère. C'est tout juste s'il ne me désigne pas le balai ou la moppe !

— Bon, arrêtons là, et pour ce qui est de tes *soaps*, je vais t'acheter un autre téléviseur, Marie-Marthe, plus gros que celui de la chambre, et un bon fauteuil berçant pour que tu regardes ce que tu veux dans le petit boudoir. En ce qui le concerne, ne t'en fais pas, dès qu'il trouvera du travail, il se louera un appartement. Je veux bien l'héberger temporairement, mais il ne va pas s'emparer de tout ici, sans que je lève le petit doigt.

Émile Derais, constatant que son fils passait ses journées à lire, étendu sur le divan du salon, eut une idée de génie. Une des bonnes amies de Bella, sa défunte femme, bibliothécaire à Edmundston, se cherchait une ou un adjoint pour la seconder dans sa tâche. Celle en place partait pour aller s'installer avec son mari à Fredericton où l'époux avait été transféré. Le poste tout désigné pour celui qui avait toujours le nez dans les livres, d'autant plus que la bibliothèque était francophone avec quelques livres en anglais seulement. Jacques y retrouvait donc ses classiques, les Balzac, les Flaubert et les Hugo, en plus des *best-sellers* actuels de la France et du Québec. Excellent gestionnaire, il l'avait prouvé à son père par sa cupidité, et ce dernier s'était vite aperçu que, tout comme sa mère, son fils était un... gratte-la-cenne ! Ce qui serait apprécié dans son futur emploi par la communauté. Affable avec les gens comme il l'avait été avec ses clients, la bibliothécaire le reçut avec amabilité lorsqu'il se présenta pour le poste vacant. Fort impressionnée par ses connaissances en littérature historique française, russe et anglaise, elle remarqua qu'il était parfaitement bilingue. Elle l'engagea donc *subito presto* avec la confiance qu'elle avait en son père, Émile Derais, et le doux souvenir de Bella. Le salaire n'était pas faramineux, mais comme Jacques ne payait ni gîte ni pension chez papa, ce montant lui suffirait pour ses menues dépenses. Il avait même ouvert un petit compte personnel à la banque, pour le surplus qu'il y déposerait.

Le lundi suivant, installé à son poste, il fut vite accepté des usagers qui se présentaient à lui pour l'emprunt d'un livre, et la bibliothécaire, ravie de son entregent, s'estimait fort heureuse d'être tombée sur un homme tel que lui. Jacques Derais, il va sans dire, comptait bien un jour prendre sa place et son salaire, elle était âgée et revêche. L'autre jeune fille, peu jolie et lente, n'était bonne qu'à remettre les livres sur les étagères tout en répondant à des abonnés pendant que Jacques dînait dans l'arrière-boutique, avec son lunch préparé par Marie-Marthe. Et ce qui devait arriver arriva avec le temps, la vieille dame, sa patronne, tomba malade et dut céder son poste. C'est donc Jacques Derais, selon le conseil local de la mairie, qui devint bibliothécaire en chef et qui se fit un devoir de transformer et de rénover quelque peu la bibliothèque avec l'argent des contribuables. Grand patron, salaire plus élevé, libre de ses actes, il engagea un jeune homme et non une femme comme adjoint, certain que ce dernier, ayant tout à apprendre, n'allait pas lui envier sa place ou lui arriver avec un congé de maternité ! Bibliothécaire était un poste que Jacques Derais comptait garder longtemps, sans pour autant quitter la maison de son père, malgré les insistances de sa belle-mère qui voulait finir ses jours seule avec son vieux. Mais plus coriace qu'avant, s'étant rendu compte que Jacques ménageait ses sous à leurs dépens, qu'il ne payait rien du tout et qu'il la méprisait, Marie-Marthe en vint à lui parler un soir et à lui demander tout bonnement :

— Ça vous satisfait cette promotion à votre travail ?

— Bien sûr, qui ne voudrait pas gravir les échelons avec le temps ? Vous en savez quelque chose, non ?

Du tac au tac, se sentant visée, elle répliqua :

— Vous savez, dans la vie, y en a qui montent et d'autres qui tombent ! Chacun son tour, l'assiette au beurre !

Lorsque décembre surgit, Émile Derais demanda à son fils s'il pouvait se trouver un appartement quelque part, être autonome, le laisser seul avec Marie-Marthe pour un dernier tour de piste à deux. Jacques hésita puis promit à son père qu'il trouverait quelque chose après les Fêtes, de lui laisser au moins le temps de s'habituer à son nouveau poste qui exigeait beaucoup de lui. Et le père, une fois de plus, en souvenir de Bella, accepta le compromis de son p'tit gars. À la bibliothèque tout allait bien, aucune contrainte comme au temps des Fêtes à l'horlogerie, où il lui fallait vendre constamment sous pression. Seul et heureux de l'être, il avait certes remarqué quelques abonnées qui auraient eu l'heur de lui plaire, mais il avait détourné la tête, ne voulant pas compromettre sa situation si enviée de plusieurs. Il ne voulait plus jouer et devenir un *Qui trop embrasse, mal étreint*, pour être ensuite dénoncé et poursuivi par ces belles d'un soir. D'ailleurs, existait-il vraiment de ces dames passagères dans une ville exemplaire où le culte de la famille était proverbial à en juger par les messes du dimanche très respectées ? Jacques s'y rendait aussi pour être vu des usagers de la bibliothèque. Ce qui n'allait que rehausser sa très bonne renommée.

Soudain, peu avant les Fêtes, un problème de santé. Jacques avait remarqué une ou deux verrues sur ses parties privées. Alarmé, il consulta le vieux médecin de famille de son père et ce dernier, perplexe, lui conseilla un examen plus poussé à l'hôpital, où Jacques se rendit par un après-midi, alors que son jeune adjoint le remplaça. Sur les lieux, un médecin de garde, une femme, le fit passer dans son bureau, mais Jacques insista pour que ce soit un homme. Il lui murmura qu'il s'agissait de ses parties intimes, qu'il n'était pas à l'aise avec une femme, et cette dernière de lui répondre avec fermeté : « J'en ai vu d'autres, vous savez ! » Mais il insista en lui disant qu'il ne doutait pas de ses compétences, mais que s'il ne pouvait rencontrer un médecin masculin, il retournerait chez lui et consulterait ailleurs. Lui, pourtant sans gêne avec les femmes dans ses rencontres sordides, ne pouvait se déculotter devant une femme médecin, À cause de l'anomalie à ses parties, bien entendu. Infatué, il lui fallait être parfait en tout temps ! C'en était ainsi ! Or, voyant qu'il était sérieux, la dame au sarrau blanc d'environ quarante ans, le dirigea vers un confrère en chuchotant à ce dernier : « C'est privé son affaire, il veut montrer ça à un homme, pas à une femme, médecin qualifié ou non. » Le confrère esquissa un sourire et lui demanda de le faire attendre, qu'il avait deux patients avant lui, ce que Jacques accepta sans rouspéter, bien assis sur une chaise dans la petite salle d'attente d'à côté avec un livre de poche en main. Un peu moins de trente minutes plus tard, un médecin de sa génération, la cinquantaine un peu plus avancée cependant, le reçut avec amabilité. Jacques lui expliqua sa gêne de montrer ce qu'il avait de pas correct à une femme et, tout en baissant son pantalon et en laissant glisser son sous-vêtement, il déclara au médecin :

— C'est comme des petites verrues…

— Laissez-moi regarder ça, l'interrompit le médecin. Écartez les jambes.

Le docteur examina le problème en quelques secondes, le fit s'étendre sur la table, lui demanda de se retourner sur le ventre, l'examina de partout et le fit se rasseoir pour lui dire :

— C'est bien simple, monsieur, vous avez de crêtes de coq.

— Des quoi ?

— C'est une maladie transmise sexuellement. Les crêtes de coq que vous avez confondues avec des verrues ordinaires, sont causées par un virus, celui des papillomes humains. Chez la femme, ça se manifeste au vagin ou sur le col de l'utérus, chez l'homme, c'est presque toujours au pénis ou dans la région de l'anus, ce qui est votre cas.

— Est-ce dangereux ? Est-ce que ça se guérit ? demanda Jacques, inquiet.

— Oui, mais ça peut être long avec les médicaments. Mais, si ça persiste, les crêtes de coq peuvent être enlevées par la chirurgie.

Jacques Derais, apeuré à ces mots, balbutia :

— Est-ce… transmissible ?

— Hélas, oui, et je suggère que votre partenaire soit suivie. Vous savez, les dommages peuvent apparaître de deux semaines à huit mois après le contact. Tenez, je vais vous remettre la brochure que vous lirez attentivement et je vais vous prescrire une ordonnance de quelques semaines. Puis, vous reviendrez me voir. Vous êtes marié ? Vous avez une épouse ?

— Non, mais je sais laquelle m'a foutu ça !

— Vous dites, « laquelle ». Il y en a eu beaucoup ces derniers temps et même avant ?

— Disons plusieurs. J'habitais à Montréal et je n'étais pas raisonnable… Je suis ici depuis peu.

— Bon, mais là n'oubliez pas que pour réduire les risques d'infection, aucune relation sans le condom.

— N'ayez crainte, pas de condom, docteur, l'abstinence totale jusqu'à la guérison. J'ai ma leçon ! Mais, comment est-ce possible ? Des crêtes de coq ! C'est la première fois de ma vie que j'entends ce nom-là !

— Il existe bien d'autres maladies, mon ami, surtout avec le sexe sans protection. Bon, partez maintenant et ne soyez pas alarmé outre mesure. Je vais vous suivre et nous allons en venir à bout, monsieur Derais.

— Merci docteur, sans vous... Imaginez ma honte, si c'était l'autre, la dame, qui m'avait examiné ?

Le médecin avait souri et Jacques, sorti de son bureau, il appela la patiente suivante qui avait trouvé l'attente un peu longue.

À bord de la voiture de son père, encore secoué, Jacques songeait : *Une anomalie qu'on allait tenter de traiter avec des crèmes antibiotiques ou une chirurgie... Quelle disgrâce !* Fort heureusement, il n'avait pas de femme dans sa vie à qui dévoiler une telle infamie. Rien d'angoissant pour le moment, mais atterré par la nouvelle, l'horloger d'antan sentit sa libido fondre à zéro. Dès lors, plus de sexe pour lui, le moindre effort lui faisait peur. Puni par où il avait péché ? Il avait beau se creuser la tête, il ne parvenait pas à trouver qui lui avait refilé ce virus infectieux. Sûrement pas sa Jojo, elle était si propre. Et comme ça pouvait remonter à six ou huit mois comme lui avait dit le médecin... Il avait eu tant de femmes dans son lit ! Il redoutait toutefois une de ses dernières conquêtes parmi les filles à tarifs qu'il obtenait pour le prix de deux bières dans le club malfamé... Mais à quoi bon chercher, le mal était fait. Il relirait chez lui la brochure que le médecin lui avait donnée et se rendit avec l'ordonnance dans une pharmacie éloignée où on ne le connaissait pas. Prenant les propos du médecin comme une condamnation, il considérait avoir eu plus que sa leçon. Lui, si fier, si hautain parfois, avait été réduit à néant devant la science qui lui reprochait d'avoir couché avec n'importe qui, n'importe quand. D'où le verdict peu reluisant !

Gardant pour lui ce diagnostic peu flatteur, il se consolait avec les films en location de la bibliothèque et passait ses fins de soirée à regarder des productions françaises avec de belles comédiennes comme Fanny Ardant, Sophie Marceau ou Isabelle Adjani qui l'avaient tant fait fantasmer. Une économie de plus avec ces films gratuits, tout était calculé pour lui ! En plus de la lecture et de quelques pseudo-littéraires comme lui qu'il fréquentait pour les écouter lire les poèmes de Verlaine ou de Nelligan, son préféré. Sans toutefois devenir ami avec aucun d'entre eux. Vêtu de *jeans*, bien rasé toutefois par respect pour les abonnés, le crâne de plus en plus dégarni et du lard à la ceinture, il n'avait plus rien du séducteur qu'il avait été avant de s'exiler. Le soir venu, malgré les comprimés, les onguents répétés et les sous-vêtements amples en coton qu'il devait porter, il devait se battre souvent contre de fortes démangeaisons. Quelle terrible punition ! De toute façon, n'étant plus que l'ombre du bel homme qu'il avait été, aucune femme ne s'intéressait à lui, du moins physiquement et, en aurait-il existé une qu'il l'aurait vivement repoussée, pour protéger scrupuleusement, son « outil »… en traitement !

Un Noël chez son père avec Marie-Marthe, ses tourtières, sa dinde au four, ses tartes au sucre, et il était songeur. Le temps des Fêtes le rendait triste. Sans le chercher vraiment, il revoyait Muriel dans sa robe moulante rouge avec ses talons aiguilles et il en soupirait de regrets. Son ex-maîtresse de tant d'années était la seule dont il gardait un bon souvenir. Toutes les autres n'avaient été que des brouillons dont il avait presque oublié leurs noms. Et, songeant à Muriel en cette veille de Noël, pour la première fois, seul dans sa chambre, il lui demanda pardon.

De son côté, à Montréal avec Guillaume et sa mère, Muriel avait monté la crèche où l'on déposerait l'enfant Jésus. Un petit réveillon à trois, rien de plus, un échange de cadeaux, des câlins précieux de la part de son fiston, des étreintes de sa mère, Muriel ne pensait à personne d'autre qu'à eux. Elle envisageait l'avenir avec optimisme, un travail qui lui plaisait, Fernande qui l'entourait de son amitié, et les derniers films vus ensemble en décembre. En anglais ! Comme *Dead Poet Society,* avec Robin Williams, et *Batman* qu'elle était allée voir avec Guillaume. Son héros préféré.

Le soir de Noël, pendant qu'Adrienne se rendait chez sa cousine, Muriel accepta l'invitation à se joindre à la famille de Fernande pour un souper intime. Personne d'autre qu'eux cette fois, sans leur parenté. Sur place, Guillaume avait été choyé par Stéphanie et Martin, les enfants de Fernande et Marc et, en retour, Muriel avait apporté des cadeaux pour les adolescents qui grandissaient à vue d'œil, ainsi qu'un joli centre de table pour enjoliver le souper. Durant la soirée, pendant que les jeunes jouaient avec Marc à des jeux électroniques dans le boudoir, Fernande, restée au salon avec Muriel, lui demanda soudain :

— Tu as un bon emploi, un salaire intéressant, ça va bien avec ta mère et Guillaume, tu ne songes pas à refaire ta vie, parfois ? Je veux dire, penser à toi ?

— Pourquoi ? Je suis très bien avec ma petite famille.

— Muriel, maudit ! Tu n'as que quarante-neuf ans, pas soixante-dix ! Tu pourrais trouver un homme charmant, un veuf peut-être, voyager... Je sais que je reviens à la charge, mais tu devrais garder les yeux ouverts, il y a de bons partis...

— Je n'ai pas besoin d'homme dans ma vie, Fernande, un seul m'a suffi !

— Oui, je comprends, le mauvais numéro, mais il y en a d'autres ! Je sais bien que tu ne vis que pour ton petit, mais il va devenir grand et faire sa vie à son tour. Les enfants ne nous sont que prêtés, Muriel, je le sens de jour en jour avec les miens qui deviennent de plus en plus indépendants. Martin surtout ! Je vais finir par les perdre, je le sais, mais j'aurai Marc avec qui vieillir. Il faut penser plus loin que son nez. C'est bien beau l'adage que tu as lu dans le journal, mais c'est de la foutaise, ce n'est pas la vraie vie, ça ! Ne viens pas me dire qu'aucun homme ne te fait la cour ?

— Non, il y en a au travail qui, de loin, me font de l'œil, mais je me méfie tellement. Il y a même un nouveau dentiste qui s'est joint à nous et qui m'a invitée à dîner, ce que j'ai refusé. Qui me dit qu'il n'est pas marié et à moitié divorcé, celui-là aussi ? Chat échaudé craint l'eau froide !

— Bien oui, je sais, je te l'ai déjà dit, mais on ne peut pas se méfier de tout le monde qu'on croise ! Surtout pas s'ils sont gentils, aimables, distingués...

— Tu m'en diras tant ! Jacques avait tout cela et regarde où ça m'a menée ! Je comprends que tu puisses t'en faire pour moi, Fernande, mais je te le répète, je ne pourrais plus supporter personne dans ma vie. J'ai été assez captive d'un homme, imagine comment je traiterais le suivant, tu comprends ? C'est moi qui ne serais pas une bonne compagne pour un homme, aussi fin soit-il. Je serais peut-être portée à me venger sur lui.

— Mais s'il y a l'amour dans tout cela…

— Celui de mon enfant me suffit pour l'instant. Ta façon de voir la vie n'est pas la mienne, Fernande. On a vécu deux expériences différentes, toi et moi.

— Bon, je n'insiste pas, je voulais tenter de te redonner goût à la vie à deux, mais je me rends compte que c'est peine perdue, excuse-moi, n'en parlons plus.

— Tu n'as pas à t'excuser, tu fais ça pour mon bien. Mais pour mieux me comprendre, il faudrait être dans mes souliers, Fernande !

Sans lui avouer, toutefois, que le dentiste en question était laid comme un pichou ! Encore esthète, elle ne cherchait que le beau dans tout. Même chez un homme ! Comme Jacques l'était, pour son plus grand malheur !

Au même moment, les enfants venaient raconter leurs gains et leurs échecs dans ces jeux nouveaux pour eux, et Muriel accepta volontiers un dernier café avant de reprendre la route. Il se faisait déjà tard pour Guillaume dont elle avait le bien-être à cœur. De retour, après cette soirée chez Fernande et Marc, après avoir regardé la fin du bulletin de nouvelles, Muriel et Guillaume allèrent se coucher, sachant que grand-mère était en sécurité chez sa cousine où elle passait la nuit.

Janvier 1991 se leva sur toutes les provinces du Canada et, encore en congé des Fêtes, Muriel, sa mère et Guillaume se promettaient de belles sorties ensemble. Le 3 janvier cependant, elle ne put s'empêcher de penser à Jacques qui fêtait ses cinquante-deux ans ce jour-là, tout comme il n'oublierait pas de s'attarder un peu, où qu'il soit, sur ses cinquante ans deux jours plus tard. Cette histoire sordide avait fini comme elle avait commencé dix-huit ans plus tôt entre deux Capricorne qui s'étaient croisés et aimés pour lentement se détruire. *Ouf! c'est déjà si loin ce jour-là!* songeait-elle.

Vendredi 26 avril 1991, un soleil radieux, un peu frisquet toutefois, et Muriel se dirigeait vers le Jardin botanique en compagnie de Guillaume qui devait faire un exposé sur les fleurs pour un examen scolaire. On avait donné congé aux élèves ce jour-là pour qu'ils puissent bien s'y préparer. Il avait demandé à Muriel si elle s'y connaissait en fleurs et, malheureusement, elle en achetait parfois, mais sans pouvoir les identifier à moins que ce soit des roses, des tulipes ou des œillets. Fernande, appelée à la rescousse, ne pouvait aider le pauvre garçon qui ne voulait pourtant pas couler cet examen. Muriel, le voyant songeur, eut l'ingénieuse idée de se faire remplacer au travail pour la journée et de l'emmener à ce grand jardin de Montréal où il trouverait tout ce qu'il cherchait. Ils partirent tôt tous les deux et s'y retrouvèrent sans problème.

Curieusement, Carl, le copain d'école qui avait perdu son père s'y trouvait aussi avec un monsieur que Guillaume ne connaissait pas. Sans doute un nouveau papa. Se saluant de la main, ils savaient tous deux ce qu'ils étaient venus faire à cet endroit. D'une allée à l'autre, Muriel découvrit la famille des roses et des glaïeuls. Elle croisa aussi l'anémone et, en serre, l'aigremoine striée, une fleur jaune assez jolie. Muni de son cahier, Guillaume notait tout: plante indigène, floraison juillet-août, ça n'en finissait plus et Muriel, devant ce fouillis floral sans fin, en perdait son latin.

Il faisait plus chaud dans les serres, avec le soleil qui plombait et Guillaume en eut finalement assez de deux ou trois pages de notes pour rédiger l'exposé qu'on lui demandait. Après un jus de fruits glacé d'un marchand ambulant, ils se dirigèrent vers la voiture de Muriel stationnée en plein soleil. Guillaume, marchant devant elle se retourna à un certain moment pour lui dire: « Merci, maman, ça va beaucoup m'aider tout ce qu'on a trouvé. » Regardant avec tendresse ce grand garçon de douze ans devant elle, Muriel Augère, touchée, ressentit un émoi de fierté. En dépit des tristes moments de son existence, de ses mauvaises années avec son amant, de sa rancœur qui, avec le temps, devenait poussière, la vie l'avait gratifiée d'un bienfait que rien ne pouvait surpasser, être mère. Un long soupir et, dans une douce brise, l'amour de son cœur soufflé par le vent soulevait délicatement quelques cheveux de son merveilleux enfant.

Restez à l'affût des titres à paraître
chez les Éditions Logiques en suivant
Groupe Librex : Facebook.com/groupelibrex

www.edlogiques.com

Cet ouvrage a été composé en Times 13/16
et achevé d'imprimer en septembre 2019 sur les presses
de Marquis imprimeur, Québec, Canada.

100% PCF BIOGAZ ÉNERGIE PERMANENT

Imprimé sur du papier 100% postconsommation,
fabriqué avec un procédé sans chlore et à partir d'énergie biogaz.